FORBIDDEN WORLD
금지된 세계

김백호 판타지 장편 소설
FANTASY FRONTIER SPIRIT

금지된 세계 5

김백호 판타지 장편 소설

초판 1쇄 찍은 날 § 2010년 5월 19일
초판 1쇄 펴낸 날 § 2010년 5월 27일

지은이 § 김백호
펴낸이 § 서경석

편집장 § 문혜영
편집책임 § 주소영

펴낸곳 § 도서출판 청어람
등록번호 § 제1081-1-89호
등록일자 § 1999. 5. 31
어람번호 § 제1-1149호

주소 § 경기도 부천시 원미구 심곡2동 163-2 서경B/D 3F (우) 420-822
전화 § 032-656-4452 팩스 § 032-656-4453
http://www.chungeoram.com
E-mail §chungeoram@chungeoram.com

ISBN 978-89-251-2184-0 04810
ISBN 978-89-251-2050-8 (세트)

5
[완결]

ANTASY FRONTIER SPIRIT
김백호 판타지 장편 소설

FORBIDDEN WORLD
금지된 세계

도서출판
청
람

CONTENTS

CHAPTER 29
어제를 그리는 자

금지된 세계
FORBIDDEN
WORLD

누구에게나 있다, 붉게 달궈진 창살에 심장이 관통당하는
시기가.

사실 그의 성격은 내성적이었다. 외모가 그리 잘난 축에도
들지 못했다. 더군다나 당시 만연하던 전염병으로 집 밖으로
나갈 일도 적었으니 이성과 가까워질 기회 따위는 없었다. 그
럼에도 그 역시 예외는 되지 못했다.

덧없는 숨결로 한 해, 한 해를 의미없이 보내던 그에게 우연
이라는 이름으로 그녀가 찾아왔다. 마치 얼어 있던 강물을 망
치로 부수듯이 그녀는 그의 마음 깊숙이 파고들었다.

그녀의 이름은 '주소영'이었다.

성격이 남자처럼 대담하고 털털했으며 호기심도 무척이나

짙은 아가씨였다. 처음 봤던 순간부터 그녀에게 빠진 건 아니었다. 오히려 친근하게 구는 게 어색해서 불편했다.

그러나 벗이라는 이름으로 3년을 보낸 후에야 알 수 있었다. 어느 날 침대에 누워 눈을 감기 전 그는 문득 그녀의 얼굴을 떠올리고 있었다. 그런 나날이 반복되면서 깨달아갔다, 그녀를 사랑하고 있는 건지도 모른다는 사실을.

지금껏 친구로 지내왔기에 그는 망설일 수밖에 없었다. 작금의 관계마저 잃어버릴지도 모른다는 걱정이 들어서 진심을 토로할 수 없었다.

"재미있는 곳이 있어!"

그러던 나날에 그녀의 뜬금없는 제안에 그는 전혀 몰랐던 세계에 발을 내딛게 되었다. 퓨어를 통해서 접속한 그 세계는 당시 그의 마음처럼 황량했다. 낡은 도검들이 공동묘지의 비석처럼 쓸쓸히 서 있었고, 부서진 건물들은 메마른 바람에 그어지며 을씨년스럽게 웃고 있었다.

"여기에 뭐가 있는데?"

"귀 좀 줘봐."

"응?"

"놀라지 마. 사람이 죽는 장면을 실제로 볼 수 있대."

섬뜩한 이야기였다. 당장이라도 나가자고 말하고 싶었지만 그녀는 큰 눈을 반짝이면서 도시 곳곳을 구경하는 데 여념이 없었다.

그러다, 그러다 마주치게 되었다. 마치 대학 기숙사의 사감처럼 상당히 깐깐한 인상을 한 여인이 말을 걸어왔다. 위험할지도 모르지만 자신을 따라온다면 사람이 죽는 것을 볼 수 있다고 유혹해 왔다.

지독스럽게 순진했었다. 그 말에 넘어간 것이다. 그들은 묘령의 여인을 따라서 겁도 없이 도시 밖으로 나왔다. 역겨운 악취가 기어다니는 땅 위를 채 몇 걸음도 내딛지 못했는데 앞서 걸어가던 여인이 갑자기 돌아섰다.

푸욱―!

사실 그 순간 그는 아무것도 보지 못했다. 번쩍이는 빛에 눈살을 찌푸렸을 뿐이다. 눈을 감았다가 다시 떴을 때는 이미 돌이킬 수 없는 강을 건넌 뒤였다.

"허, 허억!"

바로 옆에서 들려온 신음 소리에 고개를 돌리자 잔인하고 슬픈 광경이 펼쳐져 있었다. 그녀가, 사랑하는 마음을 억누르며 지켜보았던 그녀의 얼굴이 놀란 채로 굳어 있었다. 이윽고 창백해져 갔다.

그녀의 왼쪽 가슴이 칼날에 꿰뚫린 것이다. 묘령의 여인이 찌른 칼날에 관통당해서는 핏물을 뿌리고 있었다.

"소, 소영아!"

놀란 그의 목소리를 듣고 그녀가 천천히 고개를 돌리면서 응시한다. 그런 그들을 놀리듯이 묘령의 여인은 비웃음을 지었다.

"어때? 실제로 사람이 죽는 걸 가까이서 보는 감상은?"

실로 잔혹한 말이었다. 도저히 현실로 받아들일 수 없는 일이었다. 모든 게 꿈결처럼 느껴졌다.

"아, 아, 아냐!"

그가 고개를 가로저었다.

"뭐가 아냐? 흥분되지 않아? 너희들, 살아 있는 게 지루해서 여기 들어온 거 아냐?"

"아냐! 아냐!"

그는 바닥에 떨어진 돌멩이라도 주워 들었다. 그 돌멩이를 여인에게 힘껏 던졌지만, 갑옷에 튕겨나며 땅바닥에 떨어질 뿐이었다. 그의 무너진 마음처럼.

"뭘 한 거야? 돌멩이 따위로? 이딴 걸로 할 수 있는 건 아무것도 없어."

"……"

"그래도 걱정할 건 없어. 왜냐면 네 녀석도 이년을 따라서 곧 죽을 거니까."

비정한 현실을 논한 여인이 칼을 뽑으려고 했다. 그때까지 칼에 찔려 멍한 표정으로 서 있던 소영은 그것만은 안 된다는 듯이 두 손으로 칼날을 꽉 움켜쥐었다. 화끈한 통증에 인상을 찌푸리면서도 그녀는 진한 숨결을 터뜨렸다.

"도, 도망가."

"뭐?"

"어서, 어서 도망가."

"마, 말도 안 되는 소리 하지 마!"

"제발, 도망가. 도망가 줘. 부탁이야."

그 말에 그의 눈에선 그만 눈물이 떨어지고야 말았다. 절대로 도망갈 수는 없었다. 하지만 그가 이러지도 저러지도 못하는 사이에 여인은 칼을 뽑으려고 애썼고, 소영은 더욱 커진 고통을 감수하면서 그라도 살리기 위해서 한 걸음 앞으로 내디뎠다. 자신의 몸속에 칼날을 깊이 박으며 여인을 묶고 있었다.

"제발……."

"으아아악!"

만약 그때로 돌아갈 수 있다면 그는 죽을 때까지 악독한 여인에게 덤벼들었을 것이다. 그리고 어떻게 해서든 소영과 함께 도시로 돌아왔을 것이다.

그러나 너무도 현실적이지 못한 광경, 공포라는 감정조차도 품을 수 없는 악몽 같은 광경에 그는 소영의 말에 따라 도망을 치고야 말았다. 그 악몽에서 깨어나기 위해서 눈물 콧물을 흘리며 도시로 달려갔다.

허겁지겁 도시 안으로 들어온 그는 곧바로 로그아웃을 했다. 퓨어에서 나와 부들부들 떨리는 손으로 방진마스크를 들고서 집 밖으로 나왔다. 그와 그녀의 집은 가까웠다. 고작해야 10분 거리였다. 아니, 전력질주를 하면 3분이면 도착할 수 있었다.

설사 심장이 멎었다고 하더라도 그녀를 살릴 수 있을 거라 믿었다. 그렇게 미친 듯이 달려가서 잠긴 그녀의 집 정문을 발로 강하게 차서 부서뜨렸다. 집 안으로 들어가서 재빨리 퓨어를 열었다.

치익—!

모든 희망은 깃털처럼 날아갔다. 그의 눈앞에 펼쳐진 결과
는 참담했다. 그녀의 왼쪽 가슴의 피부가 강력한 전류에 타버
려서 상상도 못했던 악취가 터져 나왔다.

"소영아!"

흥건한 핏물에 젖어 있는 그녀의 몸을 어루만졌다. 심장 부
근을 마구 매만졌다. 두드리기도 했다. 하지만 그녀는 자꾸만
식어갔다. 얼음장처럼 싸늘하게.

"안 돼! 안 돼! 제발 안 돼!"

악몽, 언제나 악몽은 거기서 끝을 맺었다. 나프카는 오랜만
에 꾼 어젯밤 악몽에 초췌해진 눈빛으로 도시의 풍경을 바라
보며 걸어가고 있었다.

"무슨 안 좋은 일이라도?"

제법 차가워진 바람에 염색을 한 황금빛 머리카락을 휘날리
던 로번이 옆에서 걸어오며 물어왔다.

"아냐. 아무 일도 없었어."

고개를 가로저은 나프카는 어젯밤 꾼 악몽까지 지워 버렸다.

'소영아, 조금만 기다려.'

분명한 건 하나다. 절대 용서할 수 없다. 그 마음만으로 수
많은 나날을 보내왔다. 오직 이날을 위해. 다짐을 굳히며 도시
를 바라보고 있는 나프카의 눈동자에 많은 사람들이 걸렸다.

거리를 거니는 사람들의 수는 갈수록 늘었다.

이유는 드레이크가 죽으면서였다. 레이드의 하나인 계절의 주인은 평범한 마물들과는 달리 죽음을 맞이하였을 경우 리젠이 되기까지는 일주일의 기간이 소요되었다.

즉, 그사이에 가을 등지에 있던 유저들은 드레이크와 싸우지 않고도 11월의 도시에 도착할 수가 있었다. 물론 이런 측면만 본다면 드레이크와 싸운 자들이 어리석어 보이는 것은 사실이었다. 하지만 여기에도 엄연히 장단점이 존재했다.

먼저 드레이크의 정산금이 파격적이었다. 자그마치 일인당 900파운드였다. 물론 생명의 무게를 논하기에는 가벼운 금전이었으나 결국 살아남는 자들에게 돌아간 보상은 쉽사리 손에 넣을 수 없는 금전이었다.

게다가 너바나의 강함은 경험에 의해서 증명된다. 드레이크를 잡으면서 온 자들과 드레이크가 죽은 다음에 기회를 노리고 온 자들의 간극은 확연하게 벌어진 셈이었다.

물밀듯이 들어온 사람들로 북적거리는 거리를 지난 나프카와 로번의 눈에 주변의 다른 건물보다 비교적 큰 아지트가 들어왔다.

오늘은 이곳에서 회의가 있었다. 아직 시계동맹과 순례자들의 관계는 껄끄러웠다. 하지만 순례자들의 덩치가 작아진 만큼 시계동맹도 적지 않은 피해를 입은 상황이었다.

비단 각 세력에서 나온 피해자뿐만 아니라 붉은 일족의 경우에는 시리안의 죽음과 함께 반수는 모험을 포기하게 되었고, 남은 반수만이 시계동맹 측으로 흡수가 된 것이다.

즉, 양측 다 약해진 세력으로 11월의 군주에게 맞서기 위해서는 드레이크 때와 마찬가지로 힘을 합치는 게 합리적이었다. 반대 의견도 적진 않았지만 그 모든 것을 결정 내리기 위해서 회의를 가지는 것이었다.

문지기에게 신원 확인을 마치고 정문으로 들어가자 건물 내부는 햇살에 비추어진 스테인드글라스로 형형색색 빛나고 있었다. 마치 성당에 온 것 같은 성스러운 분위기가 흘렀다.

"오셨어요?"

나프카와 로번을 반기는 이가 있었다. 언제나 순결한 색에서 약간 분홍빛이 감도는 로브를 입은 아카가 미소를 지으며 그들에게 다가왔다.

배신을 우려해서 각 집단의 우두머리급만 오는 1차 회의였지만, 섬룡의 검주라는 역량 덕분에 소수인 그들은 전원 참가할 수 있었다. 때문에 아는 사람이 없어서 눈치를 보고 있던 아카는 나프카와 로번을 만나게 된 반가움이 평소보다 클 수밖에 없었다.

"아직 녀석은 안 왔네?"

나프카가 주변을 둘러보며 논했다.

거의 대부분은 도착을 한 것 같았다. 역시나 가장 시선을 끄는 자는 강철기사단이었다. 몸매가 그대로 드러나는 검은 가죽옷 위에 칠흑 여우목도리를 하고 있는 잔과 섬룡의 방패와 묵직한 갑옷으로 원래 덩치보다 두 배는 크게 보이는 이카로스는 어딜 가더라도 시선을 끌었다.

그 옆에는 나프카에게 있어선 호의적인 해적왕 록이 빈티지 풍의 경갑을 입고서 잔에게 찝쩍대고 있었다.

순례자들 측에서도 쌍웅과 사자크가 도착해 한곳에 자리를 잡고 있었다. 시계동맹과 순례자들의 대표라고 할 수 있는 유라와 아리아의 모습은 아직 보이지 않았다. 그렇게 긴장된 분위기 속에서 침묵으로 시간은 흘러가고 있었다. 한 5분쯤 지나서야 그들의 뒤편에서 정문이 열리면서 유라가 들어왔다.

"오호! 절대적인 방어력이군!"

그녀를 본 나프카가 자신도 모르게 감탄사를 뱉었디. 본디 여성의 방어구는 방어력과 노출도가 정비례한다는 법칙이 있었다. 이는 온라인 게임의 초기부터 있어왔던 50년 역사를 자랑하는 전통이었다.

그 법칙에 따른 유라의 갑옷은 실로 훌륭했다. 가슴의 굴곡이 훤히 보이는 작은 흉갑과 요갑과 대퇴갑은 있었지만 정작 은밀한 곳은 둔부가 훤히 드러나는 속옷으로 구성되어 있었다.

"정말 방어력이 높아지나요?"

아무리 봐도 로번은 이해가 안 되는지 고개를 갸웃거렸다. 하지만 그의 뒤통수에 수도를 날린 나프카는 의심할 필요가 없다고 못을 박았다.

"일단 남성 유저는 공격을 못하겠지?"

"어째서요?"

"저런 차림을 보고 공격을 하는 건 남자가 아니거든."

"그런 게 어디 있어요?"

"그러니까 네 녀석이 아직 꼬맹이인 거야. 그리고 막상 공격을 하려고 해도 싸울 때는 저기 대퇴갑 있지? 저게 떨어져서 주변을 돌면서 공격을 막아줄 거야. 자기력이랑 비슷한 게 나와서 마치 살아 있는 갑옷이 되는 셈이지."

그들이 그런 이야기를 주고받으면서 호기심을 해결하는 사이에 어느새 아리아도 모습을 드러내었다. 시계동맹 측에서 임시로 빌린 아지트였기에 그녀는 2층에서부터 내려왔다. 아마도 로그아웃을 이곳에서 한 듯했다.

그리고 얼마 지나지 않아서 또다시 정문이 열렸다. 아직 도착하지 않은 단 한 명의 남자를 의식한 모두의 시선이 열린 문으로 향하였다. 그였다. 그가 들어오고 있었다.

서호는 스테인드글라스로 일그러진 햇빛을 받으며 사람들이 모여 있는 곳으로 걸어갔다. 부담스러운 시선이 겨울바람처럼 얼굴에 닿았다.

주변을 둘러보던 그의 눈에 손을 흔드는 로번이 들어왔다. 그곳으로 다가가자 나프카는 무슨 일 때문인지 똥 씹은 것 같은 얼굴을 하고 있었고, 아카도 잠을 설쳤는지 피곤한 기색이 묻어 있었다. 나프카야 신경 쓸 것도 없었지만 아카를 보고선 조금 걱정이 되었다.

이틀 전 그는 그녀의 입술을 훔쳤다. 서로를 느끼기 위해 서로의 심장을 관통한 날이었다. 그날 이후로 시간에 쫓기다 보니 별다른 연락을 하지 못한 채 처음으로 만나는 것이었다.

"오빠, 오셨어요?"

"안녕."

다행히도 아카가 먼저 말을 걸어주었다. 상기된 볼을 하고 그를 똑바로 바라보지 못하는 모습을 보고 나서야 아직 어린 소녀에게 여러 모로 신경을 쓰게 만들었다는 생각이 들었다.

"어라? 너희 둘이 뭔가 있었지?"

나프카가 왼쪽 눈썹과 오른쪽 입꼬리를 실룩거리면서 추궁을 해왔다.

"뭐가요?"

"분위기가 심상치 않은데? 그리고 말이야, 방금 전에 아카가 네 녀석을 보고 분명히 오빠라고 부르지 않았냐?"

"그래서요?"

"네 녀석들, 키스했지?"

정말이지, 눈치 하나는 기가 막혔다. 단편적인 모습만으로 어떻게 그들 사이에 있었던 일을 추리해 냈는지 도저히 알 수 없었다. 자기부상열차 역에서 자리를 깔고 남녀관계에 관해서 찍는다면 떼돈을 벌 것 같다는 망상까지 들었다.

어쨌든 그의 말로 아카의 얼굴은 감출 수 없이 붉어졌고, 서호도 멍한 얼굴을 한 채로 저도 모르게 고개를 끄덕였다.

짝짝―!

그때였다. 저편에서 손뼉을 치는 소리가 들려왔다. 참석하기로 한 사람들이 전부 모였으니 회의를 시작하기 위해서 아리아가 주의를 끌었다.

"그럼 시작하겠습니다. 오늘 이렇게 여러분을 모이시라고 한 이유는, 모두 아시겠지만 겨울로 가기 위해선 11월의 군주와 충돌을 피할 수 없기 때문입니다."

아리아가 딱딱한 말투로 던진 화두에 대부분 이견 없이 고개를 끄덕였다.

"우선 현재 저희가 처한 상황의 핵심부터 짚어보겠습니다."

모두가 숙지하고 있었기에 그녀의 설명은 간략했다. 절벽길을 오르기 위해선 11월의 군주에게 일인당 1천 파운드라는 거금의 통행료를 내야 했다. 그것도 부족한지 며칠 뒤에 통행료를 인상한다는 소문까지 돌고 있었다.

단적으로 말해서 이는 분명한 도발이었다. 그들을 꺾지 않는다면 겨울에 도착할 수 없었다.

"충돌을 피할 수 없다면 적에 대해서 자세히 알아야 한다고 봅니다."

그 말을 한 아리아는 11월의 군주를 위시해서 경계해야 할 인물들에 대해서도 설명을 하기 시작했다. 가장 위험한 인물은 역시나 시계대륙에서 열 손가락 안에 꼽힌다고 알려진 쌍검의 파수꾼 에페였다. 그녀는 글라디에이터로 유명하지만 실은 땅의 속성에 가까운 에델메탈페히터이기도 했다.

그녀 외에도 진홍빛 기사 오르앙이나 시체를 탐미하는 자 반타스도 주의해야 될 인물로 꼽았다. 그리고 무엇보다 가장 큰 어려움이라고 볼 수 있는 만 명에 이르는 용병 인형들도 지적했다.

"저기, 한 가지 궁금한 게 있는데요."

아리아의 설명을 듣고 있던 순례자 측에서 쌍웅으로 유명한 마법사 카이트가 차분하게 한 손을 들었다.

"드래곤의 힘을 빌리면 간단하게 해결되는 문제가 아닐까요?"

카이트의 지론은 옳은 듯 보였다. 그들의 목적은 어디까지나 11월의 군주를 쓰러뜨리는 것이 아니라 겨울에 당도하는 거였다. 그렇기에 절벽 길을 막고 있는 지들을 드래곤으로 쓸어버린다면 간단하게 해결될 것처럼 여겨졌다.

"문제는 드래곤의 소환 시간이 극히 짧다는 데 있습니다. 아마도 그들도 그 사실을 모르진 않을 겁니다. 때문에 저희 쪽에서 드래곤을 소환한다면 곧바로 퇴각을 하겠지요. 확실히 절벽 길은 순식간에 열리겠지만……."

"어떤 점이 문제가 되나요?"

"그들은 반드시 추격을 해올 겁니다. 절벽 길은 기껏해야 한 사람씩 걸어야 안전하게 오를 정도로 협소합니다. 즉, 추격이 온다면 잡힐 수밖에 없고, 뿌리치지도 못하고 뒤에서부터 당하게 될 겁니다."

"다시 드래곤을 소환하면 되지 않을까요?"

그 질문에는 서호가 답을 했다.

"이동을 하면서 드래곤을 소환하는 건 거의 힘들 겁니다. 그리고 드래곤이 강력한 만큼 한 번 소환을 하게 되면 이후 다시 소환하기 위해선 하루간의 딜레이가 존재합니다."

"그, 그렇군요."

서호의 설명을 들은 카이트는 침통한 표정을 감추지 못했다. 비교적 호전적인 성격을 가진 카이트였지만 어리석진 않았다. 만 명이나 되는 용병 인형을 전부 죽이는 건 한마디로 불가능했다. 드래곤을 힘으로 유용하게 쓸 수 없다면 사실상 희망은 없는 셈이었다. 카이트가 의기소침한 모습을 보였지만 바로 옆에 있는 유라는 오히려 고개를 갸웃했다.

"그럼 사건을 유리하게 풀 수 있는 다른 열쇠가 있다는 뜻인가요?"

이것이 핵심이었다. 그 질문에 아리아가 힘주어 고개를 끄덕였다. 그녀가 살며시 든 손바닥에는 엄지손가락만 한 귀여운 생쥐가 치즈 조각을 두 손으로 잡고서 갉아먹고 있었다.

"저는 마법사이기도 하지만, 보시다시피 토테미스트입니다. 때문에 저는 이 쥐들을 통해서 너바나에서 어떤 일이 벌어지더라도 전부 알 수 있습니다."

아리아의 이야기를 듣고 나서야 서호는 새삼 깨닫게 되었다. 돌이켜 보니 지금껏 몇 번은 작은 쥐를 본 것 같았다.

9월의 도시 성당의 종탑에서 그녀가 쥐에게 치즈를 주는 광경뿐만 아니라 7월의 도시로 가는 배 위에서도 아카가 갑판 위에 있는 화장실에서 서성이는 쥐를 보면서 '찍찍' 소리를 낸일이 있었다. 그리고 그 이전 심연의 동굴에서도 그들을 따라

다니는 것 같은 엄지손가락만 한 쥐를 본 적이 있었다.

'지금까지 우리의 일거수일투족을 전부 보고 있었다는 건가? 아리아는?'

그가 나타나면서 대륙의 움직임은 심상치 않게 돌아갔다. 그들과 함께 순례자들과 시계동맹이 겨울로 향하였다. 단지 우연으로는 설명될 수 없는 일들이 오늘에야 그 원인이 밝혀진 것이다.

'너바나를 꿰뚫고 있다? 그렇다면?'

아리아가 그에게만 전하고자 하는 뜻을 알 것 같았다. 너바나에서 그녀의 이능이 제네시스에서도 유감없이 빌휘될 가능성은 높았다. 그렇다면 그녀가 모르는 정보는 제네시스에도 존재치 않는다는 등식이 성립되었다.

어쩌면 11월의 군주 유베타가 사는 저택을 알아낼 수 있었던 것도 지금 그녀의 손바닥 위에서 치즈를 먹고 있는 생쥐의 힘인지도 몰랐다.

"이 쥐들을 통해서 저희에게 유리한 정보를 얻을 수 있었습니다. 선전포고를 하여도 이길 가능성이 없진 않습니다."

"이왕 적의를 드러내는 거라면 기습이 낫지 않을까요?"

어젯밤에 무리하게 술을 마셨는지 계속해서 목을 꺾으면서 마사지를 하던 해적왕 록이 기습을 제안했다.

"아마도 통하지 않을 겁니다. 오늘 저희 쪽에서 회의를 가진다는 것을 저쪽의 귀에도 이미 들어갔을 겁니다. 그렇다면 차라리 선전포고를 해서 시야를 너바나로 집중하는 편이 옳다고 생각합니다."

"그럼 선전포고를 했을 때 적의 수는?"

"평소 지키는 수의 열 배 정도는 배치가 된다고 봐야겠지요. 대략 천 명 정도로 예상됩니다. 만약 드래곤 없이 저희들의 힘만으로 어느 정도 인형을 죽인다면 11월의 군주는 인형을 배치하기 위해서라도 너바나에 반드시 접속할 수밖에 없습니다."

"그래도 군주는 도시 안에서 인형들을 조종할 수 있지 않나요? 결국 만 명이나 되는 인형을 전부?"

이번에 의문을 토로한 자는 잔이었다. 그녀는 쌍꺼풀이 없는 날렵한 눈매로 아리아를 직시했다.

"네, 11월의 군주는 분명 도시 안에서 인형을 조종할 겁니다. 하지만 현실에서 보자면 그는 퓨어의 안에 있다는 얘기가 됩니다."

현실이 거론되었다. 이 점에 관해 서호와 아리아는 어제 만나서 상의를 가졌다. 작전도 세워보았다. 전력을 끊어버리는 게 어떠하냐는 의견에 그녀가 고개를 가로저었다. 저택 지하에 자체 발전소가 있다는 것이다. 이미 생쥐로 발전소의 전력까지 끊으려고 시도를 해보았지만 어렵다는 답을 듣게 되었다.

"너바나에서 공격을 하는 동시에, 현실에서도 공격을 하겠다는 뜻인가요?"

잔의 질문은 이미 그들이 택할 수 있는 유일한 답을 논하고 있었다.

"네, 만약 현실의 공격이 성공해서 11월의 군주를 없앨 수 있다면 인형들도 도시 안으로 퇴각을 하거나 그 자리에서 멈출 확률이 높습니다. 그때까지만 버텨주시면 됩니다."

정당한 수라고는 할 수 없었다. 아니, 지금 논의되는 이야기는 범죄에 가까웠다. 그럼에도 불구하고 반론은 없었다.

모두가 알고 있었던 것이다. 11월의 군주를 죽이지 않는 한 답은 없었다. 하지만 그는 도시 밖으로 나오지 않았다. 애당초 다른 수가 없었다.

대부분 고개를 끄덕이며 수긍을 했지만 이카로스는 여전히 침묵을 지키고 있었다. 결국 인간은 폭력적이다. 자신의 이기를 위해서 타인을 짓밟는 부분에 대해선 공감을 하지만, 강철은 언제나 정공법만을 고집해 왔다. 그 방식을 꺾어야 된다는 뜻이었다.

"이카로스, 어떤가요?"

그의 심중을 모를 리 없는 잔이 나지막한 목소리로 물어왔다.

"도저히 피할 수 없는 방법이라면, 주어진 한도에서 정당하게 치는 수밖에……."

사실 만 명에 달하는 용병 인형과 정면대결을 하는 건 자살을 하는 것과 같았다. 자신의 목숨만 걸려 있다면 자살이라 해도 맞서보겠지만, 자신을 믿고 따르는 자들의 목숨까지도 걸려 있었다. 그의 고집으로 인해서 그들을 죽일 수는 없었다.

"그럼 현실에선 누가?"

다만 이카로스는 이것 하나만큼은 묻고 싶었다. 아리아도 그런 질문이 누군가의 입에서 떨어질 것을 예상하고 있었기에 어제 서호와 만남을 가졌다.

"크로님과 제가 현실에서의 공격을 담당하게 될 것 같습니다. 다만 너바나에서 드래곤을 부리는 자가 없다는 건 사기와 직결되는 문제입니다. 누군가는 크로님으로 변장을 해주셨으면 합니다."

"한 가지만 더 묻죠. 현실에서 11월의 군주를 죽인다면 법이?"

너바나에서 죽는 것은 사망동의서에 사인을 한 뒤라서 법적인 책임을 묻는 않는다. 하지만 현실이라면 이야기가 달랐다. 엄연한 살인죄였다.

"이미 죽은 자를 죽이는 것뿐이기에 법적으로 문제될 것은 없습니다."

그녀의 위험한 농담을 듣고 가장 섬뜩한 것은 서호였다. 방금 발언은 상당히 짓궂었다. 다행히도 은유적으로 받아들였는지 이카로스는 더 이상 의문을 제기하지 않았다.'

"일정은요?"

이야기가 막바지에 이르자 몸을 풀면서 일어난 록이 물었다.

"조금 더 살펴보고 확실한 시일이 정해지면 바로 알려드리겠습니다. 아마도 결전의 날은 3일 안에 정해질 것 같습니다.

어차피 볼 피라면 늦춰봐야 이로울 건 없으니까요."

*　　　*　　　*

비가 자주 내리는 11월의 도시 외곽에 메마른 바람이 불고
있었다.

"곧 내리겠군."

현실과는 달리 너바나에선 주기적으로 비가 내렸기에 적어
도 피비린내가 묵을 일은 없었다. 그랬기에 악취에 인상을 찌
푸린 남지는 전방을 주시히며 확신했다.

그의 이름은 오르앙이었다. 블루티게스리터라는 직업에 걸
맞게 진홍빛의 갑옷을 입고 있었다. 눈 주위만 뚫린 투구도 쓰
고 있었는데 그 작은 구멍으로도 눈가에 난 흉터는 선명하게
보였다.

"오르앙, 각오는?"

그에게 말을 걸어온 여성은 누가 보더라도 딱딱한 느낌에
쉽게 접근 못할 외모의 소유자였다. 그녀도 오르앙처럼 핏빛
의 갑옷을 입고 있었다. 다만 오르앙의 왼손에는 방패가 들려
있는 반면 그녀의 왼손에는 두 번째 검이 들려 있었다. 쌍검의
파수꾼 에페였다.

"무슨 각오를 말하는데?"

"죽을지도 몰라. 진짜로."

그녀의 미소를 보면서 오르앙은 콧방귀를 뀌었다.

"그런 걱정을 하나보지? 미안하지만, 난 누굴 죽일까 고민하고 있거든."

"생각해 둔 사람이라도 있나봐?"

그 말에 오르앙이 전방을 둘러보았다. 일렬로 늘어서 있는 무리, 각양각색의 갑옷과 로브를 입은 자들 중에서도 그의 시선을 단번에 사로잡는 자가 있었다. 칠흑빛의 묵직한 갑옷을 입고 있는 자였다. 단순한 착각인지, 오라가 일어나서인지 다른 자들보다는 족히 두 배는 크게 보였다.

"이카로스……."

사실 오르앙은 전쟁에는 관심도 없었다. 그가 원하는 건 너바나에서 열 손가락 안에 들어간다는 칭호를 얻는 거였다.

"애당초 말이 안 되는 거 아냐?"

"뭐가?"

"고작해야 봄에서 노는 녀석들이 어째서 열 손가락 안에 들어가는 강자라는 거야? 우리처럼 겨울에서 모험을 한 자가 우선적으로 얻어야 될 칭호 아냐? 봄은 봄일 뿐이잖아."

오만한 말 같지만 에페도 고개를 끄덕이며 긍정했다. 확실히 십대강자라는 건 정확한 잣대보다는 인지도에 의해서 정해졌다고 봐야 옳았다.

봄에 서식하는 마물보다 이곳에 서식하는 마물이 허풍을 조금 보탠다면 열 배 이상으로 강했다. 당연히 이곳에 익숙한 그들이 강한 건 의심할 여지가 없었다. 단지 순례자들이나 시계동맹처럼 조명되지 못했기에 거론조차 안 되는 것이었다. 어쩌면 그녀조차도 봄과 여름에서 악명을 떨치지 못했다면 십대 강자로 불릴 일은 없었을지도 몰랐다.

"그럼 순백의 기사는 어때?"

적들을 찬찬히 둘러보던 에페가 물었다. 순백의 기사 사자크는 이미 2월의 도시까지 닿았던 적이 있는 자였다.

"아마도 그의 강함은 진짜겠지? 하지만 결국 방어밖에 하지 못하는 녀석이잖아. 왠지 재미없을 것 같아. 역시 눈에 들어오는 건 이카로스밖에 없다고 할까?"

투구 속에 감춰진 오르앙의 얼굴이 설렘과 기대의 미소로 일그러졌다.

"그래? 그럼 봄의 여왕이랑 순백의 기사는 내 거다. 그런데 반타스는?"

"녀석? 알아서 챙겨먹겠지. 어차피 시체가 없으면 힘도 쓰지 못하는 녀석인데 신경 쓸 필요 없잖아."

"그런가? 그럼 선공을 해볼까?"

에페가 한 손을 들었다가 앞으로 내리며 진격 명령을 내렸다. 그 모습을 보고 그녀의 바로 뒤에 있던 용병 인형 하나가 허리춤에 차고 있던 뿔피리를 입가에 가져갔다.

우웅—!

격전을 알리는, 죽음을 부르는 뿔피리 소리가 하늘로 울려 퍼지기 시작했다. 맞은편에 서 있던 순례자들과 시계동맹에 배속된 사람들도 마른침을 삼키면서 무기를 꽉 쥐었다. 곧 이쪽에서도 나팔소리가 울리며 진격을 알렸다.

"와아아!"

"으아악!"

긴장이나 공포를 날리기 위해 사람들이 목청껏 고함을 지르며 진격한다. 달려오는 용병 인형들에 의해서 그야말로 순식간에 천지가 요동을 쳤다.

"드디어 시작되는군."

전장을 지켜보던 나프카의 눈빛도 예사롭지 않게 번뜩였다. 손에 쥔 단검의 예리한 날을 혀로 핥는 그 모습을 옆에서 지켜본 로번은 아무래도 걱정이 앞섰다.

그에게서 사정은 들었다. 유일한 친구였던 자를 죽인 자가 쌍검의 파수꾼으로 유명한 에페라고 했다. 그녀는 자신의 몫이니 건들지 말라는 경고까지 듣게 되었다.

"곧바로 칠 건가요?"

"아니, 바로 칠 수는 없지. 조금 더 즐길 거야. 굶주림에 허덕이다가 가장 싱싱한 고기를 뜯는 것만큼 짜릿한 것도 없잖아?"

그렇게 말하면서 번뜩이는 나프카의 눈빛은 정말로 위태로워 보였다. 나프카가 강한 건 사실이다. 하지만 냉정하게 말해 십대강자에게 맞설 수준은 아니었다. 지금 그의 말과 행동은 마치 이곳을 자신의 무덤으로 정한 것처럼 여기지기도 했다. 그가 품고 있는 각오는 이미 살기를 넘어서서 광기를 부르고 있었다.

"죽어라!"

그런 나프카를 향해서 용병 인형들이 덤벼들기 시작했다.

"죽여? 죽여봐, 실력이 있으면!"

나프카도 눈을 부라리면서 앞으로 뛰쳐나갔다. 단검을 꽉 쥔 두 팔을 활짝 펼치면서 달려간 그가 순식간에 용병 인형들을 스쳐 갔다.

치이잉—!

고막을 찌르는 것 같은 금속성이 휘황찬란하게 울렸다.

"형님!"

방금 나프카의 양손에 쥐어졌던 단검이 그린 각은 치명적인 일격을 논하였다. 하지만 양쪽에 있던 용병 인형들은 어렵지 않게 도검으로 막아서며 그 공격을 묵살시켰다. 단검에 맺혀 있던 날카로운 기운이 대기 중으로 흩어지고 있었다.

"조심하세요!"

용병 인형들은 곧바로 나프카를 향해 반격을 가했다. 뒤에서 지켜보던 로번도 고민할 것 없이 검으로 땅을 찍어 올렸다. 튀는 돌덩이 하나에 불꽃의 기운을 담아서 후려치자 탄환이 되어 막 나프카의 등 뒤를 덮치려던 용병 인형의 관자놀이에 박혔다.

퍼억—!

거칠게 폭발하는 불꽃에 처음에는 용병 인형이 죽을 줄 알았다. 하지만 핏물을 뿌리면서도 집요하게 공세를 펼쳤다. 나프카의 등에 칼을 꽂으려 했다. 물론 로번의 공격을 맞고 잠시 경직에 빠졌던 터라 나프카가 공격을 피하는 건 어렵지 않왔다.

사악―!

용병 인형의 칼날이 나프카의 몸을 아슬아슬하게 스쳐 가는 광경에 로번은 지금까지는 느껴보지 못했던 일말의 불안을 볼 수밖에 없었다. 이마에도 식은땀이 맺혀갔다. 전투가 일어나기 전까지는 아무리 뜨거워도 막상 전투에 임하면 상당히 치밀하고 차갑게 싸우는 나프카가 오늘만은 달라 보였다.

"형님, 컨디션이 안 좋은 거 아닌가요?"

걱정이 되어서 말을 붙였지만 대답은 없었다. 자신을 향해서 덤벼오는 용병 인형들을 상대하느라 숨을 쉴 틈도 없어서였다. 용병 인형 둘의 공격이 나프카를 점점 궁지로 몰아가고 있는 형국, 결국 어느 순간에 이르러 양쪽에서 몰아친 공격에 나프카는 한 발자국도 내딛지 못하게 되었다.

푸욱―!

잠시 주춤해 버린 나프카의 가슴과 등 쪽을 용병 인형들의 도검이 꿰뚫었다.

"아!"

그것도 잠시 순식간에 난도질을 당했다. 나프카가 저토록 쉽게 당하다니 있을 수가 없는 일이었다.

"혀, 형님!"

그때였다. 나프카의 육신을 뜯고 있는 용병 인형들의 등 뒤에서 연기처럼 홀연히 나타난 또 다른 나프카가 뒷목에 단검을 하나씩 쑤시고 있었다.

˙피익—!

핏물을 뿌리면서 완벽하게 당해 버린 용병 인형들. 그때야 로번도 깨달았다. 도플갱어와 그림자숨기가 절묘하게 하모니를 일으켰던 것이다. 문제는 언제부터 도플갱어였느냐는 거였다.

"네 녀석, 방금 뭐라고 했냐?"

로번이 품었던 의문을 나프카는 단번에 해결해 주었다. 용병 인형들을 죽인 나프카조차도 도플갱어였다.

"쭉 여기 있었어요?"

대답은 없었지만 알 수 있었다. 처음부디 한 빌짝도 움직이지 않았던 것이다. 로번의 옆에 서서 전장을 차분하게 주시하고 있었다.

"이 몸의 컨디션을 물었냐?"

"아, 도플갱어인지 몰랐어요."

"그렇지? 그게 증거다. 오늘 컨디션은 최고다. 지금이라면 전부 죽일 수 있을 것 같아. 가장 어렵다고 생각했던 그 녀석도 말이야."

"그 녀석이라면?"

"얼음도치 녀석도 죽일 수 있을 것 같단 말이지! 키키킥!"

농담으로 듣기에는 지금 나프카의 눈빛은 너무도 살벌했다.

전장의 울림은 사람을 지운다.

"크아아!"

사람을 짐승처럼 포효하게 만든다. 하여 전장에선 본능만이 남는다는 말은 옳은 듯하다. 하지만 결국 사람은 사람이다. 그들이 고함을 지르고 도검을 휘두르는 이유는 가슴속에 싹트는 불안과 공포를 억누르기 위해서였다.

그들은 사실 겁먹고 있었다. 압도적인 수에 눌리지 않는 이는 거의 없었다. 이길 수 있다는 희망은 좁쌀처럼 작아지고, 정말로 이곳에서 죽는 건 아닌가 하는 생각만 바위만큼 커졌다.

치잉—!

처음으로 검과 도가 부딪치며 불꽃을 터뜨리는 순간, 망상은 한순간에 깨어진다. 그리고 결론은 내려진다. 자신이 약하던가, 적이 약하던가 둘 중 하나로.

"응?"

용병 인형들과 일 합을 겨룬 선두에 선 자들은 하나같이 의문스런 눈빛을 했다. 눈앞에서 그어지는 칼날의 궤적을 막아섰다. 동시에 옆에서 기습이 들어왔다. 살기 위해서 자세를 웅크렸을 뿐인데 용병 인형들의 공격은 견갑이나 흉갑에 힘없이 막혔다.

예전 같았으면 죽었을 공격에 살아남게 된 사람들은 연속 공격을 펼치는 용병 인형을 신기하게 바라보았다. 그러다 점차 깨달아갔다.

"이것들, 왜 이렇게 약하게 공격하지?"

"봐주고 있는 거야? 아니면?"

그들의 답은 정해져 있었다. 그들이 강해진 것이다. 대략 한 시간 넘게 드레이크의 공격에 익숙해진 그들에게 용병 인형들의 공격은 무엇인가 부족했다. 그뿐만 아니라 드레이크를 잡으면서 받은 배당금으로 갑옷과 무기까지 기존의 것과는 비교도 안 되게 좋은 것으로 바꾸었다. 더는 의심할 필요가 없었다. 그들은 강해진 거였다.

"벼, 별거 아니잖아?"

"쫄 것 없어!"

여기저기서 그런 외침이 약속이나 한 것처럼 터져 나왔다. 힘껏 내려친 검에 황급히 물러서는 용병 인형들을 보며 사람들은 얼굴에 한줄기의 소름이 끼치는 것까지 느꼈다.

'강해진 거다! 우린 강해진 거다!'

모두의 얼굴에 자신감이 붙었다. 전장 뒤쪽에서 지켜보고 있던 유라도 용병 인형들을 상대로 물러서지 않는 사람들을 보고 안도하면서도 의혹을 가질 수밖에 없었다. 살짝 사자크를 바라보았지만 언제나 그는 미소를 지을 뿐이었다.

"알고 있었나요?"

"네, 저는 이미 드레이크를 한 번 잡았잖습니까? 겨울부터는 조금씩 힘들어지겠지만 적어도 드레이크를 무찌른 시점에서 11월에 서식하는 어떤 인형도, 마물도 상대가 될 수는 없겠지요."

"그럼 왜 말씀을……?"

묻던 유라가 말끝을 흐렸다. 왠지 그의 의도를 알 것 같았다. 처음 유라는 천 명을 상대함에 있어 일인당 대여섯의 인형을 쓰러뜨려야 하는 상황만으로도 압박감을 느꼈다. 그건 다른 사람들도 마찬가지였다.

그러다 막상 부딪쳤는데 그것이 괜한 걱정으로 거듭난다면, 자신들이 강해졌다는 사실을 뒤늦게 깨닫는다면, 사기는 미리 숙지하고 있던 때와는 비교할 수 없을 만큼 폭발하는 것이다. 전장에서 가장 중요한 것은 사기였다.

"어쩌면 정말로 이길 수 있을지도 모르겠군요."

"하지만 아직 속단하긴 이릅니다."

"네?"

유라는 아직 눈치를 채지 못했지만 결국 너바나의 강함은 경험에 의해 증명된다. 한마디로 비공정에서 살아남은 것만으로 강해질 리는 없었다.

모두가 강해졌다고 느끼는 착각에는 사자크가 부린 전선 배치에 있었다. 그는 드레이크와 직접적으로 마찰을 한 자들을 위주로 선두에 세웠다. 그들의 자신감이 전염병처럼 퍼져서 비공정에서 살아남은 것만으로도 강해졌다는 믿음을 주고 있는 거였다.

그것만으로도 효과는 충분했기에 이런 속사정까지 굳이 밝힐 필요는 없었다. 다만 그가 속단하지 못한다고 말한 건 다른 이유에서였다.

"인형들이라면 생각보다 쉽게 상대할 수 있을 겁니다. 하지만 적중에서 유저들도 제법 늘었습니다."

사자크는 이 점을 경계하고 있었다. 시계동맹이나 순례자들

중에서 돈에 의해서 11월의 군주에게 붙은 자들도 소수 있었지만 그들보단 절벽 길에서 오래토록 버티고 있던 자들은 무시할 수 없었다.

에페는 말할 것도 없고, 오르앙의 기세도 아무리 드레이크를 무찌르면서 강해진 사람들이라고 하더라도 쉽게 접근할 수 없을 정도로 거세었다.

"감히 겁도 없이 이 몸에게!"

메마른 대지 위를 묵묵히 걸어가던 오르앙은 자신에게 덤벼오는 한 남자를 보는 것만으로도 노성을 질렀다.

남자가 두 손에 쥔 도끼를 휘두른다. 눈앞에서 강렬하게 떨어졌지만 오르앙은 한 걸음도 물러서지 않았다. 방패를 든 자세를 살짝 틀 뿐이었다.

치잉—!

철과 철이 맞부딪치며 일어난 불꽃이 투구의 좁은 구멍 사이로 보이는 세상을 화려하게 채웠다. 철이 마찰될 때 일어나는 특유의 냄새도 투구 속으로 파고들었다. 이 냄새를 맡고 나면 항상 뒤따르는 향기가 있었다. 바로 혈향이었다.

"하아압!"

고함을 지르며 도끼를 번쩍 든 남자를 보고서 오르앙이 자세를 숙이며 검을 가로로 그었다.

처억—!

도끼가 떨어지기도 전에 남자가 입고 있던 체인이 몇 가닥 끊어지면서 살갗을 베어놓았다. 핏물이 '치익' 소리를 내면서 튀었다. 순식간에 주변으로 피비린내가 퍼져 나갔다.

오르앙은 이 향기가 좋았다. 그는 블루티게스리터다. 블루티게스리터는 슈바리체리터보다 더욱 듀얼에 특화된 직업이었다. 때문에 베르세르크처럼 피와 관련되어서 강해지는 속성까지 가지고 있었다.

"이 몸에게 덤빈 대가는 크다!"

오라가 가시처럼 뻗은 방패를 든 오르앙이 남자의 머리를 후려쳤다.

퍼억ㅡ!

충돌하는 그 순간 실제로 가시에 찔린 것처럼 남자의 머리에 구멍이 숭숭 뚫렸다. 입에서 또 한 번의 핏물이 터져 나왔다. 정신을 차리지 못하고 주춤거리는 남자에게 이번엔 칼날이 깊숙이 파고들었다.

"커헉!"

검신이 절반 가까이 남자의 복부에 박혔다. 천천히 빼내자 핏물과 함께 투명하고 따끈한 내장이 구멍에서 삐져나왔다.

"크헉, 헉!"

용병 인형들과는 비교도 안 되는 강함에 도끼를 든 남자는 도망을 치려 했다. 하지만 머리와 복부에 극심한 전기 충격을 받은 나머지 정상적으로 걷지도 못했다. 아니, 정상적으로 도망을 치려 했어도 오르앙의 손에선 벗어날 수가 없었을 것이다.

전장에서 등을 보인 남자에게 오르앙의 검이 잔혹하게 그어졌다. 그의 검이 마치 채찍처럼 휘둘러지면서 남자의 등을 난 도질하기 시작했다. 눈 깜짝할 사이에 수십 번이나 칼날이 살을 갈랐고, 남자는 핏물을 하염없이 토해내며 앞으로 고꾸라졌다.

"흥!"

남자가 무너지는 모습을 뒤로하고 다시 전방으로 발을 돌린 오르앙은 그때야 비로소 보게 되었다.

수많은 사람들이 격전을 일으키고 있었지만 한눈에 들어왔다. 용병 인형 셋을 동시에 날려 버리는 남자가.

포물선을 그리며 날아간 용병 인형들은 땅에 떨어진 충격에 관절이 기이하게 꺾이면서 부들부들 떨었다. 그 광경을 보고도 오르앙은 눈썹 하나 까딱하지 않았다. 저 정도는 되어야 한다고 생각했다.

가까이서 보니 오라로 인해서 곰보다 더 크게 보이는 남자 이카로스, 그를 꺾을 날을 그들이 이곳에 도착한 날부터 기대해 왔다. 당연히 기대에 충족하는 이카로스의 모습에 오르앙은 기쁨과 설렘이 가득한 미소를 투구 속에서 짓고 있었다.

"기다렸다! 기다렸어!"

소리를 친 오르앙이 이카로스의 시선을 끌었다. 이카로스만큼은 누구에게도 넘겨줄 수 없었다. 군주에게도 양보할 수 없는 오직 그의 몫이었다.

"네 녀석을 꺾을 날을!"

더욱 크게 소리지른 오르앙이 곧장 이카로스를 향해서 달려가서는 힘껏 검을 내려쳤다.

치잉—!

역시나 온 힘을 다해 내려친 그의 검을 이카로스는 가볍게 방패로 막아섰다.

"그래, 이 정도는 되어줘야지!"

그 뒤로 오르앙은 미친 듯이 몰아치기 시작했다. 피가 묻은 칼날이 채찍을 넘어 살아 있는 뱀처럼 휘어지며 이카로스를 공격했다. 이것이 바로 블루티게스리터가 검을 쓰는 법이었다. 상당히 희귀한 수였는데도 이카로스는 용하게도 그 공격을 묵묵히 방패로 막아내고 있었다.

"그래, 그래! 잘한다! 더 막아봐라!"

오르앙의 눈동자에 핏기가 돌았다. 흥분하면 흥분할수록 그의 힘은 점점 더 포악해졌다. 한 번 검을 찌를 때마다 두세 마리의 붉은 뱀이 뻗어나갔다. 이카로스의 방패가 순식간에 이곳저곳으로 휘둘러지며 뱀의 머리를 끊어놓았다. 뱀들이 연기처럼 사라지는 것도 잠시, 더 많은 수의 선명한 뱀들이 굽이치며 이카로스의 급소로 파고들었다.

퍼억—!

순간 이카로스의 몸 중심에서 충격파가 일어나서 오르앙이 날린 뱀들이 산산이 끊어지고 날아갔다. 전세를 단번에 역전시키는 폭발에도 오르앙은 기가 죽기는커녕 새로운 공격을 퍼부었다.

이번엔 방패였다. 오르앙이 방패를 휘두를 때마다 일어난 바람이 뭉치더니 들소와 같은 뚜렷한 형태로 이카로스에게 처박혔다. 제법 충격이 컸는지 방패로 막아선 이카로스도 잠시 주춤거리는 모습을 보였다.

"크큭, 뭐야? 벌써 한계야?"

처음 마주쳤을 때부터 쉴 틈 없이 맹렬히 공격했다. 투구 안에 가득 찬 열기로 숨을 몰아쉬던 오르앙은 소기의 성과 앞에 마음껏 상대를 조롱했다. 물론 이카로스는 답을 하기보단 그저 목을 천천히 꺾을 뿐이었다.

"네 녀석, 뭐냐?"

무겁고 허스키한 이카로스의 목소리가 진정을 길렀다.

"이 몸이 바로 오르앙이시다!"

"뭐 하는 놈이냐?"

결단코 이카로스에게 오르앙을 무시하는 마음은 없었다. 정말로 순수하게 궁금해서 묻는 거였다. 적이냐, 아니면 아군이었는데 평소에 앙심을 품어서 공격을 하는 거냐는 질문이었다. 하지만 아쉽게도 그 말을 들은 오르앙의 기분이 좋을 리는 없었다.

"네 녀석은 몰라도 다른 녀석들은 곧 알게 될 거다! 네 녀석을 쓰러뜨리고 십대강자가 될 이름이니까!"

"날 쓰러뜨린다고?"

그제야 똑바로 주시하는 이카로스의 눈빛은 단 한 순간이지만 야수처럼 번들거렸다.

"그래, 내 무릎 아래 네 녀석의 묘지를 세울 거다!"

기세 좋은 오르앙의 말을 듣고도 이카로스는 무뚝뚝하게 고개를 가로저었다.

"틀렸다."

"뭐가 틀렸다는 거냐?"

"이곳에서 날 쓰러뜨릴 자는 단 한 명밖에 없다."

"한 명?"

"그래, 그리고 그자는 네 녀석이 아니다."

"뭐라고?"

이를 가는 소리가 투구 틈으로 새어 나왔다. 하지만 이카로스는 여전히 무표정한 얼굴로 말을 이어갔다.

"뭔가 큰 착각을 하는 것 같아서 가르쳐 주마."

"뭘?"

"지금 네 녀석이 마주하는 있는 나의 이름은 이카로스다."

"알고 있다!"

그 말에 또다시 이카로스는 고개를 가로저었다. 그러면서 허리춤에 차고 있던 검을 천천히 뽑아 들었다.

"아니, 넌 모르고 있다. 내가 이카로스라는 것을."

*   *   *

유베타는 도망가지도 숨지도 않았다. 자신의 저택에서 너바나에 접속했다. 서호와 아리아도 지금 그 저택 앞에 RX—11을 세워놓고 시기를 기다리고 있었다.

"어떤가요?"

그녀가 손에 쥔 화장거울을 보고 입술을 떼었다. 평소에는 거울로 쓰지만, 무선으로 넷과 연결이 되어서 TV나 통신기기로도 쓸 수 있었다.

"심심해요."

화장거울의 영상은 심심하다고 대답을 한 남자의 고개가 향한 곳을 보여주었다. 어느 정도 동영상 촬영의 경험이 있는 사람이라도 시각을 스캔하면 화면이 떨릴 때가 잦았다. 해서 초보자들은 시각보다는 고개의 방향을 카메라의 렌즈로 설정하는 게 바람직했다.

지금 남자의 고개는 주로 전장을 비추었지만 그럼에도 가끔씩은 여성의 몸매를 빠르게 훔쳐보기도 했다.

"록, 집중해 주세요."

"아, 알았어요."

아리아의 질책에 해적왕 록이 뾰루퉁하게 대꾸했다. 그는 지금 서호인 척 변장을 하고 전장과 조금 동떨어진 곳에 있었다. 마치 위기의 순간이 오면 언제든지 나설 것처럼.

"그런데요. 왜 하필 저죠? 저처럼 강한 사람이 변장을 하는 건 전력 낭비잖아요?"

"회의실에 있던 사람들 중에서 가장 체형이 비슷했잖아요."

"하지만 비공정에서도 비행공포증 때문에 떨고 있었고, 여기서도 아무런 활약도 없으면 너바나를 보는 사람들이 뭐라고 하겠어요? 해적왕 록은 도대체 뭐 하는 인간이야, 이렇게 생각하지 않을까요?"

"아니, 절대로요. 아마도 여자랑 놀고 있다고 생각할 거예요."

"아, 전 그런 캐릭터인가요?"

"네."

"뭐, 그럼 크게 손해 보는 건 아니네요."

전장에서 도망쳐서 눈에 띄지 않는 건 자존심이 상했지만, 여자랑 놀다가 접속을 하지 않았다면 뭔가 있어 보인다고 생각하는지 록은 간단하게 수긍했다.

"그건 그렇고, 지금 상황이 정확히 어떻게 되어가나요?"

아리아의 물음에 록의 고개가 가장 격렬하게 맞부딪치는 전장을 향하였다.

"이제 막 격돌을 한 참이에요. 생각했던 것보다 저희 쪽이 강해서 아마도 지금부터 11월의 군주는 이동하지 못할 것 같은데요?"

"알겠어요. 그럼 수고해 주세요."

오래 기다릴수록 피해는 늘어난다. 화장거울을 닫아 록과의 교신을 끝낸 아리아와 옆에서 묵묵히 듣고 있던 서호는 곧바로 RX—11에서 내렸다. 차에서 내린 그녀가 당당하게 저택의 정문으로 걸어가 벨을 눌렀다.

"누구십니까?"

잠시 후 인터폰에서 중후한 목소리가 흘러나왔다.

"저 실례합니다만, 여러분을 죽이려고 찾아왔는데요?"

지나치게 솔직한 아리아였다.

"네, 주인님께 얘기는 들었습니다."

"지금 저택으로 들어가려고 하는데, 꼭 문을 부수는 수고를 해야 하나요?"

"아닙니다. 지금 열어드리겠습니다."

예상외로 이야기가 술술 풀렸다. 유베타는 그들이 이곳으로 올 것을 예상하고 있었고, 순순히 문까지 열어주라고 명령을 내려놓은 것이다. 그렇다면 뭔가 함정 같은 게 있다는 뜻이다.

철컥―!

쇠가 맞물렸다가 떨어지는 소리가 들리더니 자동으로 정문이 열리기 시작했다.

"과연 뭐가 기다리고 있을까요?"

"글쎄요?"

서호의 물음에 고개를 갸웃한 아리아가 투명한 미소를 지었다. 분명 대비는 해뒀을 것이다. 하지만 그보다 유베타가 이토록 그들을 거부하지 않는 이유는 불멸이라는 지독한 시간 속에서 지루함에게 자신의 몸이 뜯겨가고 있었기 때문이다.

생명을 위협받는다거나, 식은땀이 전신에 흐를 만큼 아슬아슬한 스릴을 맛볼 때야말로 살아 있다는 것을 강하게 느낄 수 있기에 유베타도 그들의 습격을 바라고 있었는지도 몰랐다.

"저기 사람들이 있군요."

정원은 밖에서 봤을 때보다 훨씬 넓었다. 가로수는 당연하고 가로등까지 설치가 되어 있었다. 그들이 저택 안으로 발을 내딛자 저택 쪽에서도 상당한 머릿수의 사람들이 마중을 나왔다. 그들 대부분이 검은 양복을 정갈하게 차려입고 있었다.

"저들 중에 인형이 아니라 저희처럼 자아를 가진 존재도 있을까요?"

"없다고는 장담할 수 없어요. 도박으로 인해서 망한 자들은 있으니까요."

"그렇군요."

"망설여지나요?"

그 질문에 서호는 쓴 미소를 지었다.

"만약 이곳이 정말로 현실이라고 했더라도 망설여지진 않았을 겁니다. 너바나에서 배웠거든요."

"무엇을요?"

"인간은 스스로를 주인으로 여기는 동물이죠. 그래서 타인에겐 폭력적일 수밖에 없죠. 즉, 힘이 약한 타인은 자신에게 있어 노예가 될 수밖에 없습니다."

"그렇죠. 그게 현실의 잔혹한 단면이며, 부정할 수 없는 부조리죠."

"서로 양보할 수 없는 대립은 언제나 존재해 왔기에 더불어 살아가는 것만으로 아픔은 만들어지죠. 피할 수 없는 것, 그렇다면 아픔을 받는 쪽보다는 아픔을 주는 강자가 되는 길을 걷는 편이 나으니까요."

"동감이에요. 절대적이지 않고 상대적인 자아라면, 약자가 살아 있었다는 것을 강자로서 기억해 주는 것만으로도 약자의

자아는 강자의 속에서 살아가는 거니까요. 미안할 필요도, 망설일 필요도 없는 거라고 할까요?'

아리아가 내린 결론에 고개를 끄덕인 서호가 각오를 다지며 앞으로 걸어갔다. 반면 그들이 걸어오는 광경을 본 경호원들은 괜히 긴장을 했다며 헛웃음을 내뱉었다. 정원에 모여 있는 그들의 수는 대략 스무 명에 이르렀다. 저택 안에 있는 경호원들까지 합친다면 자그마치 오십 명에 육박했다.

그렇다면 적어도 그에 필적할 만한 수가 덤벼올 줄 알았다. 하지만 적이라고는 젊은 남자와 여자 단둘밖에 없었다. 그들이 돌바닥을 따라서 걸어오는 광경을 보고 기운이 빠지지 않는다면 거짓말이었다.

"나 혼자서 제압할 수 있겠는데?"

경호원 중에 하나가 앞으로 나섰다. 긴 장발 아래 선글라스를 쓰고 라인이 깊게 들어간 슈트를 입어서 꼭 모델처럼 보였다.

그가 서호를 향해 겁없이 걸어왔다. 바로 앞까지 다가온 경호원은 겁을 줄 생각이었는지 건들거리면서 서호의 어깨 위에 손을 올리려 했다. 그때였다.

탁—!

서호가 경호원의 손바닥을 한 손으로 치면서 순식간에 가슴 밑으로 파고들었다.

"……섰다!"

"뭐라고?"

"어리석다고!"

그리 답을 준 서호가 팔꿈치로 명치를 찌르자 '퍽' 하는 소리와 함께 경호원의 자세가 크게 휘청거렸다. 틈을 주지 않고 곧바로 서호의 정권이 경호원의 얼굴에 박혔다.

퍼억—!

단번에 코뼈가 부러지고 경호원의 고개가 옆으로 꺾였다. 이대로 쓰러진다면 다시 일어난다. 그 사실을 알기에 자세를 바로잡은 서호는 땅을 박차며 뛰어올라서 돌려차기로 경호원의 떨어지는 목을 반대편으로 날려 버렸다.

쾅—!

돌바닥에 머리를 찧은 경호원은 비명조차 지르지 못하고 정신을 잃어버렸다. 그런 경호원에게 서호는 공격을 멈추지 않았다. 장발을 뒤통수 쪽에서 움켜잡아서 돌바닥에 머리통을 수차례 내리찍었다. 핏물이 사방으로 튀고, 전신이 경련을 일으켰다. 그 뒤에야 서호는 천천히 일어섰다.

"한 가지 말해주지."

경호원 하나를 완벽하게 작살내 버린 서호가 전방을 노려보며 소리쳤다.

"사람이든 인형이든 상관없다. 제발 멍청하게는 굴지 마라. 너희의 고용주가 많은 수를 부른 건 다 이유가 있어서겠지? 둘밖에 없으니까 그만큼 강하다는 것을 직시해야지. 그래야 이쪽도 조금은 즐길 거 아냐? 안 그래, 이 버러지들아?"

참으로 친절한 서호였다. 그의 옆을 스쳐 가며 걸어가는 아리아도 묘한 미소를 짓고 있었다.

"이것들이!"

성질이 어지간히 급한지 경고를 듣고도 홀로 달려온 머리를 빡빡 민 경호원이 앞으로 성큼 다가온 아리아에게 주먹질을 했다. 그 주먹을 아슬아슬하게 피한 그녀가 경호원의 어깨에 살짝 손을 올렸다. 하지만 그것만으로 이미 게임은 끝났다.

대머리경호원은 꼼짝도 하지 못하고 마치 마비에 걸린 것처럼 부들부들 떨었다. 그를 향해 아리아는 턱 아래쪽에 손톱을 잔혹하게 박더니 그대로 뜯어내었다.

짜악ㅡ!

턱 아래쪽과 목 위쪽의 살가죽이 뜯어지면서 핏줄기가 미려하게 뿌려졌다. 여전히 기묘한 미소를 짓고 있던 아리아도 천천히 입술을 떼었다.

"저희들이 하는 말이 안 들렸나 보죠? 계속해서 한 명씩 덤빈다면 전부 이렇게 죽을 거예요."

도발이었다. 그 말에 지켜보고 있던 열여덟의 경호원은 정신을 차렸다. 단둘뿐이라고 생각했지만 예상외로 괴물들이었다.

"아아악!"

고함을 지르거나 이를 갈면서 덤벼오는 경호원들을 보고 나서야 서호의 미소도 변했다. 아름답고 잔혹하게.

경호원이 휘두른 야구 배트를 서호는 고개를 뒤로 젖히는 것만으로 피해냈다.

휘익—!

이마가 살짝 스쳐 살갗이 찢겨졌다. 핏물이 흘러내려서 왼쪽 눈을 뜰 수가 없었다. 서호가 눈을 감는 것을 본 경호원이 사각을 노리며 파고들었다.

퍼억—!

야구 배트의 끝부분이 옆구리에 박혔다. 충격에 몸이 새우처럼 구부려졌고 벌린 입에선 핏물이 쏟아졌다. 조금 전 주먹을 뺨에 맞은 후로 입 안에 고여 있던 피다.

"죽어라!"

"뭐?"

"죽으라고! 이 시팔 놈아!"

"웃기지 좀 마라!"

맞아줄 수는 있다. 몇 대 정도라면. 하지만 죽는 건 곤란했다. 주춤거리며 뒤로 물러섰던 서호는 다시금 야구 배트가 휘둘러지는 틈을 노렸다가 순식간에 자세를 숙였다. 돌바닥을 긁으면서 회전해 경호원의 정강이를 발로 걷어찼다.

팍—!

다리가 꺾인 경호원이 자빠지자 그 위로 뛰어오른 서호가 발굽으로 경호원의 목을 찍었다.

"커헉!"

거기서 멈추지 않고 다시 한 번 도약을 해서 이번엔 무릎으로 목을 찍자 뼈가 부러지는 소리와 함께 목이 기이하게 꺾였다. 그렇게 또 한 명을 멎게 만들었다.

"휴……."

이로써 일곱 명째였다. 겨우 한숨 돌리고 일어선 서호는 주변을 둘러보았다. 대부분의 경호원들이 시체가 되거나 치명적인 부상으로 정신을 잃고 쓰러져 있었다.

저편에선 아리아가 여유롭게 마지막 남은 두 명의 경호원을 상대하고 있었다. 양쪽에서 살벌하게 덤벼오는데도 그녀의 두 손은 신묘하게 움직이면서 공격을 봉쇄하였다. 그러다 어느 순간 직선으로 뻗은 그녀의 발차기를 맞은 경호원 하나가 비명을 지르면서 나가떨어졌다.

그녀가 신고 있는 구두가 정확히 눈알을 깨뜨린 까닭이다. 상당히 날카롭고 잔인한 발차기에 다른 경호원 하나도 주눅이 든 기색을 감추지 못했다. 지금까지 모든 경호원들이 이런 방식으로 당한 터였다.

"개, 개 같은 년!"

천천히 다가오는 아리아를 보고 욕설을 내뱉은 경호원이 주먹질을 했지만 허공에 던져질 뿐이었다. 일부러 주먹이 아슬아슬하게 스쳐 가도록 넘긴 아리아가 미소를 지으면서 뛰어올랐다.

도약과 함께 치고 들어온 무릎차기에 경호원의 코뼈가 뭉개졌다. 아리아는 그 일격만으로 만족하지 않고 양손을 활짝 펼쳤다가 손바닥으로 경호원의 양쪽 귀를 후려쳤다.

파악―!

손바닥이 경호원의 양쪽 귀 부분을 타격하는 소리가 무겁게 울렸다. 상당히 강렬한 충격이었는지 귀에서 핏물까지 흘리던 경호원은 눈알을 뒤집으며 무너졌다.

"끝났나요?"

마지막으로 남은 경호원 둘을 너무도 간단히 제압한 아리아의 시선이 그에게 닿았다. 서호가 고개를 끄덕이자 그녀는 방금 전까지 격전을 치른 사람으론 보이지 않을 정도로 매혹적인 미소를 지으면서 저택으로 걸어갔다.

세컨드 스테이지가 그들을 기다리고 있었다.

예상대로 정문 역시도 잠겨 있지 않았다. 그 문을 당기자 저택 안에 가득 차 있던 뿌연 담배 연기가 유유히 빠져나왔다. 유베타가 고용한 경호원들이 그들을 기다리면서 담배를 어찌나 피웠던지 공기멸균장치의 엔진이 불을 뿜을 정도로 돌아가고 있는데도 정화가 덜 되었던 것이다.

"오래 기다렸습니다."

순수하게 이 순간을 즐기는 것처럼 보이는 아리아, 그녀의 말에 저택 안에 있던 경호원들도 하나둘 일어서기 시작했다.

"긴말 필요 없겠지?"

서호도 아리아의 앞으로 나서면서 경호원들을 도발했다. 처음에는 정원에 대기하고 있던 경호원들처럼 단 한 명만이 그에게 달려들었다.

"어디서 어린놈의 새끼가 반말이야!"

"인형 주제에 반말이라도 듣는 걸 영광으로 알아야지?"

"뭐라고? 이 새끼가!"

스스로가 인형인지도 모르는 자들이 악을 쓰면서 주먹을 내지른다. 서호는 그 주먹을 두 손바닥으로 막았다가 손목을 꽉 붙잡아서 곧바로 뒤쪽에 있는 기둥에 경호원을 처박아 버렸다. 그리고 바닥을 박차고 떠올라서 경호원의 뒤통수를 발로 찍었다.

지익—!

머리 가죽이 찢겨져서 금빛 사각 기둥에 핏물을 그으면서 쓰러진다. 부들부들 경련을 일으키는 것으로 봐서 더 신경 쓸 것도 없었다. 눈 깜짝할 시이에 경호원 하나를 보낸 서호에게 또 다른 경호원이 곧바로 덤벼들었다.

"멍청한 것들아! 하나씩 덤비면서 시간 끌지 말고 한꺼번에 덤벼라!"

바로 앞으로 달려온 경호원을 앞차기로 거칠게 날려 버린 서호가 짐승처럼 포효했다. 아리아도 그의 기세를 이어받고 있었다. 그녀에게는 여성 경호원이 덤벼들었는데 아리아가 한 발을 슬쩍 물러섰다가 다시 앞으로 내디디면서 칼날 같은 발차기를 구사했다.

"허억!"

가슴을 정통으로 맞은 여성 경호원은 도를 넘은 고통에 허망한 신음 소리를 흘리며 무너졌다. 두 무릎을 꿇은 여성 경호원에게 다시금 그녀만의 독특한 발차기가 들어갔다. 여성의 목뼈를 단숨에 꺾어버릴 정도로 강렬한 발차기였다.

서호가 늑대처럼 거칠게 물어뜯는 싸움을 한다면 아리아는 여우처럼 교활하고 차가운 싸움을 주도하고 있었다. 불필요한 몸놀림 없이 적시에만 폭발하는 아리아를 보고 난 뒤로 경호원들의 얼굴에는 하나같이 긴장의 빛이 새겨졌다. 뒤늦게야 마음을 먹는 듯했다. 인형은 인형답게 죽기로.

"하아압!"

경호원들이 떼거지로 덤벼오기 시작했다. 마치 파도처럼 밀려오는 경호원들에게 맞선 서호가 맨주먹을 치켜들었다. 휘둘러지는 발목에 주먹을 내려쳐서 부수고, 뻗은 손가락을 붙잡아서 꺾어버렸다.

그런 그를 순식간에 둘러싼 경호원들이 몰매를 때리다가도 한순간에 뻗은 서호의 주먹에 의해서 기세는 단번에 끊어졌다. 몇 명이 동시에 쌍코피를 터뜨리면서 나가떨어졌지만, 경호원들도 결코 호락호락하지 않았다. 금세 일어나서 다시 덤벼들었다. 그러던 중에 옆구리에 섬뜩한 기운이 스며드는 것을 서호는 느꼈다.

찌익—!

그가 입고 있던 가죽 재킷이 찢겨지는 소리였다. 경호원 하나가 유리병을 깨서 덤벼왔던 것이다.

"그래, 이 정도는 해줘야지!"

옆구리에서 흘러내린 피가 바지를 적시고 있는데도 마치 지금의 상황을 원했다는 듯 미소를 지은 서호가 순간적으로 경호원들의 시선에서 사라졌다. 엎드린 늑대처럼 바닥에 붙었다가 단번에 뛰어올라 발로 유리병을 쥐고 있던 경호원의 손등을 걷어찼다.

'붕' 하고 떠오른 병을 다시금 뛰어올라 낚아챈 서호가 곧장 낙하하면서 경호원의 머리에 유리병을 박았다.

"아아악!"

두개골에 박히면서 유리병은 부서졌고, 흩어지는 유리병 조각 사이로 분수처럼 솟구치는 핏방울이 있었다. 정신없이 덤비다가 그 핏물을 맞게 된 경호원들의 눈빛은 당연히 흔들릴 수밖에 없었다. 그들을 심경을 꿰뚫은 서호는 더욱 거친 미소를 지으면서 압박해 갔다.

"으윽! 이 괴물들!"

"이것들 도대체 뭐야?"

서호와 아리아 단둘에게 일방적으로 당하는 현실을 받아들이기 어려웠던 경호원들이 여기저기서 악을 질렀다. 서호는 그 기세를 몰아서 단숨에 전방에 있던 경호원들을 밀어붙이면서 그들의 정신을 찢고, 육신을 파괴했다.

"내, 내가 죽인다!"

그때 서호의 눈앞에서 번쩍이는 섬광이 맺혔다. 화끈한 감각이 오른팔에서 일어나 뇌를 찔렀다. 가죽 재킷에 미끄러지면서도 파고들어서 살갗을 베어낸 공격이 있었다.

"진검이라?"

앞으로 튀어나온 경호원 하나가 검을 위협적으로 휘두르며 비릿한 미소를 짓고 있었다.

"어때? 이 정도면 되겠냐?"

"아니. 부족한 것 같은데?"

"뭐라고? 어디서 이게!"

서호는 검을 든 경호원을 앞에 두고서도 리듬을 타면서 가볍게 스텝을 밟았다. 진검을 쉽게 볼 수는 없었지만 너바나의 경험이 완전한 거짓이 아니라면 분명 통할 터였다.

휘익—!

검이 경계를 하면서 휘둘러지는 동시에 서호가 바닥을 쭉 미끄러졌다. 한순간에 진검을 쥔 경호원의 바로 코앞까지 붙게 되었다. 한마디로 검은 무시할 수 없었다. 하지만 검이 무용지물이 되는 거리는 분명 있었다.

"한참 부족한 거 아냐?"

빠르게 일어서면서 서호가 이마로 검을 쥔 경호원의 턱을 찍었다. 서호에게도 충격이 왔지만 공격을 당한 경호원이 더욱 크게 휘청거렸다. 세상이 정신없이 흔들릴 것이다. 그런 그에게 서호가 검지와 중지를 반쯤 세운 주먹으로 목 밑을 가격했다.

퍼억—!

급소를 맞은 경호원은 마른 볏단처럼 쓰러졌고, 서호는 재빨리 바닥에 떨어진 검을 주워 들었다. 강철의 묵직함이 손바닥을 타고 전신으로 전해졌다.

분명 그의 검술은 미숙했다. 하지만 너바나처럼 격렬한 전장은 겪어본 적이 없는 인형들에게는 통하고도 남았다.

그 뒤로는 더 볼 것도 없었다. 일방적인 학살이었다. 정말이지, 늑대 한 마리가 아가리를 크게 벌리고 주변에 서 있는 인간들을 물어뜯듯이 그가 스쳐 갈 때마다 경호원들은 핏물을 걸쭉하게 뿌리며 쓰러져 갔다.

그렇게 검이 수십 번도 넘게 휘둘러지고 결국 검신이 부러질 때쯤 더 이상 서 있는 사람도 없었다. 채 일각도 지나지 않아서 저택의 1층은 시체들과 피바다로 물들어 있었다.

"휴……."

"세컨드 스테이지도 끝났네요."

이번만큼은 아리아도 힘겨웠는지 왼팔에 상처를 입고 피를 흘리고 있었다. 하긴 엄밀히 따진다면 그녀보단 서호의 부상이 훨씬 깊었다.

검을 들었음에도 불구하고 검이 인체를 끊지 못하고 박혔을 경우에 빼어내는 그사이에 공격을 당한 것만으로도 만신창이가 된 것이다. 온몸을 지배하는 통각에 서호는 주변을 둘러보다가 진열장을 발견하고 그곳으로 걸어갔다.

쨍그랑—!

검신이 절반만 남아 있는 검으로 진열장의 유리를 깨어 부수고, 그곳에서 위스키 한 병을 꺼냈다. 뚜껑을 따서 한 모금을 삼켰다. 바라보는 아리아에게 권해보았지만 그녀는 고개를 저으며 계단을 오르고 있었다. 쓴 미소를 지은 서호는 한 모금을 더 머금고 난 뒤에야 그녀를 뒤따랐다.

2층으로 올라와서 한쪽 복도를 따라 걸어간 그들의 앞에는 적삼나무로 만들어진 거대한 묵조 문이 버티고 있었다.

"여기예요. 유베타는 여기서 퓨어를 통해 너바나에 접속을 하고 있어요."

"벌써 라스트 스테이지인가요?"

"네, 그렇게 되었네요."

아리아의 대답을 들은 서호가 발을 들어서 문을 강하게 찼다. 두 문짝이 신음 소리를 내면서 열리자 방 안의 전경이 그들의 시야에 펼쳐졌다.

이미 유베타는 퓨어에서 나와 있었다. 알비노 환자처럼 온몸의 털이 새하얗게 탈색된 그는 붉은빛이 감도는 와인 한 모금을 음미하다가 천천히 고개를 돌렸다.

"기다리고 있었다."

"기다려?"

"그래, 너희들이 멍청하다는 것 하나만큼은 제대로 알았다."

"무슨 말이지?"

"생각해 봐라. 난 너희들의 능력을 알고 있다."

너바나의 힘, 그것이 제네시스에 통용된다는 사실을 유베타가 모를 리는 없었다.

"그런데?"

"확실히 막고자 했다면 경호원을 200명 넘게 고용했을 거다. 그 정도의 돈은 넘치거든. 하지만 어째서 50명뿐이었을까?"

답은 의심할 수 없는 적당한 수였다. 자신들을 무시하고 배치한 수라고 여기게 만든 것이다. 함정이 있다는 얘기였다. 남은 의문은 하나였다. 어떤 함정을 무엇 때문에 마련했냐는 거였다.

"바로 내 손으로 직접 네 녀석들을 죽이고 싶었거든."

무엇 때문인지 밝힌 유베타가 보이지 않던 한 손을 들었다. 그 손에는 권총이 들려 있었다. 너바나와 제네시스의 정보를 꿰뚫고 있던 아리아도 권총까지는 예상치 못해 두 눈을 크게 떴다.

제네시스는 현실과는 달리 다인을 해칠 수 있는 무기에는 제한이 따랐다. 그래서 개인이 만들 수 있는 최고의 살상 무기라고 해봤자 지금 서호가 쥐고 있는 검이 전부인 세계였다. 이 세계에서 유베타는 어떤 방법인지는 모르지만 권총을 소유하였던 것이다.

"그럼 잘 가라!"

CHAPTER 30
내일을 바라는 자

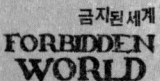
금지된 세계
FORBIDDEN
WORLD

"무슨 개소리냐!"

오르앙이 으르렁거렸다.

싸우기 전에 적의 정보를 수집하는 건 기본이다. 이카로스
의 성격은 과묵하고 결단력이 뛰어나서 상당한 카리스마를 가
졌다고 알려져 있다. 강철기사단도 그런 그에게 동화가 되어
서 이곳을 게임이 아니라 현실처럼 여기고 있으며, 그를 현실
의 군주처럼 받든다는 이야기는 거론할 필요가 없을 정도로
유명했다.

가장 중요한 전투력과 기술에 관해서도 몇 날 밤을 지새우
며 게시판과 동영상을 찾아보면서 숙지하였다.

'이카로스는 슈바리체리터 중에서도……'

곰곰이 되짚어보던 오르앙의 눈빛이 흔들리기 시작한 건 그 때부터였다.

분명 이카로스는 기사다. 하지만 방어가 뛰어난 기사는 아 니었다. 방어력과 방패 효율로 본다면 자신은 불구하고 평범 한 기사들보다 크게 나을 것은 없다고 알려져 있었다. 그가 너 바나에서 열 손가락 안에 들어가는 강자에 들 수 있었던 건 기 사로서는 말도 안 되는 공격력을 가지고 있어서였다.

'이카로스가 방어력이 약하다고?'

오르앙은 자신의 모든 공격이 이카로스의 방패에 가로막힌 것을 부정할 수 없었다. 단언컨대 이카로스의 방패는 물렁하 지 않았다.

'그럼 어째서 방어력이 저평가를 받은 거지?'

마주치고 난 뒤로 처음으로 검을 치켜드는 이카로스의 모습 이 눈에 들어왔다.

'방어력이 약해 보일 정도로 공격력이 압도적으로 강하다 는 건가?'

답은 그것밖에 없다는 생각이 들었다.

"이제 깨달았나, 내가 이카로스라는 것을?"

이카로스의 무거운 목소리가 떨어진 그 순간 오르앙은 직감 했다. 그는 아직 실력을 보이지 않았다. 그 사실에 검을 쥐고 있던 손이 감출 수 없을 정도로 떨렸다.

"그, 그게 뭐 어쨌다는 거냐!"

솔직히 말하면 천적을 둔 것 같은 기분이었다. 어떤 공격이 펼쳐질지, 그 공격을 막을 수 있을까 하는 의심이 들었다. 두려웠다. 하지만 떨어봤자 도움이 되는 게 없는 것도 사실이었다.

그의 이름은 오르앙이었다. 진홍의 기사 중에 최고라고 불리는 자다. 버럭 소리를 지른 그가 검을 힘껏 쥐었다.

치잉—!

찰나였다. 오르앙은 아무것도 보지 못했다. 눈앞에서 섬광이 번쩍이자 쓰고 있던 투구가 단번에 반쪽이 나면서 서늘한 바람이 그의 맨얼굴에 닿았다. 얼굴 한쪽이 흉터로 가득 찬 오르앙은 이카로스가 자랑하는 극쾌의 검을 본 것보다 세상에 자신의 얼굴이 드러난 것이 더욱 충격이었다.

"이, 이 자식!"

얼른 왼손을 들어서 얼굴을 가렸다.

"전장에서 한 손을 놀리다니, 죽고 싶은 거냐?"

그 말이 끝나기도 전에 또다시 섬광이 길게 그어졌다. 오르앙은 뒤늦게 물러서면서 왼팔에 힘을 줬지만 전에 없던 허전함을 느꼈다.

'뭐야?'

그의 팔이 깨끗하게 잘려 나가 있었다. 뼈와 근육이 꿈틀거리더니 곧 핏물을 뿜었고, 땅바닥에 떨어진 아래팔은 신경이 살아서 손가락을 마구 움직였다.

"이 정도였냐? 극쾌라는 게?"

믿기지 않았다. 아무런 방비도 할 수가 없었다. 오한이 등 뒤를 잡아 뜯으면서 공포라는 이름으로 그를 짓눌렀다.

"아니, 넌 극쾌에 죽는 게 아니다."

"뭐라고?"

"네 녀석에게 극쾌가 통하지 않는 건 알고 있다. 기억하라. 이 검의 이름은 극쾌를 능가하는 광아의 검이다."

빛에 버금간다고 하여 지어진 오의, 검만 전문적으로 쓰는 글라디에이터 중에서도 상당한 수련을 거친 자만이 보여줄 수 있는 절기였다. 그 기술을 이카로스는 기사의 이름으로 완성시켰다는 말이다.

"어, 어디서 거짓말을!"

"……."

언어의 답은 없었다. 다시 한 번 빛이 번쩍인 순간, 오르앙은 하늘을 바라보고 있었다. 그 하늘에 이카로스가 서 있었다. 그리고 맞은편에는 자신도 서 있었다.

'어째서……?'

의문으로 가득 찬 눈동자로 기울어지는 자신의 몸뚱이를 볼 수 있었다. 머리통을 잃은 몸뚱이가 땅바닥으로 쓰러지고 있었다.

'아!'

한순간에 목이 잘린 것이다. 그 깨달음과 함께 통증도 밀려들었다. 너무 빨리 베어져서 전기 충격이 뒤늦게 오고 있었다.

"크아악!"

단말마의 비명이 전장을 갈랐다. 그리고 덧없이 멈추었다.

오르앙, 11월의 도시에선 이름을 날리던 자였으나 그의 비명 소리는 사람들의 욕설과 고함, 병장기 부딪치는 소리에 의해서 묻힐 수밖에 없었다.

이토록 전장은 개인의 죽음에는 무관심했다. 결국 전장은 자신의 목숨을 지키기 위해서 발악을 하는 자들을 축복하는 곳이었다. 비정한 칼날과 광기에 사로잡힌 상념만이 허락되는 장소였다.

그러했던 전장도 시간이 흐르면서 어느 정도 안정이 되어갔다. 용병 인형들의 수가 늘어나지 않았던 까닭이다. 지금 이곳에 있는 용병 인형들만 쓰러뜨린다면 승리로 끝날지도 모른다는 생각이 사람들의 심장에 불을 뿜게 만들었다. 물론 그들의 불꽃에 차가운 물을 들이붓는 자도 있었다.

"하압!"

시계동맹의 한 남자가 용병 인형들의 선두에 서 있는 여성에게 덤벼들었다.

처억—!

결과는 잔혹했다. 대기에 X 자의 호가 그어지면서 덤벼들던 남자의 몸에서 핏물이 거칠게 뿜어졌다. 남자를 가볍게 쓰러뜨린 여성이 쌍검에는 핏물이 마를 새가 없었다.

에페, 그녀는 용병 인형들의 공급이 잠시 끊어졌지만 이것만으로 전황을 단정하기에는 이르다고 여겼다. 잠시 유베타가 자리를 비운 이때만 넘긴다면 모든 것은 계획대로였다. 또다시 덤벼오는 남자에게 이번에도 쌍검을 휘둘러 잔혹하게 뜯어내려 했다.

치잉—!

그러나 에페의 사나운 공격을 남자는 막아섰을 뿐만 아니라 비릿한 미소까지 짓고 있었다. 마치 나무젓가락처럼 호리호리한 몸매를 가진 남자가 양손에 쥔 단검으로 그녀의 공격을 막은 것이다.

단검에 맺혀 있다가 흩날리는 푸른 벼락 사이로 남자의 눈매는 날카롭게 번뜩이고 있었다. 머리카락까지 삐쭉삐쭉 서 있어서 흡사 벼락을 형상화해 놓은 것 같았다.

"제법이군요."

그녀의 감탄에 남자의 미소가 더욱 잔악하게 일그러졌다.

"이거 생각보다 일찍 마주쳐 버렸는데?"

"날 알고 있나요?"

"알다마다. 아주 오랫동안 그리워했거든."

그리 답한 남자의 몸에서 험상궂은 기운이 일어났다. 마치 독수리가 발톱과 부리를 세우고 가슴을 쥐어뜯는 것 같은 기운이었다. 3일 전, 절벽의 길 앞에서 느꼈던 살기와 흡사했다.

"아하, 그날 그 살기도 당신이었군요."

"기억하고 있나?"

"당연하죠. 오랜만에 느껴보는 그리운 감각이었거든요."

"그래, 그 감각 때문에 넌 죽게 될 거다!"

에페가 이해하기 어려운 말을 남긴 남자는 옆으로 걸으면서 땅을 거칠게 찼다. 그러자 마른땅에서 먼지가 자욱하게 일어나면서 시계를 어지럽게 만들었다. 이것이 도적의 싸움 방식이었다.

기운을 감추고 찰나간에 파고드는 공격에 에페는 왼손에 쥔 검을 휘둘러서 막으며 오른손에 쥔 검으로 찌르기를 구사했다.

휘익—!

먼지 속의 인영을 분명 꿰뚫었는데 꼭 물속에 검을 담근 것처럼 찝찝한 기분이 들었다. 그 순간 등 쪽에서 서늘한 기운이 뻗어왔다.

생각할 틈은 없었다. 본능적으로 땅바닥을 한 바퀴 구른 에페가 돌아서면서 뒤쪽에서 들어오는 공격도 막아내었다. 이번에도 인영을 꿰뚫었지만 칼날에 스며드는 감촉은 무척이나 불쾌했다. 두 번의 시행착오를 겪은 후에야 에페는 고개를 끄덕이며 미소를 지었다.

"도플갱어!"

상대가 도플갱어를 쓸 정도의 힘을 가졌다면 그녀도 힘을 아낄 필요는 없었다. 당당하게 일어선 에페가 양손에 쥔 검을 마구 돌리기 시작했다.

휘익—! 휘익—!

칼날이 춤을 추듯이 현란하게 주변을 훑자 모래바람이 사라지고 저편에서 그녀를 노려보는 남자를 들춰주었다.

"저에게 원한 같은 게 있나보군요."

이미 많은 전장을 경험하였기에 에페는 알고 있었다. 도플갱어는 상당한 정신력을 요하는 고등의 기술이었다. 자신과 싸우기 위해서 정신력을 아꼈거나, 그것이 아니면 이곳에서 끝장을 보겠다는 의지가 담겨 있었다.

"말해도 기억하지 못할 거야. 하도 많은 사람을 죽였을 테니까."

"그래요?"

"그래, 난 눈앞에서 네 녀석에게 아주 소중한 친구를 잃었거든."

그 말을 듣고 난 에페가 잠시 아랫입술을 깨물며 상념에 잠기더니 곧 고개를 가로저었다.

"아뇨. 분명히 기억해요."

"뭐라고?"

"기억한다고요. 왜냐면 죽이고자 했던 자를 죽이지 못한 건 그때 단 한 번밖에 없었거든요. 제 검을 끝까지 붙들고 있던 여자 때문에 한 남자를 놓친 적이 있죠. 얼마나 화가 나던지."

비웃음이 섞인 그녀의 목소리를 듣고도 나프카는 아무런 말도 없이 노려볼 뿐이었다.

"그랬군요. 이렇게 다시 나타나주니 황송하군요."

"황송하다고?"

"찝찝했거든요. 참고로 한 가지 말해줄까요? 당신을 놓치게 만든 여자의 마무리는 확실하게 했어요. 최대한 고통스럽게 팔과 다리부터 뜯어낸 다음 천천히 죽였어요. 잘했죠?"

그의 냉정을 흔들기 위한 거짓말이었다. 소영의 시체를 직접 확인한 그였기에 알고 있었다.

"쓰레기군."

"제 성격이요?"

"아니. 내가 들어본 유언 중에서 가장 쓰레기 같은 유언이란 말이다."

눈에는 눈, 이에는 이다.

너바나를 삶으로 보는 자들이라면 경외시 여기는 십대강자, 그중의 하나인 쌍검의 파수꾼 에페를 비웃어준 나프카는 자신의 장기를 곧바로 선보였다. 도플갱어와 함께 발현되는 그림자숨기는 검사나 전사들이 가장 꺼리는 도적의 질기였나.

"자, 그럼 놀아볼까?"

수십 명으로 불어난 나프카가 연기처럼 사라지자 에페의 눈매도 가늘어졌다.

칭—! 치잉—!

유령처럼 양쪽에서 나타나서 찌르는 단검의 칼날에 에페가 몸을 한 바퀴 회전하면서 쌍검을 휘둘러 쳐내었다. 그 뒤로도 정신을 빼놓는 현란한 공격이 사방에서 몰아쳤지만 에페는 작은 상처 하나 없이 용케도 막아내었다.

수십 명의 나프카를 상대하면서도 그녀는 뜨거워지기보다 오히려 차가워졌다. 그의 공격이 거듭될수록 에페는 방어만 하지 않고 반격을 가해서 도플갱어를 찢기도 했다. 그녀의 손에 쥐어진 쌍검이 핏물을 뿌리며 화려한 춤으로 거듭났다. 주변에 있던 유저들도 시선을 빼앗길 수밖에 없었다.

살벌하게 덤벼들던 나프카의 도플갱어들이 하나같이 맥을 못 추고 그녀의 검에 찢겨진다. 쌍검의 파수꾼은 진실로 강했다. 지금 에페가 검을 휘두르면서 생긴 궤적이 하나의 구를 형성하고 있었으며, 그 안으로 들어온 모든 것을 멸하였다. 그녀의 몸을 중심으로 반경 1미터 안은 죽음의 공간이 만들어졌다.

"어서 공격해 보시죠?"

쌍검을 빠르게 휘두르면서도 에페가 여유로운 표정을 지으며 나프카를 도발했다. 하지만 나프카는 인상을 구길 뿐 더 이상 쉽게 덤벼들지 않았다. 도플갱어와 그림자숨기의 조합만으로는 무리가 따랐다.

"공격할 생각이 없다면 제 차례인가요?"

처억—!

그녀의 말이 끝나자마자 나프카의 오른쪽 어깨가 베어졌다. 강화된 가죽 갑옷이 찢기고 짙은 핏방울이 뿌려졌다. 일 장 거리에 있었기에 그녀의 검이 닿을 리가 없는데도 당했다.

"진공까지 쓰는 건가?"

죽음의 공간을 형성하면서도 검에 맺혀 있는 기를 날려서 진공의 검까지 날리고 있었다. 그것으로 끝이 아니었다. 그녀가 쌍검을 휘두르면서 그를 향해서 달려왔다. 이를테면 죽음의 공간이 다가오고 있었다.

"크윽!"

나프카가 재빨리 물러섰지만 그녀가 달려오면서 날린 진공의 검에 대여섯에 이르는 도플갱어가 순식간에 쓰러졌다. 기세 좋게 덤볐지만 역시나 십대강자는 허명이 아니었다.

　폭풍처럼 몰아치는 그녀의 공격에 나프카는 답을 찾지 못한 채 계속해서 피할 수밖에 없었다. 그때 저편에서 날아온 화끈한 불꽃이 그녀의 돌격을 잠시 멈추게 만들었다.

　"형님, 고전하는데요?"

　전장을 꿰뚫고 불꽃을 날린 자는 바로 로번이었다. 그가 황금빛 머리카락을 휘날리면서 미소를 짓고 있었다.

　"꼬맹이, 넌 다른 녀석이나 손봐라. 이건 내 먹잇감이라고 했잖아."

　"그리지 말고 체하실 깃 같은데 길이 좀 믹죠?"

　"시끄러! 그리고 이왕이면 솔직하게 말해라! 내가 그렇게 불안하게 보였냐?"

　"네, 솔직히 말씀드리면 곧 뒈지실 것 같던데요?"

　나프카의 기분은 아랑곳하지 않고 로번이 차가운 현실을 일러주었다.

　"그렇게 보였단 말이지?"

　하긴 사실이다. 나프카는 현실을 외면하지 않았다. 아니, 나프카니까 현실과 타협을 쉽게 한 건지도 몰랐다. 그는 시리안처럼 자존심에 죽고 사는 자는 아니었다. 그에게는 우정이 중요했고, 그 우정의 복수가 자신의 자존심보다 백배는 중요했다.

　"알았다. 더럽게 강한 건 사실이니까, 같이 먹어보자."

　"네, 그럼 무기랑 방어구도 나누는 겁니다."

로번이 그리 말하면서 검을 치켜들었다. 하지만 그들을 바라보는 에페의 눈빛은 여전히 차가웠다.

"허접한 자들이 힘을 합쳐봐야 크게 달라질 게 있을까요?"

둘이 덤벼도 자신을 상대할 수 없다고 단언을 한 에페, 그 오만함이 냉정함에서 나온 말이라는 것을 증명이라도 하듯 그 뒤로 펼쳐진 그녀의 실력은 참으로 극악했다. 집중 폭격이라고 불려도 좋을 만큼 나프카의 도플갱어와 로번의 불꽃의 탄환이 폭발하고 있는데도 그녀는 여유를 잃지 않고 차분하게 방어를 하면서 반격까지 가했다.

불꽃의 비호에 감싸인 로번에게는 진공의 검으로 날려서 주춤거리게 만들고, 나프카를 끝장내려고 달렸다. 한순간에 파고들어 오는 에페의 예리한 칼날을 나프카는 어금니를 물며 단검으로 막아섰다.

그러나 충돌할 때 일어난 충격만으로 나프카의 신형은 거칠게 땅바닥을 굴렀다. 다시 로번에게 진공의 검을 날려서 견제를 하고 나프카에게 달려가 발로 그의 턱을 강하게 찼다. 피할 여력이 없던 나프카는 이번에도 땅바닥을 한참 동안 굴렀다.

"아! 이카로스도 그렇고, 열 손가락 안에 들어가는 것들은 도대체 어떻게 너바나를 해온 거야?"

"저도 그 점이 항상 궁금했어요."

입에 고인 핏물을 뱉어내는 나프카의 불평을 듣고 로번도 쓴 미소를 지으면서 몸을 추슬렀다. 검으로 마른땅을 짚고 숨을 깊이 삼킨 그가 또다시 통하지 않는 불꽃의 탄환을 날려보았다.

"그런 기술은 안 통한다니까요!"

에페가 지겹다는 얼굴로 논했지만 이번엔 조금 달랐다. 처음에는 탄환처럼 보였는데 그녀가 휘두른 칼날을 피하기 위해 곡선을 그리더니 그녀의 가슴을 강타하였다.

파악—!

불꽃의 사냥꾼이었다. 물론 사냥꾼조차도 그녀의 강화된 갑옷에는 흠집조차 주지 못한 건 마찬가지였다.

"이거 어쩌죠? 나름 회심의 수였던 것 같은데?"

아깝다는 듯이 위로하는 에페의 말에 이마에 핏줄이 잡힐 정도로 자존심이 상한 로번은 그 뒤로 쉬지 않고 탄환과 사냥꾼을 번갈아가면서 날렸다.

"하아압!"

미친 듯이 공격을 퍼붓는데도 고작해야 그녀의 발목을 붙잡는 게 다였다. 일 대 이로 싸우고 있다고 하지만 사실상 나프카의 도플갱어 수를 무시할 수 없었으니 훨씬 많은 수를 그녀 혼자서 상대하는 셈이었다. 그런데도 에페는 밀리지 않았다. 밀리기는커녕 전장을 주도하고 있었다.

"이건 어떨까?"

로번이 검으로 땅을 후려치는 동시에 발도 자세를 취했다. 시야에 들어오는 것은 오직 튀었다가 떨어지는 돌덩이 하나였다. 그 돌덩이를 노려보는 로번의 눈빛이 번뜩이는 순간 검호가 사선으로 그어졌다.

불꽃의 직탄!

성격이 절대 변하지 않고 무조건 일직선으로 뻗어나가는 탄환에 에페도 이번에는 피하는 도리밖에 없었다.

"오호?"

방금 로번의 기술은 에페로서도 귀찮은 기술이었다. 나프카를 죽이기 위해서 일격을 가하는 사이에 저 기술이 나온다면 그녀도 치명적인 상처를 받을 수 있었다.

"알았어요. 그쪽부터 먼저 죽여달라는 거죠?"

그렇게 말한 그녀가 로번을 정면으로 노려보았다. 그전까지 나프카를 노렸던 지독한 살기가 이제는 로번만을 찢어발겼다.

달려오는 그녀를 보고 로번은 재빨리 불꽃의 비호를 온몸에 둘렀다. 이곳은 전장이었다. 힘을 아꼈다가 당한다면 그보다 억울한 일도 없었다.

"하압!"

폭발하는 불꽃의 비호를 보고도 겁없이 달린 에페가 검을 쥔 양손을 하늘 높이 치켜들었다가 땅으로 힘차게 그었다. 그러자 로번의 몸을 거칠게 감싸고돌던 불꽃의 비호가 한순간에 꺼져 버렸다.

"당신은 실력 차이를 떠나서, 상성 때문에 저에게 안 된답니다!"

그녀의 말처럼 검사끼리도 상성은 존재했다. 죽음의 공간을 만들어내는 글라디에이터에게는 그 공간보다 긴 대검을 쓰는 베르세르크가 유리했고, 베르세르크를 잡기에는 검술뿐만 아니라 마법까지 겸비한 에델메탈페히터가 유리했다. 다시 에델메탈페히터는 죽음을 공간을 쓰는 글라디에이터에겐 잡혔던 것이다. 게다가 에페의 직업은 단지 글라디에이터에 한정되지 않았다.

땅 밑으로 수그러든 불꽃의 비호에 로번은 잠시지만 멍한 표정을 지을 수밖에 없었다. 상성이 존재함은 알고 있었지만, 도대체 어떤 힘에 의해서 그의 비호가 단숨에 힘을 잃은 건지는 이해가 되지 않았다.

차악—!

순간 그녀의 쌍검이 양쪽으로 그어지면서 진한 핏줄기를 뿌렸다. 로번의 흉갑을 끊을 뿐만 아니라 가슴에 깊숙한 상처를 남겼다.

"로번!"

저편에서 나프카가 자신을 부르는 소리를 분명 들었다. 하지만 전신의 힘이 급속도로 빠져나가 대답을 할 수가 없었다. 쥐고 있던 검조차 힘없이 놓쳐 버리고 말았다.

그런 로번을 향해 에페의 검이 다시 한 번 피를 묻혔다. 잔혹한 핏빛의 호가 두 번이나 그어졌다. 강렬하게 후려친 쌍검의 칼날에 그의 양팔이 동시에 잘려 나가고, 양쪽 허벅지도 절반이나 베어졌다.

"커헉!"

버티지 못하고 쓰러진 로번은 넋 나간 눈빛으로 하늘을 바라볼 수밖에 없었다. 믿기 어려울 정도로 깨끗하게 당해 버렸다.

"꺼져라!"

나프카의 노한 외침이 조금 더 가까이서 들려왔다. 금속성이 울리며 한 사람이 물러나는 소리도 들렸다.

"야! 괜찮아?"

로번의 앞을 막아선 나프카는 지금 어찌할 바를 몰라 했다. 로번의 상태가 걱정이 되었지만 전방에 적을 둔 지금 돌아볼 수조차 없었다.

"괜찮아? 대답해 봐!"

"괜찮을 리가… 없잖아요……. 쿨럭, 대답하기도… 힘들어요."

피를 토한 로번이 어렵사리 입술을 떼었다.

"아, 알았어. 걱정하지 마. 이 형님이 살려줄 테니까. 도시까지 데려가 줄 테니까."

"네……."

"그러니까 정신 바짝 차려! 조금만 버텨! 자식아!"

로번을 안심시키기 위해서 자신있게 말은 했지만 지금 나프카는 딜레마에 시달리고 있었다. 전방에선 에페가 그들을 비웃고 있었다. 그녀를 무시하고 로번을 데리고 도시로 가는 건 사실상 불가능했다. 도플갱어를 부려도 한계 거리가 있었다. 최선책은 그녀를 재빨리 처단하는 것인데, 현실적으로 불가능할뿐더러 설사 이길 수 있다고 해도 그때까지 로번의 생명이 버틸지는 미지수였다.

"자, 또다시 친구가 죽어가네요? 이번에도 도망을 칠 건가
요?"

살아가다 보면 누구나가 절망의 숲에 떨어질 때가 있다. 눈
앞에 주어진 길은 두 갈래라도 어느 쪽을 걷든 지옥으로 향하
는 길이라는 사실을 알 때가 있다.

그럴 때 사람들은 그 자리에 주저앉고 만다. 혹은 기아에 허
덕이는 이리에게 쫓겨서 목적없이 도망을 치기도 한다. 그러
다 붙잡힌다.

열망을 담았던 심장은 발톱에 찢겨 조각난다. 각오를 새긴
영혼은 송곳니에 찍히고 부서진다. 길을 잃은 인간은 죽어가
는 이리 한 마리조차 상대할 수 없을 만큼 나약하였다.

나프카의 고개도 천천히 떨어졌다. 물론 그가 택한 길은 달
랐다. 그는 두 갈래 중에 어느 길도 택하지 않았다. 이리에게
팔 하나를 던져 주고 나뭇가지와 가시덤불로 꽉 막힌 길을 헤
쳐 나가기 시작했다. 그는 가시에 남은 생명과 자존심이 너덜
너덜 찢겨나가는데도 새로운 길을 만들고, 그 길로 걸어갔다.

"부탁이다."

"네?"

"날 삶아 죽이든지 구워 죽이든지 마음대로 해라. 하지만 이
녀석만큼은 도시 안으로 데려가게 허락해 줬으면 한다."

나프카가 내린 결론은 이것이었다. 로번을 살릴 수 있다면

자신의 자존심과 생명 따위는 얼마든지 줄 수 있었다.

"어머? 목숨을 구걸하는 건가요?"

"그렇다."

"그럼 좀 더 정중히 해야죠. 무릎부터 꿇고요."

에페의 말에 나프카가 어금니를 꽉 물었다. 지금 눈앞에 그의 첫사랑을 죽인 자가 있다. 그자가 비웃음을 지으면서 자신을 농락하고 있다. 실력만 된다면 지금이라도 당장 죽이고 싶었다. 하지만 그 실력이 부족했다. 이대로라면 로번만 죽게 되었다. 그는 살려야 했다.

털썩—!

나프카가 마른 땅바닥에 두 무릎을 꿇었다.

"구걸을 할 땐 머리도 조아리는 게 좋아요. 그건 기본 상식이죠."

나프카는 그녀의 말을 충실히 따랐다. 두 무릎을 꿇은 채 머리를 땅바닥에 찧었다. 이마가 깨져서 핏방울이 뚝뚝 떨어졌다.

"제발 부탁이다. 도시 안까지만."

"음……."

"제발……."

"이거 어쩌죠? 생각해 봤는데 역시 싫은데요. 미안하지만 전부 죽어줘야겠어요."

그 말을 들은 나프카의 전신이 부들부들 떨렸다. 다시 고개를 든 그의 눈빛은 이미 인내의 한계를 넘어섰다. 자존심 문제를 떠나서 방금 무릎을 꿇는 대가는 첫사랑이었던 소영의 생명마저도 팔아치운 짓이다. 그런데도 안 된다고 했다. 피를, 입 안에 고인 피를 삼킨 나프카의 눈빛은 점점 더 위험하게 변해갔다.

"거기까지예요!"

그때였다. 로번에게는 미안하지만 모든 것을 포기하고 에페와 목숨을 걸고 싸우려 일어섰던 나프카의 등 뒤에서 강렬한 빛이 뿜어졌다. 그 빛이 순식간에 나프카를 지나서 에페에게 향했다.

치잉—!

기습이었지만 에페는 당황하지 않고 쌍검을 휘둘러 그 빛을 날려 버렸다.

"여기 부상자가 있어요!"

돌아보지 않아도 나프카는 목소리의 주인을 알고 있었다. 유라였다. 그녀가 크게 소리치자 신관이 다가와서 심각한 부상을 입은 로번을 치료하기 시작했다. 이미 절단이 난 양팔은 어떻게 할 수가 없었다. 생명을 유지시키기 위해서 고통을 줄이고 지혈을 하는 도리밖에 없었다.

"부, 부탁합니다."

여전히 시선은 전방을 향한 나프카가 입술을 떼었다.

"네?"

"그 녀석을 도시 안으로 옮겨주십시오. 저기 있는 저 여자는 제가 목숨을 걸고 막아보겠습니다. 다른 사람들은 죽일 수 없도록."

로번이 걱정된다. 하지만 그에게는 회복 마법이 없었다. 그와는 달리 유라는 신관처럼 회복 마법도 가졌으니 도시 안으로 조금이라도 로번을 안전하게 후송해 줄 수 있었다. 긴박한 상황 속에서도 나프카는 가장 현명한 길을 만들어갔다.

"제발, 부탁드립니다. 살려주세요. 그 녀석을."

"알겠어요."

유라도 이견은 없었다. 아니, 이견을 제시할 만큼 상황이 여유롭지 않았다. 한시가 급했다. 안 그래도 그녀는 지금 싸움보다는 적극적으로 부상자들을 치료해 주면서 피해를 줄이는 쪽에 치중하고 있었다.

"빨리 돌아오겠어요."

유라가 그 말을 하며 신관과 함께 로번을 부축해서 전장을 이탈하는 소리가 들렸다. 그제야 나프카는 고개를 당당히 들 수 있었다. 지금 그의 두 눈동자는 분노와 증오로 붉게 충혈되어 있었다.

"정말 개가 따로 없군요. 방금 전까지만 해도 살려달라고 구걸을 하더니 아쉬울 게 없으니까 바로 덤비는 건가요?"

그녀의 말에는 어폐가 있었다. 하지만 나프카는 신경 쓰지 않았다.

"아, 난 원래 개 같은 자식이거든. 하지만 너도 그리 나을 건 없어."

"왜 저까지 물고 늘어지죠?"

"너, 정말로 후회하게 될 거야. 방금 전에 녀석을 도시로 보내주게 했다면 어쩌면 여기서 죽지 않았을 수도 있었어."

"흥, 그건 강한 자가 하는 대사죠. 약자가 할 대사는 아닌 걸로 아는데요?"

"열받아 죽겠는데 지금 강자, 약자를 나보고 따지라고?"

슬쩍 상체를 구부려서 공격 자세를 취한 나프카가 몸의 떨림을 삼켰다. 정말이지, 한없이 떨렸다. 그 어느 때보다 강하게 일어난 노원(怒怨)이 그의 영혼과 육체를 침식하고 있었다.

"내 입이 한 말은 내 손이 책임진다!"

굴욕에 저항하고 복수에 굶주린 들개가 되어서 달려오는 나프카. 그를 보고도 에페의 얼굴에선 비웃음이 사라지지 않았다.

"당신들의 머리는 정말로 텅 비어 있군요!"

타이밍에 맞춰서 그녀가 검을 하늘로 치켜들었다가 땅으로 긋자 거칠게 돌격하던 나프카가 갑자기 땅바닥으로 쓰러졌다.

"크윽!"

"이제 좀 알겠어요?"

나프카의 인상이 구겨졌다. 몸이 무거웠다. 마치 땅에서 쇠사슬이 뻗어 나와서 그의 전신을 휘어 감고 끌어당기는 듯했다.

"주, 중력인가?"

그랬다. 에페에게는 죽음의 공간 말고도 중력의 사슬이라고 불리는 절기가 있었다. 일정 공간의 중력을 급속도로 높이는 기술이었다. 이 기술로 로번이 폭발시켰던 불꽃의 비호도 단번에 땅속으로 수그러들게 만든 것이었다.

사슬에 묶여서 꼼짝도 못하는 나프카를 향해서 다가온 그녀가 잔혹한 핏빛 호를 그렸다. 나프카의 얼굴을 스친 칼날에 묻은 핏방울이 화려하게 흩날렸다.

뚝뚝―!

험한 인상을 쓰고 있는 나프카를 마음껏 유린할 수 있다는 생각에 에페의 입꼬리가 점점 더 악랄하게 올라갔다.

"지금부터 천천히 죽여줄게요."

"닥쳐!"

고작해야 이런 기술에 굴복할 수는 없었다. 사납게 고함을 지른 나프카가 자신의 온몸을 묶고 있는 중력의 사슬을 단숨에 끊으면서 하늘 높이 뛰어올랐다. 저편으로 떨어지는 그를 본 그녀는 노렸다는 시선으로 달려들었다. 쌍검을 휘둘러 다시금 죽음의 공간을 만들어내었다.

처억―! 차악―!

땅으로 낙하하던 나프카로서는 그 검을 피할 수가 없었다. 그의 육신이 쌍검의 제물이 되어갔다. 핏방울이 사방으로 튀었다. 살결이 성한 곳이 없을 정도로 뜯겨졌다.

나프카가 땅바닥에 떨어졌을 때는 이미 사람이라기보다는 핏기가 감도는 고깃덩어리에 가까웠다. 하지만 그토록 혹하게 당했음에도 나프카는 단검을 번뜩이며 견제를 하고 뒤쪽으로 물러났다.

"허, 허억! 크윽!"

한순간에 만신창이가 되어버렸다. 그래도 그의 정신은 깨어서 굴욕을 읽었다. 방금 전의 죽음의 공간에 걸렸을 때 그대로 죽었어도 시원찮았다. 즉, 에페는 일부러 살갗만을 베어내면서 그를 놀리고 있었다.

"재, 재미있군."

"어머, 눈치챘나 보죠?"

"그래! 더 놀려봐라!"

농락을 하겠다면 마음껏 당해주겠다는 듯이 나프카가 어리석게도 덤벼들었다. 단검을 들고 예리하게 휘두르지만 아쉽게도 검술만으로는 에페의 상대가 되지 못했다. 또다시 죽음의 공간이 일어나면서 나프카의 몸에 수십 개의 칼집이 났다.

피익—!

온몸에서 핏방울이 터져 나왔고, 마치 비가 내리듯이 핏물이 쏟아졌다. 출혈이 너무 심해서 현실이었다면 벌써 쇼크사를 당했을 것이다. 하지만 살갗만 스치는 공격에 너바나는 그에게 살아 있을 것을 명하였다.

"끈질기네요. 죽은 척을 하면 봐주려고 했는데."

"개소리 작작 좀 해라!"

분명 어리석고 무모한 선택이었지만 나프카는 지독하게 덤벼들었다. 여기저기 살점이 뜯겨지며 앙상한 뼈만을 드러난 들개가 되어가면서도 덤벼들기를 멈추지 않았다. 에페는 그런 나프카에게 한 치의 인정 없이 죽음의 공간을 일으켜 잔혹한 시간으로 가꾸어갔다. 처절하게 발버둥을 치면 칠수록 나프카의 숨결은 나약해질 수밖에 없었다. 죽음이 다가오고 있었다.

"이거 어쩌죠? 아무리 발악해도 안 되는 것 같은데요?"

"……."

"이젠 말할 힘도 없나보죠?"

그 말을 들은 나프카가 힘겹게 고개를 가로저었다. 절대적으로 불리한 이 상황에서 계속해서 덤벼들던 그가 더 이상은 발을 떼지 않았다. 대신 한쪽 입꼬리를 슬쩍 올렸다. 그만이 가진 특유의 비소였다.

"아니, 모든 힘을 널 끝장낼 때 쓸 생각이었거든!"

죽어간다고 생각했던 나프카의 눈빛은 번쩍이고 있었다. 그가 들고 있던 단검 역시 벼락을 부르고 있었다.

"그걸로 뭘 할 수 있죠?"

"봐라! 뭘 할 수 있나!"

벼락이 맺힌 단검을 내리찍는다. 땅바닥을 향해서.

지직—!

"넌 끝났다!"

*   *   *

파앙—!

방아쇠가 당겨지고 총구는 불을 뿜었다. 반동으로 유베타의 팔은 천장을 향했지만 총알은 정확하게 아리아를 관통했다.

총알에 꿰뚫린 충격에 그녀의 가벼운 신형이 크게 휘청거리며 뒤쪽으로 쓰러졌다.

"허억!"

파앙—! 파앙—!

총성은 연이어서 울렸다. 하나의 총알은 서호의 팔과 옆구리 사이를 스쳐 갔지만, 아쉽게도 두 번째 총알은 그의 허벅지를 관통했다.

"크윽!"

백 마일에 달하는 야구공이 허벅지를 후려친 충격에 그는 비틀거리며 어금니를 꽉 물었고, 아리아는 여진히 긴물 바닥에 쓰러져 역류하는 피를 토하였다.

"더럽게도 노는군."

단 1초 만에 벌어진 일이었다. 권총의 힘은 실로 대단했지만 그렇다고 서호에게 굴복할 의사는 없었다. 일어서 한 발을 절뚝거리면서 앞으로 걸어가자 다시 유베타가 총을 그에게 겨누었다.

"어이, 머리에 구멍 나고 싶냐?"

총구가 그를 노려보는 상황. 이대로 나아가 봤자 내려지는 건 개죽음이었다. 그에게 있는 무기는 오른손에 쥐어진 절반이 부러진 검. 아무리 빨리 던진다고 하더라도 총알보다는 빠를 수 없었다.

더 좋은 수로 덤비기 위해서 잠시 멈춘 서호를 비웃은 유베타가 조금 더 지금의 상황을 즐기고 싶었는지 과거의 이야기를 꺼내었다.

"난 말이야, 그냥 평범하게 살았어. 그러던 중에 정말로 첫 눈에 반한 것 같은 여자가 있었을 뿐이야. 물론 조금 과하게 찝쩍대었지. 그런데 그년이 날 무시를 하잖아. 순간 열받더라 고."

"무슨 말이 하고 싶은 건데?"

"그래서 강간했지."

"강간?"

"그래. 그랬는데 말이야, 어느 날 갑자기 너바나에 들어와서 깽판을 놓지 뭐야. 날 죽이겠다나? 이봐, 사람이 살다 보면 실수할 수 있는 거 아냐? 죽이겠다는데 곱게 죽어줄 사람이 세상에 어디에 있겠어? 얕본 대가를 톡톡히 치르게 했을 뿐이야. 그때 네 녀석이 나타나서 날 그년에게 죽게 만들었지."

그의 기억 속에 너바나에서 위기에 처한 여자를 구해준 적은 아카밖에 없었다.

'아카가 아니라면?'

그가 아니라 클로드가 한 일이었다. 생각이 거기까지 미치자 대략적으로 그림이 그려졌다. 이곳은 제네시스다. 일반적으로 제네시스에 들어오기 위해서는 상당한 금전적인 대가가 요구되었다.

'어찌 되었든 불멸이 약속된 곳이니까.'

그렇다면 젊은 유베타의 경우는 상당한 권력이나 재력을 가진 자의 아들로 볼 수 있었다. 그런 그가 현실에서 강간을 했고, 그에게 강간을 당한 여자가 클로드의 도움으로 너바나에서 복수를 했다. 딱 하나 떠오르는 이름이 있었다.

'자드……'

그녀에게 직접 들은 이야기는 아니다. 혹시라도 클로드에 관한 정보 속에 자신이 가야 할 길의 해답이 있을까 싶은 생각에 카페 테레사를 통해서 조사를 한 적은 있어서 알고 있었다. 그녀에게 죽은 남자가 바로 유베타였던 것이다.

사실 서호는 유베타가 말하는 사건과는 아무런 연관이 없었다. 다만 기묘한 악연에 유베타가 가지고 있는 사고방식만큼은 뜯어고쳐 주고 싶었다.

"그럼 고작해야 나에게 복수를 하기 위해서 이런 일을 벌인 거라고?"

"뭐, 겸사랄까?"

"멍청하군. 죽을 만했어."

"뭐라고?"

"머리가 있음 생각을 해봐라. 나에게 원한이 있다면 나와 해결하면 끝나는 문제 아냐?"

그 말에 유베타는 겨냥하고 있던 총구를 좌우로 흔들었다.

"아니지. 그것만으로는 얘기가 성립이 안 되지. 난 네 녀석이 가진 모든 것을 파괴하고 싶었거든."

"파괴하고 싶다고? 고작 그 총으로 날?"

파앙—!

총구가 또다시 불을 뿜었고, 눈 깜짝할 사이에는 총알이 서호의 왼쪽 쇄골 부위를 스치며 핏방울을 뿌렸다.

"크으윽!"

정타를 맞지 않았는데도 그곳에서 일어난 고통에 서호는 숨조차 제대로 못 쉬었다. 거친 핏물이 뿜어지고 주룩주룩 흘러내렸다.

"총이든 뭐든, 결국 힘이 있는 자가 모든 것을 비웃을 자격이 있다. 적어도 네 녀석에게 날 비웃을 자격은 없다."

유베타는 제법 근엄하게 얘기했지만 서호는 도리어 큰 소리로 비웃었다.

"실존을 꿰뚫지 못하는 녀석에게 힘이란 부조리다."

"실존?"

서호가 무너진 자세를 천천히 추스르며 가슴을 당당하게 폈다.

"그래, 언제 어디서든 살아간다는 것만으로도 아픔은 태어나기 마련이다. 생명에게 죄가 있느냐 묻는다면 아니라고 답할 수 있다. 그럼 공간에게 죄가 있느냐 묻는다면 그것도 아니라고 답할 수 있다. 가장 중죄는 실존을 설명할 수 있는 시간에게 있다."

"시간이라고?"

앞으로 한 걸음을 내디딘 서호가 고통에 인상을 찌푸리면서도 눈을 부릅떴다.

"그 시간에게 굴복한 자가 힘을 가지는 것보다 부조리는 없다."

"무슨 개소리냐?"

"시간은 말이다, 모든 것을 파괴하면서도 모든 것을 탄생시
킨다. 우리가 아픔에 괴로워하는 것도 시간에 의해서고, 그 아
픔을 넘어서는 것도 시간에 의해서다! 이래도 모르겠나?"

그렇게 소리친 서호가 한쪽 발을 절뚝거리면서 유베타를 향
해서 달려가기 시작했다. 유베타도 갑자기 달려오는 서호를
보자마자 방아쇠를 당겼다.

파앙—!

빗나갔다. 머리카락이 흩날릴 뿐이었다.

파앙—! 파앙—!

유베타와 서호의 거리가 짧아질수록 과녁은 커지는 셈인데
도 총알은 자꾸만 빗나갔다. 일 장 거리 안에 들어왔을 때 다
시 한 번 총성이 크게 울렸지만, 바로 앞에서 총을 맞고도 서호
는 쓰러지기는커녕 강철처럼 버티고 서서 미소를 짓고 있었
다.

그가 왼팔을 들어서 총알막이로 쓴 것이다. 총알을 맞았다
기보다는 집어삼킨 것 같았다. 그리고 다음 순간 결국 서호는
유베타의 바로 앞에 섰다.

"그러니까 정리하면 어제의 아픔과 고통에 얽매인 네 녀석
이, 내일을 바라는 날 이길 수는 없다는 거다!"

"무슨 말을!"

"이래도 모르겠다면 직접 먹어봐라, 이 찌질한 자식아!"

서호가 오른손에 쥐고 있던 절반이 부서진 검을 유베타의

얼굴을 향해 찔렀다. 놀라서 크게 벌린 유베타의 입속으로 칼날이 '쑥' 하고 파고들었다.

찌익—!

근육과 가죽이 찢어지는 소리가 울리면서 유베타의 뒷목으로 서호가 찌른 칼날이 튀어나왔다.

"커걱!"

"날 굴복시키려거든 총 따위가 아니라 너의 내일을 걸었어야 된다는 거다!"

그 말과 함께 유베타는 허물어지듯이 쓰러졌고, 서호도 쌓인 총탄의 충격에 그대로 주저앉았다. 숨을 쉬는 게 힘들었다. 고통보다 현기증이 진하게 밀려와 이대로 정신을 잃을 것만 같았다.

그러나 이 고통에도 굴복해선 안 된다는 것을 알고 있었다. 무엇보다 이곳은 너바나가 아니었다. 같은 베이스로 만들어졌다고 하더라도 이곳에선 로그아웃이 없었다. 살아남기 위해서는 어디가 되었든 치료를 받아야 했다. 천천히 고개를 돌리자 아리아가 힘겹게 상체를 일으키고 있었다.

"괜찮은 건가요?"

지독한 고통이 온몸을 휩쓸고 돌아 그녀는 대답조차 하지 못했다. 그저 입고 있는 치맛자락을 걷어서 허벅지를 드러낼 뿐이었다. 그녀의 허벅지에는 작은 유리관 같은 것이 밴드에 묶여 있었는데 그것을 뽑아서 그에게 던져 주었다.

"이건 뭐죠?"

푸른색의 액체가 담긴 유리관이었다.

"서, 성능이 뛰어난 진통제라고 보시면 돼요. 지혈 효과와 함께 고통이 줄어들 거예요."

총은 그가 더 많이 맞았다고 하더라도 치명상을 입은 것은 아리아였다. 유리관 안에 든 액체를 마시면 고통이 줄고 지혈이 된다면 그보다는 아리아가 마시는 편이 나았다.

"아니, 그러면……."

"부탁을 드리는 거예요. 지금 제 상처는 그것으로도 효과를 볼 수 없거든요. 병원에 가는 수밖에 없겠지요. 하지만 당신이라면 어느 정도 효과가 있을 거예요."

"그 말은?"

"저 퓨어를 통해서 너바나로 들어가 알려주세요. 승부는 났다고요. 11월의 군주가 죽었다는 사실만 알더라도 적들은 분명 포기를 할 거예요."

"그래도……."

"한시가 급해요. 어서요."

"아, 알겠어요."

그녀의 말을 들은 서호가 고개를 끄덕였다. 사실 그도 걱정이 되었다. 적의 수가 만만치 않아서 아카나 나프카, 혹은 로번이 위기에 처했을지도 몰랐다. 유리관의 뚜껑을 따서 단번에 삼켰다.

효과는 순식간에 나타났다. 정말로 고통이 줄어들고 온몸에서 뿜어지는 핏물조차 말라갔다.

"당신은?"

"이대로는 위험하니까 아는 사람을 호출할게요. 병원에 가야 할 테니까요."

"그럼 다녀올게요."

그렇게 말하며 일어선 서호는 방 한쪽에 있는 퓨어로 걸어갔다. 너바나에 접속하기 위해서 퓨어의 문이 닫히고 빛의 파장이 광활하게 펼쳐진 세계로 빠져들 때가 되어서야 서호는 한 가지 사실을 망각하고 있었다는 것을 깨달았다.

11월의 군주가 죽었다는 사실을 알리는 데 굳이 너바나에 접속할 필요는 없었다. 아리아는 화장거울을 통해서 해적왕 록과 언제든지 연락을 할 수 있었다.

'무엇 때문에?'

아마도 둘 다 위태로운 이 순간, 자신보다는 그가 조금이라도 오래 버틸 수 있도록 약을 준 게 아닌가 하는 생각이 들었다. 그녀가 바라는 것이 무엇인지는 모르지만 스스로의 목숨보다 값지게 여기면서 그를 살리려 하고 있었다.

몰려드는 먹구름으로 도시는 회색빛이었다. 고요한 적막함이 감돌았다. 북쪽에서 불어온 바람은 서호가 서 있는 광장을 공허하게 쓸었고, 저 멀리서 들려오는 비명 소리와 병장기가 부딪치는 소리는 성벽에 가로막혀 희미하게 흩어졌다.

서호는 옅은 통증에 어깨를 매만지면서 도시의 출입구 쪽으로 향했다. 그가 있던 광장과는 달리 출입구 쪽에는 제법 많은 사람들이 있었다. 경상을 입은 자들이 안전하게 도시 안에서 신관에게 치료를 받고 다시 전장으로 투입될 준비를 하고 있었다. 그곳에 낯익은 소녀도 보였다.

"아카!"

다행히도 그녀는 무사했다.

"오빠!"

"전황은?"

"용병 인형의 지원이 끊어져서 위기는 넘긴 것 같아요."

그녀의 얘기를 듣고 도시 밖에 펼쳐진 전장을 주시했다. 악전 속에서도 분전하고 있다는 뜻이지 아직 승기를 확실히 잡은 상황은 아닌 듯했다.

"오빠 쪽은 어떻게 되셨어요?"

"응, 해결 짓고 왔어. 지금 연합장이 누구지?"

"사자크님이라고 하던데요."

"그래?"

사자크를 찾아야 했다. 지금 적들이 거칠게 발악하는 이유는 유베타가 살아 있다는 믿음에서였다. 그렇기에 유베타가 죽었다는 정보를 한시라도 빨리 아군뿐만 아니라 적군에게도 알려야 했다. 혼란스러운 전장에서도 모두의 귀에 닿을 수 있는 나팔은 연합장인 사자크가 가지고 있었다.

"아카, 조심하고 있어."

"오빠는요?"

"사자크부터 찾아야겠지."

"오빠도 조심하세요."

"응."

걱정하는 아카의 손을 꼭 잡아준 후에 서호는 돌아섰다. 그때 마침 세 명의 부축을 받으면서 한 남자가 도시 안으로 들어왔다. 걸을 힘도 없어서 마치 통나무처럼 들려서 그의 곁을 스쳐 갔는데 부상자의 얼굴을 본 서호는 깜짝 놀랄 수밖에 없었다.

'로번?'

이미 두 팔이 절단 나고 양쪽 허벅지까지 깊숙하게 베어 피를 철철 흘리고 있었다. 안색은 피가 전부 빠져나가기라도 한 것처럼 창백했다. 피투성이가 되어버린 그를 두고 곧바로 도시 밖으로는 나갈 수 없었다.

생각할 것 없이 부축을 거들었다. 아카도 다른 부상자의 치료가 끝나자마자 식은땀을 흘리면서도 로번에게 회복 마법을 걸면서 도왔다.

도시 안 땅바닥에 조심스럽게 로번을 내려놓고 나서야 부축을 한 사람들의 얼굴이 서호의 눈에도 들어왔다. 순례자들이었는데 그중에는 유라도 있었다.

"저기, 무사할 수 있을까요?"

걱정이 담긴 서호의 질문에 유라가 고개를 끄덕였다.

"도시 안으로 들어온 이상 로그아웃이 진행되니까 생명에는 지장이 없을 거예요. 하지만……."

"하지만?"

"아무리 실제로 팔이 잘려 나간 건 아니라고 해도 그만큼의 전기 충격이 가해진 건 현실에서도 우습게볼 상처가 아니겠죠. 화상만 입었다면 다행이고, 괴사가 일어날지도 모를 일이에요."

"그런가요?"

미간을 찌푸리며 대답을 한 서호가 초조한 마음으로 로번을 바라보았다. 자동 로그아웃이 진행되고 있었다. 그들이 할 수 있는 건 더 이상 없었다. 그저 무사하길 바라는 마음으로 로그아웃이 되는 과정을 지켜보는데 로번의 눈꺼풀이 파르르 떨리면서 열렸다. 서호이 목소리를 들었는지 무리해서 정신을 차리려고 했다.

"혀, 형님?"

"그래, 나야. 괘, 괜찮아?"

"크윽, 네, 그럭저럭요. 저보다 나프카 형님이 더 위험해요."

"알았다. 그건 걱정하지 마."

그의 말이 끝나기도 전에 로번은 흩날리는 빛이 되어서 사라져 갔다. 씁쓸한 미소를 지으며 일어선 서호에게 유라가 방금 전 로번이 했던 이야기를 마저 해주었다. 쌍검의 파수꾼 에페와 나프카가 싸우고 있다고 했다.

"그쪽이라면 제가 가보겠습니다."

"네?"

"부탁이 있는데 유베타가 쓰러졌다는 얘기를 대신 좀 전해

주었으면 합니다."

유라와 사자크 둘은 항상 같이 다녔다. 아무리 전장이 아비규환이 되었어도 그녀라면 그보다 빨리 사자크를 찾아낼 수 있을 거라 생각해서 한 부탁이었다.

"알겠어요. 사자크님에게 전해드릴게요."

"오줌, 아, 아니, 형님의 위치는?"

"아!"

유라가 출입구 쪽에서 손가락으로 가리켜 주었다. 고개를 숙여 인사를 한 서호는 더 이상 지체하지 않고 전장으로 뛰어들었다. 오른손에 쥐고 있는 섬룡의 검에서는 이미 칠흑의 기운이 이글거리면서 타오르고 있었다.

솔직히 말해서 예상외였다. 로번이 시리안에게 패한 건 사실이지만 지금 다시 붙는다면 이번에는 이길 수 있을 정도로 요 며칠 사이에도 급격하게 성장했다. 그런데도 저토록 처절하게 당했다면 에페의 강함을 의심할 여지는 없었다. 그만큼 나프카의 목숨도 보장하기 어려웠다.

'이미 죽었는지도……'

부상조차 잊고 전장으로 달려가는 그의 발걸음은 초조함에 시달렸다. 하지만 그런 그가 전장에 나타난 것만으로도 순례자들과 시계동맹에 배속되어 있는 사람들은 강한 희망을 얻을 수 있었다.

'저 남자는?'

'드라헨리터다!'

그의 다리가 앞을 향해 내디딜 때마다 사람들의 희망이 물결처럼 번져 갔다. 그 물결은 유베타를 따르던 유저들뿐만 아니라 용병 인형들마저도 경계하게 만들 만큼 강렬하게 일어났다. 수많은 시선이 기대와 선망을 품고 오직 한 남자를 바라보고 있었다.

'저자를 죽여야 한다!'

이대로 가만히 둔다면 물결은 해일이 되어서 자신들을 쓸어버릴 거라고 짐작한 용병 인형들이 일제히 검극을 그에게 겨누었다.

"서기! 멈춰라!"

용병 인형 중의 하나가 그의 앞을 가로막았다. 아니, 하나는 시작에 불과했다. 순식간에 십여 명에 달하는 용병 인형들이 적의를 드러내며 몰려들었다. 그들 중에서는 사지가 멀쩡하지 않은 자나 심지어 얼굴 반쪽이 날아간 자도 있었다. 마치 그가 도발을 써서 죽은 자들까지 일깨운 것처럼 느껴졌다.

'저것들은 뭐야?'

덕분에 유라가 일러준 길 쪽이 완전히 막히게 된 서호는 할 수 없이 검을 치켜들었다. 지금 당장 드래곤을 소환할 수는 없었다.

드래곤은 무자비했다. 드레이크라는 뚜렷하게 쓰러뜨려야 할 적이 있다면 모를까 이런 난전 속에서는 드래곤이 동료를 죽일 가능성도 있었다. 무엇보다 드래곤을 부리게 되면 체력과 정신력이 단숨에 바닥나면서 정작 나프카를 도와줄 수가 없었다.

결국 빛 좋은 개살구였다. 스스로의 실력으로 용병 인형들을 뚫어야 했다. 그때 용병 인형 하나가 딜레마에 빠진 서호에게 달려들면서 찌르기를 구사했다.

'빠르다!'

긴박한 상황이었지만 서호는 차분하게 앞으로 한 걸음을 내디디면서 방패를 휘둘렀다.

치잉—!

찌르는 칼날이 방패와 충돌을 하자 공격을 했던 용병 인형의 자세가 뒤쪽으로 튕겨났다. 그 순간을 놓치지 않고 서호의 검이 용병 인형의 오른팔을 꿰뚫으면서 핏물을 진하게 터뜨렸다. 그 이후로 사방에서 달려드는 적 앞에 서호는 주춤거리면서도 차분하게 하나하나를 제압해 갔다.

마치 장판파에서 유선을 안고 적들을 돌파하는 조운을 보는 듯했다. 그런 그를 조조처럼 뒤편에 떨어져서 호기심 어린 눈빛으로 지켜보는 남자가 있었다.

"저 녀석, 정말 제법이군."

그리 말을 남긴 남자의 입가는 눈빛과는 달리 뒤틀려 있었다.

"하지만 아무리 강해봤자 한계는 극명하다."

일찌감치 결론을 내린 남자가 지팡이를 치켜들자, 지팡이의 머리 부분에서 검은 연기 같은 것이 '확' 하고 피어올라서 방금 서호의 검에 심장이 꿰뚫려서 쓰러진 용병 인형을 다시 일으켰다. 기적 같은 회복 마법이 아니라 아예 불사자로 만든 거였다.

"운이 없다고 생각해라! 이 몸을 만난 걸!"

큰 소리로 자신을 각인시킨 자의 이름은 반타스였다. 시계동맹과 순례자들이 모여서 회의를 할 때 경계해야 될 자로 지목된 시체를 탐미하는 자다.

그가 지팡이를 휘두를 때마다 검은 연기가 솟구쳤고, 쓰러졌던 용병 인형이 기괴한 신음을 토해내며 일어섰다. 끝없이 일어나는 용병 인형들에 의해서 서호는 쉽게 활로를 찾을 수가 없었다. 그런데도 불구하고 그의 눈빛은 여전히 시리게 빛났다.

서호는 방금 전에 치명상을 준 용병 인형이 일어나는 광경을 보고도 무심하게 발로 차서 넘어뜨리고는 또 한 발을 앞으로 내디디면서 다른 용병 인형에게 치명상을 가했다.

"계산 못하냐?"

거칠게 덤벼드는 수십 명의 용병 인형들을 상대하면서도 눈빛이 차가울 수 있는 답이 방금 그의 입에서 나왔다. 반타스가 하나를 부활시킬 때 서호는 믿을 수 없는 속도로 둘을 죽이고 있었다.

이대로라면 1분도 지나지 않아서 서호의 근처에 서 있는 용병 인형은 전부 쓰러진다는 결론이 나왔다. 거기다가 칠흑까지 일어났다. 파동이 미친 듯이 회오리쳐서 용병 인형들의 팔이나 머리통을 잔혹하게 뜯어놓았다. 설사 부활을 하더라도 머리나 팔이 없다면 전투력은 전무했던 것이다.

즉, 반타스가 쓸데없는 곳에 힘을 쓰게 되는 꼴이었다. 너무나도 간단했지만 이런 전장에서 침착함과 강함이 없다면 꿰뚫을 수 없는 수였다. 운이 없게도 반타스가 상대하고 있는 서호는 그 두 가지를 모두 가졌던 것이다.

반타스가 입을 벌리며 날카로운 송곳니를 드러냈다. 처음 대여섯을 죽였을 때만 하더라도 납득했다. 왜냐면 반타스 역시도 괴물같이 강한 에페의 옆에서 오랫동안 지켜보았다. 하지만 열 명이 넘어가게 되자 납득은 감탄으로 변했다.

진정 헛소문은 아니었다는 생각이 들었다. 그리고 그가 홀로 쓰러뜨린 수가 스물에 이르자 반타스는 의심을 할 수밖에 없었다.

'어째서 안 죽는 거지?'

그 생각조차도 짧았다. 눈 깜짝할 사이에 서른이 넘어갔고, 용병 인형들의 핏물을 흠뻑 뒤집어쓴 서호를 본 반타스는 오한까지 끼쳐 오는 것을 느꼈다. 등골이 오싹해지고 뒷골에서부터 닭살이 넘어와 얼굴에 찬물을 맞은 듯했다.

반 각도 지나지 않았다. 차 한 잔 마실 시간에 반타스의 주변에는 정말로 그 누구도 서 있지 않았다. 아니, 하나가 있었다. 핏물을 흠뻑 뒤집어쓴 붉은 귀신이 거칠게 숨을 내쉬며 그를 노려보고 있었다.

"뭐, 뭐냐, 네 녀석?"

"나? 내가 누군지도 모르고 덤볐냐?"

잔혹하고 아름다운 귀신의 검이 그어졌다.

나프카의 단검이 땅바닥에 박히는 그 순간, 일 장 거리나 떨어져 있던 에페의 몸이 경직되면서 두 무릎을 꿇었다.

"커헉!"

생각지도 못한 경로로 충격을 받은 그녀가 기침을 하자 각혈이 터졌다. 한 움큼 가까이 핏물을 토해낸 에페는 부르르 떨면서도 고개를 들어 핏기가 서린 날카로운 눈동자로 나프카를 노려보았다. 그는 지친 숨결을 다스리며 비소를 지키고 있었다.

"어때? 짜릿해?"

"제, 제법이군요."

기침을 하던 에페가 비틀거리면서 천천히 일어섰다. 도적의 직업 중의 하나인 도플갱어는 결단코 약하지 않았다. 하지만 도플갱어에게는 치명적인 약점이 있었는데 바로 사정거리였다. 짧은 리치의 단검을 쓰면서도 마법이나 활에 관련된 기술이 일절 없었다.

다만 단숨에 적과의 거리를 제로로 만드는 신위에 오른 발놀림이 있어 듀얼에서 상당히 강한 면모를 보였다. 물론 그런 도플갱어도 글라디에이터의 죽음의 공간만큼은 뚫을 수가 없었다. 짧은 리치로는 답이 없었던 것이다.

여기서 나프카는 새로운 길을 개척해 내었다.

에페에게 두 팔이 잘려 나간 로번이 흘린 핏물은 땅바닥에 물웅덩이를 만들 정도로 질척이고 있었다. 그 땅 위에서 나프카는 에페에게 무모하게 덤벼들어 온몸에 상처를 입었다. 몸속에 있는 피를 하염없이 뿜어 길을 만들었다.

즉, 나프카와 에페는 일 장 거리 이상 떨어져 있었지만 에페가 핏물을 밟는 순간 수분으로 연결이 된 셈이었다. 그 상황에선 나프카가 쓸 수 있는 공격이 있었다.

벼락의 유희!

단검의 날에 맺힌 서슬 퍼런 벼락이 핏물 위에 박혔고, 피로 만들어진 길을 따라서 한순간에 에페를 감전시켜 버렸다. 쌍검의 파수꾼이라고 불리며 수많은 전장을 경험하였지만 이런 수만큼은 에페로서도 예측할 수가 없었다.

지직—!

다시금 육신을 뒤흔들어놓는 벼락에 에페는 부들부들 떨면서도 일단 뒤쪽으로 물러섰다. 연타를 경계한 그녀가 어금니를 질끈 물며 검을 들었지만 전방에 있던 나프카는 덤벼오지 않았다.

"여유가 있다는 건가요? 지금 몰아치지 않은 걸 후회하게 될……."

"뭘 말하고 싶은 건데?"

허스키한 나프카의 목소리가 전방이 아니라 후방에서 들려왔다.

푸욱—!

뒤이어서 등 위쪽이 꿰뚫리는 화끈한 통증에 에페의 눈빛은 크게 떨렸다. 유령처럼 기척을 숨긴 나프카는 이미 그녀의 뒤에 있었던 것이다. 전방에 있던 나프카는 도플갱어였다.

"크윽! 크으윽!"

치명적인 일격을 맞은 에페, 꽉 다문 이 사이로 역류한 핏물이 줄줄 흘러내렸다. 이대로라면 정말 죽을지도 모른다는 생각이 들었다. 단검의 날이 자신을 끝장내기 위해서 곧 비틀어진다는 사실을 감으로 깨달은 그녀는 본능적으로 몸을 단검의 날과 같은 방향으로 틀면서 검을 휘둘렀다.

휘익―!

위기에 몰렸음에도 에페의 기지는 실로 대단했다. 어찌나 강렬하고 빠르게 칼날이 휘둘러져 오는지 나프카는 단검을 놓고 뒤쪽으로 텀블링을 하며 물러설 수밖에 없었다.

"발악치고는 훌륭하군."

"발악이라고요?"

등 위쪽에 단검을 꽂은 채로 에페가 일어섰다. 나프카의 단검이 깊숙이 박혔다는 사실을 말해주듯 구부정하게 일어난 에페는 왼팔을 거칠게 떨었다.

"팔이 들리지 않나보군?"

나프카의 말대로다. 방금 일격으로 에페의 왼팔에는 힘이 들어가지 않았다. 즉, 두 팔이 멀쩡해야만 쓸 수 있는 죽음의 공간은 이것으로 봉쇄당한 거였다.

"남은 건 하나밖에 없는 건가?"

이로써 중력의 사슬마저 막는다면 승기는 그쪽으로 완벽

하게 기울어진다. 그때부터 나프카는 피투성이가 되어 체력에 한계가 왔을 텐데도 이리저리 뛰어다니며 그녀를 도발했다.

지직—!

그러나 에페도 거친 투쟁심을 보였다. 죽음의 공간을 잃은 대신 중력의 사슬을 미친 듯이 난사하기 시작했다. 나프카가 방금 전까지 딛고 있던 자리에 난 들풀들이 땅바닥으로 바짝 붙는 것으로 보아서 아슬아슬하게 빗나가고 있음을 알 수 있었다.

나프카는 최선을 다해서 접근을 했지만 죽음의 공간이 없다고 하더라도 전방에서의 공격은 거의 통하지 않았다. 에페의 반사신경은 부상을 당했다고 보기 힘들 정도로 뛰어났던 것이다. 아니, 부상 정도를 따진다면 애당초 나프카가 더욱 심했다.

게다가 그녀의 기술은 끝이 없었다. 중력의 사슬이 빗나갈 것을 읽고 아예 진공의 검을 날려서 나프카의 다리를 베어놓기도 했다.

"크윽!"

단적으로 말해 십대강자는 우습게볼 수가 없었다. 치명상을 입었음에도 여전히 박빙이었기에 나프카는 여기서 도박을 해야만 했다. 또 하나의 도플갱어를 끄집어내면서 그녀를 두고 뱅글뱅글 돌면서 양쪽에서 몰아붙일 준비를 했다.

"간다!"

전방과 후방에서 동시에 공격을 가한다. 한 팔이 부상당한 에페로서는 양쪽에서 동시에 가해진 공격을 막을 수가 없었다.

"사슬을 잊으셨군요!"

에페가 기다렸다는 듯이 소리쳤다. 나프카와 도플갱어의 단검이 파고드는 찰나 그녀의 오른손에 쥐어진 검이 타이밍에 맞춰서 들렸다가 그어졌다. 스스로를 중력의 사슬에 빠뜨린 선택이었다.

그러자 나프카와 도플갱어가 들었던 단검의 검극은 중력의 영향으로 떨어질 수밖에 없었고, 그녀가 입고 있는 두툼한 갑옷을 치면서 공격은 단숨에 무산되었다.

순간 에페의 눈동자가 섬광을 발했다. 둘 중의 하나에게 강공을 펼칠 심산이었다. 대상이 자신이 되느냐, 혹은 분신이 되느냐로 승패가 결정날 상황이었다.

"크윽!"

불운이라면 에페가 검을 휘두르면서 들어오는 쪽이 바로 나프카 자신이었다. 전에 없을 정도로 절대적인 위기 앞에 빠져나갈 수 있는 방도는 없었다. 중력의 영향으로 팔을 부들부들 떨면서도 단검을 치켜들어서 공격을 막으려고 했다.

치잉―!

그때, 바로 그때였다. 내려쳐지던 에페의 검이 갑자기 개입을 한 남자의 검에 가볍게 가로막히며 불꽃을 뿜었다.

그녀의 검을 막은 자는 핏물로 샤워를 하고 온 것 같았다.

상처가 없는 것으로 보아 자신의 몸에서 나온 피가 아니라 주변의 피를 뒤집어쓴 것이었다. 하지만 신기하게도 그가 쥐고 있던 검에는 하나의 핏방울도 걸려 있지 않았다.

"꺼져라!"

남자가 왼팔에 들고 있던 방패로 충격파를 일으켜 에페를 저편으로 튕겨내었다. 한순간에 나타나서 순식간에 전세를 뒤엎어 버린 그 남자는 엎드려 있던 나프카의 엉덩이를 발로 뻥 하고 걷어찼다.

"아야!"

덕분에 중력의 사슬이 만든 여파에선 벗어날 수 있었지만 나프카는 차인 엉덩이가 뻐근해 인상을 쓰며 노려보았다. 그 시선 끝에는 우중충한 하늘과 제법 어울리는 서호가 서 있었다.

"너, 뒈질래?"

"감동하실 필요는 없어요. 저번에 차인 빚, 갚은 것뿐이에요."

"시끄러! 이 자식아! 골반 뼈 나가는 줄 알았잖아!"

나프카가 투덜거리면서 일어섰고, 서호도 천천히 돌아서며 에페를 노려보았다. 반면 에페는 누가 자신을 튕겨내었는지 알아본 뒤로 멍한 표정을 지을 수밖에 없었다. 흔들릴 수밖에 없었다.

그가 살아서 다시 너바나에 접속을 했다는 것은 유베타가 죽었을지도 모른다는 사실을 뜻했다. 전쟁이 패배로 거듭나는

것을 떠나서, 유베타는 그녀에게는 사랑하는 사람이었다. 그
들이 사는 세상에서 유일하게.

"어, 어떻게 당신이 이곳에?"

"내 입으로 말해야 할까?"

서호의 말을 듣고도 에페는 부정하듯 고개를 가로저었다.
그때 마침 전장에 나팔소리가 크고 우렁차게 울리기 시작했
다. 에페는 이미 시계동맹이나 순례자들이 맞춘 나팔소리의
신호를 숙지하고 있었다.

'길게 세 번, 짧게 한 번⋯⋯.'

그것은 적장의 죽음을 알리는 니 팔소리였다.

"아냐! 그럴 리가 없어! 유베타가 당신! 아니, 너 따위에게!
그럴 리가!"

거칠게 도리질을 치는 에페. 그런 그녀의 앞에 차인 엉덩이
를 만지작거리면서 걸어간 나프카는 비웃음을 짓고 있었다.

"뭐, 인과응보 아니겠어?"

그 말을 끝내는 동시에 나프카가 오른손에 쥔 검으로 공간
을 그었다.

'아!'

에페는 목에서 시작된 차가운 감각이 전신으로 퍼져 나가는
것을 느꼈다. 핏물이 분수처럼 폭발하면서 그녀의 세상을 온
통 붉게 일그러뜨렸다. 힘없이 무릎을 꿇게 된 에페는 고통조
차 느끼지 못하는 표정으로 그렇게 땅바닥으로 허물어졌다.

"죽는 거군요⋯⋯."

"그래, 혹시라도 네가 죽였던 사람들 중에서 지옥에서 만날 사람이 있다면 사과나 해라."

"……."

대답은 들려오지 않았다. 멈춰진 눈동자가 붉은 세상을 바라보고 있을 뿐이었다. 이로써 11월을 지키고 있던 자들 중에서 가장 경계해야 될 자들 두 명이 목숨을 잃었다. 전장은 더이상 지켜볼 필요도 없었다. 11월에서 싸우던 사람들뿐만 아니라 용병 인형들도 동요를 하면서 물러섰고, 시계동맹과 순례자들의 환호가 하늘 높이 울려 퍼지게 되었다.

그 외침에 화답하듯 몰려들었던 먹구름이 천둥소리를 울리며 빗물을 한두 방울씩 떨어뜨렸다. 11월의 차가운 빗줄기가 내리기 시작했다.

CHAPTER 31
겨울에서

금지된 세계
FORBIDDEN
WORLD

현실에서 따스한 햇볕이 내리던 날, 너바나의 시계동맹과 순례자들은 눈이 쌓인 시린 대지를 밟고 있었다.

11월의 도시에서 일어난 격전으로 부상자가 속출해서 곧바로 절벽 길을 오를 수는 없었다. 2주간 휴식을 취한 다음에야 또 2주가 걸려서 12월의 도시에 도착할 수 있었다.

근 한 달 만에 도착을 하게 된 첫눈의 도시는 정감있는 이름과는 달리 조금은 섬뜩하기까지 했다. 그들이 도착하기 전까지 인형들만 거리를 의미없이 배회하는 죽은 도시였던 것이다.

이는 비단 12월만의 이야기가 아니라 1월과 2월도 마찬가지였다. 소비를 하는 유저가 없으니 세금을 걷을 일도 없어 겨울의 도시에는 성주조차도 없었다. 말 그대로 외화내빈의 도시였다.

지금 그곳을 한 숙녀가 후드가 달린 두툼한 망토로 몸을 감싸고 칼바람을 헤치며 걸어가고 있었다. 눈이 쌓인 돌바닥을 조심스럽게 걸어간 그녀는 재색 석조로 지어진 건물 앞에 도착했다.

"하아……."

문을 열고 건물 안으로 들어갔는데도 내쉬는 숨결에는 새하얀 입김이 피어났다. 통로를 조금 더 들어가고 난 뒤에야 따뜻한 불꽃이 이글거리며 타오르는 벽난로가 있는 아늑한 공간이 나왔다.

그곳에는 이미 많은 사람들이 모여서 그녀를 기다리고 있었다. 곧장 벽난로 옆에 설치된 단상 쪽으로 간 그녀가 후드를 벗었다.

갈색 머리카락을 포니테일로 묶고 있었으며 눈동자는 크고 깊었다. 쌍꺼풀이 진할 뿐만 아니라 눈꼬리까지 살짝 올라가서 첫눈에 끌리게 만드는 묘한 매력이 있었다. 오뚝한 콧날과 가름한 턱은 날카롭다기보다 섬세해 보였다. 유라였다.

"전부 오신 것 같으니까, 바로 이야기를 하겠습니다."

건물을 안을 둘러본 그녀가 입술을 떼었다. 그녀가 이끄는 순례자들은 11월에서 12월에 도착하면서 반으로 쪼개진 상황이었다.

처음 4월과 5월뿐만 아니라 도시마다 합류를 했던 인원을 합친다면 대략 500여 명 가까이 될지도 몰랐지만, 그중에 고작해야 스물다섯도 남지 않은 것이다. 물론 사망자가 그만큼 나온 건 아니고, 언제 죽을지 모를 두려움에 일찌감치 포기를 한 사람들이 대다수였다.

"루머가 많던데요. 앞으로 어떻게 되는 건가요?"

그 질문을 던진 이는 쌍웅 중의 하나인 레이니였다. 쌍웅의 하나였던 카이트가 심각한 부상으로 11월에서 낙오가 된 이후로 그녀의 조심성은 더욱 커졌다.

"네, 그 이야기부터 할게요. 지금부터 사실만을 말해드릴게요."

유라는 이곳에 있는 사람들에게 더 이상 숨길 것이 없다고 생각했다. 며칠 전 사고가 있었다. 그 사고로 인해서 순례자들의 입장은 표면적으로는 벼랑 끝에 몰린 것처럼 보이고 있었다.

정확히 9일 전, 절벽에 지어진 마을에 도착한 순례자들은 50명에 육박하는 인원이 반의 반쪽이 날 위기에 놓이게 되었다.

PD가 심각한 표정을 지으면서 그녀를 불러내었다. 좋지 않은 소문이 돌던 터라 유라와 PD가 이야기를 하러 가는 광경을 보게 된 순례자들의 눈빛은 불안할 수밖에 없었다. PD와 두 남자를 따라서 이목이 덜 집중되는 절벽 마을의 외곽까지 가게 된 유라는 그곳에서 이야기를 확실하게 매듭짓겠다고 각오까지 다졌다.

"유라님의 뜻은 이해합니다만, 2월까지는 무모하다고 봅니다."

"무모하다고요? 지금까지 무모하지 않은 적이 있었나요?"

"아무리 그래도 이번만큼은 다릅니다. 12월에서 멈추는 게 좋을 것 같습니다."

PD가 유라의 눈치를 살피면서 씁쓸한 표정을 지어 보였다. 하지만 연기라는 것을 유라가 모르진 않았다. PD의 몸속에 숨어 있는 요사스러운 뱀 한 마리가 슬쩍 보였다.

"저번에도 말씀드렸지만 12월에서 멈춘다면 지금까지의 희생은 그 무엇으로도 설명이 안 됩니다. 그러니까 저희는 2월에 가야 합니다."

"어째서 이해를 못하십니까? 전멸을 할 수도 있는 문제입니다."

"아뇨. 지금 있는 사람들이 모두 힘을 합치면 충분히 가능합니다."

그녀의 뜻은 확고했다. 그리고 어느 부분에서 타협을 못하는지도 둘 다 알고 있었다. 너바나의 방송 시청률이 사상 최대치를 갱신하고 있는 건 죽음이 오가는 미지의 대륙을 생생히 볼 수 있어서였다. 또한 그곳을 전해주는 유라와 사자크의 존재도 무시할 수 없었다.

해서 방송사 측에서는 12월에 멈춰서 향후 6개월간은 미처 다루지 못했던 여름과 가을을 다룰 기획을 잡고 있었는데, 유라가 이끄는 순례자들에게는 그 정도의 시간적인 여유가 없다는 거였다. 그렇다 보니 PD가 12월에 멈춘다고 하더라도 유라는 모험을 계속할 의사를 보였다.

여기서 양보할 수 없는 문제가 발생했다. 시청자들이 보고 싶어 하는 카메라의 앵글은 유라와 사자크가 내딛는 1월의 이 야기가 될 것이다. 그런데 너바나에서 이미 지나간 여름과 가을을 보여준다면 시청자들의 납득을 살 수가 없었다.

즉, PD의 입장에서는 유라와 사자크마저 자신들과 함께 멈추게 만들어야 했다. 유라 역시도 PD가 빠진다면 동요해서 흔들리는 사람들이 속출하는 것을 막을 수가 없었다.

"지금까지 저희가 온 힘을 다해서 지원해 드렸잖습니까? 유라님도 조금은 방송을 생각해 주시면 안 되겠습니까?"

"지금 이 시점에서 방송이 중요하다고 생각되진 않는데요? 사람 목숨보다 중요하다는 건가요?"

"아, 정말 이러실 겁니까?"

PD의 언성이 높아졌다. 유라도 그 모습을 보고 눈을 감았다. 그녀는 PD의 기획을 사실대로 순례자들에게 알릴 생각까지 하고 있었다.

"도저히 안 되겠군요."

허심탄회한 PD의 말과 함께 유라는 안면에 화끈거리는 기운이 닿는 것을 느꼈다. 천천히 눈을 뜨자 생각지도 못한 광경이 펼쳐져 있었다. PD와 함께 온 두 남자가 유라를 앞에 두고 무기를 꺼내 들고 있었다.

"무슨 뜻이죠?"

그녀의 질문에 PD는 눈조차 마주치지 않고 검을 뽑아 들었다.

"더 이상의 논쟁은 의미가 없다고 생각됩니다."

드디어 감춰져 있던 뱀이 고개를 드러냈다. 그들은 지금 절벽 마을의 외곽에 있었다. 안전을 위해서 나무로 만들어진 난간이 전부였다. 일단 마을 안이기에 아무리 심각한 데미지를 받더라도 죽지는 않았다.

다만 난간을 넘어서 추락을 할 경우에는 이야기가 달랐다. 낙하하는 시점부터 마을에서 벗어난 것으로 간주해 추락사를 하게 되는 것이었다.

"이게 당신이 찾은 답인가요?"

유라의 눈빛도 매섭게 번뜩였다.

"네, 죄송하지만 유라님만 죽어주신다면 모든 게 잘 해결될 것 같군요."

유라를 죽이고 숭고한 영웅으로 만든다. 영웅을 추모하며 그녀가 걸어왔던 행적을 쫓는다는 기획이라면 시청자들의 공감을 살 수 있었다. 그녀만 죽어준다면 PD의 인생은 상상을 초월하는 커리어를 보장받는 셈이었다. 고민이 없지는 않았겠지만 결국 그가 택한 길은 타인을 짓밟고 올라서는 것이었다.

"그동안 고생을 생각해서 영웅으로 만들어드리겠습니다."

"죄송하지만, 전 여기서 죽을 생각은 추호도 없거든요."

PD와 건장한 남자 둘을 두고서도 유라는 전혀 흔들리지 않았다. 아니, 그녀는 기다렸다는 듯이 창대를 쥐며 창날을 그들에게 겨누었다.

"이 창은 당신 같은 사람들은 꺾을 수 없을 거예요."

드래곤의 신형이 창대가 되어서 불을 뿜고, 그 불이 창날로 형상화된 섬룡의 창이었다. 11월의 도시에서 벌어진 격전 중에 유라는 보조적인 역할만을 했다. 그 이유가 바로 일반적인 대장장이 인형에게 섬룡의 창을 제련이나 강화시킬 때는 제법 시간이 걸렸기 때문이다.

해서 듀얼에서는 처음으로 써보는 셈이었지만 유라는 자신 있는 표정으로 창대를 잡고 돌렸다. 그런 그녀에게 남자들이 일제히 덤벼들었고, 그 순간 처음으로 빛을 발한 그녀의 창이 남자들의 상상을 뛰어넘은 파괴력을 선보였다.

돌리던 창을 한 번 휘둘렀을 뿐인데도 거친 돌풍이 일어나서 바로 앞에 덤벼오던 두 남자의 무기를 날려 버렸다. 그리고 다음 순간 한 번 더 휘둘러진 창에 두 남자의 몸은 붕 떠오른 채 절벽 저 아래로 떨어지고 있었다.

무슨 일이 벌어진 건지 이해도 안 된 PD가 무작정 덤벼들었지만, 애당초 그의 실력은 유라가 섬룡의 창을 들지 않았더라도 이길 수 없었다.

퍼억—!

창이 PD의 가슴을 후려치며 휘둘러지자 PD의 몸 역시도 붕 떠올라서는 각혈을 하며 나락과도 같은 절벽 아래로 떨어져 버렸다. 그렇게 PD는 공식적으로 추락사를 하게 된 것이다.

그의 죽음은 정말로 많은 변화를 불러일으켰다. 일단 순례자들 내부에서도 방송 관계로 접속을 하던 사람들이 12월의 도시에 도착하자마자 빠져나갔다. 그들을 보고 군중심리에 휩쓸려 빠져나간 사람들도 있었다.

결국 현재는 스물다섯밖에 남지 않은 인원이 임시 아지트에서 지난 이야기의 진실을 듣고 있었다.

모든 사실을 숨김없이 털어놓은 유라는 앞단추를 풀어 가슴 위쪽에 새겨진 살인의 흔적, 카르마의 낙인을 보여주었다. 그녀의 뽀얀 살결에 새겨진 숫자는 두 자리를 넘어서고 있었다.

"저는 이렇습니다."

"……."

"봄의 여왕은 허명일뿐더러, 무혈을 걷는 자도 아닙니다. 그저 평범한 여자입니다. 여러분을 전부 지켜줄 힘도 없습니다."

"……."

유라의 자조적인 말을 듣고 사람들은 쉽게 입을 열지 못했다.

"하지만 여기 있는 분들 모두 사정이 있어서 포기하지 못한다는 것은 압니다. 저 역시 2월에 꼭 가고 싶습니다. 그래서 부탁드립니다. 함께 가주셨으면 합니다."

그 말을 남긴 유라가 고개를 깊이 숙였다. 사람들 대부분이 멍한 표정을 짓고 있었다. 사실 불안에 떨고 있던 이들도 있었다. PD와의 불화로 유라가 살인을 저질렀다는 소문도 있었고, 12월에서 모험을 마치기로 수뇌부에서 결정이 났다는 소문도 돌았다.

그 와중에 유라가 진솔하게 사실을 토로하면서 그런 루머를 불식시켰다. 곧이곧대로 믿을 수만은 없었다. 사람들이 갈피를 잡지 못하는 그사이 어디선가 박수 소리가 들려왔다.

짝―! 짝짝―!

사람들의 고개가 돌아간 곳에서는 다른 사람도 아닌 사자크가 있었다.

"예전부터 알고 있었습니다. 유라님은 정말로 약한 여자입니다. 약한 인간입니다. 당연하다고 생각합니다. 그럼에도 가고자 하는 용기를 가졌다면 제가 조금이나마 힘이 되어드리겠습니다."

사자크의 그 말이 모두의 심장을 자극했다. 누구나기 약하다. 실수를 할 수도 있다. 추해질 수도 있다. 하지만 의지가 있다면 강해질 수 있고, 아름다워질 수 있었다.

솔직히 말해서 유라는 훌륭한 지휘자로 보기에는 힘들었다. 전장에서는 쉽게 뜨거워질 뿐만 아니라 흔들리기도 하고 눈물도 많이 보였다. 강철의 군주라 불리는 이카로스와는 확연히 달랐다.

그럼에도 여기까지 왔다. 그렇다면 이 길도 나름대로 괜찮지 않나 하고 사람들은 자문했다. 그리고 답을 내릴 수 있었다.

"저도 알고 있었던 것 같습니다. 유라님뿐만 아니라 저도 약합니다. 그래서 저는 유라님이 좋습니다."

"저도요. 저도 따르겠습니다."

가만히 앉아 있던 사람들이 하나둘 일어나면서 조금 전 사자크처럼 박수를 치기 시작했다.

짝짝—! 짝짝짝—!

박수 소리가 점점 커져갔다. 그 소리가 벽을 치고 유라의 귓속으로 파고들어서 가슴을 쳤다. 오랫동안 가슴속에 꽉 막혀 있던 벽이 그 소리에 무너졌다. 추하고 부족한 자신을 받아들여 주고 있었다.

"고, 고맙습니다."

진심으로 고마웠다. 한없이 어린 자신을 믿어주는 사람들이 너무도 고마웠다. 참으려고 했지만 어쩔 수 없이 또 한 방울의 눈물이 떨어지는 것을 유라는 붙잡지 못했다.

*   *   *

병원 주차장으로 들어온 은빛의 RX—11이 정차했다. 도어를 열고 내린 서호는 병원 건물로 들어가기 전 근처에 있는 편의점부터 들렀다.

아무리 제네시스라고 하더라도 문병을 가는데 빈손으로 가는 건 어색했다. 주스 세트를 산 뒤에야 병원으로 들어갔다. 직원에게 물을 건 없었다. 엘리베이터를 타고 아리아가 말해 준 층에서 내렸다.

'호오!'

그녀는 아무리 못해도 하루에 200만 원이나 하는 특실을 잡고 있었다. 하긴 어차피 이 세상은 그녀를 위해서 존재했다.

그녀가 누리는 사치는 시스템을 활용하는 것뿐이었다.

똑똑—!

"안 잠겼어요."

안에서 그녀의 목소리가 들려왔다. 문을 열자 바람이 불어와 그의 머리카락을 스치며 헝클어뜨렸다. 상태가 많이 호전되었는지 아리아는 일어서서 창문을 열고 밖의 풍경을 바라보고 있었다.

"창을 열어놓으면 바이러스가 들어오지 않나요?"

"괜찮아요. 이미 감염이 되었거든요."

시니컬한 농담이었다. 현실과 제네시스의 가장 큰 차이점은 바로 이 점이었다. 바이러스라는 것은 존재하지 않았다. 아니, 바이러스는 존재할지도 몰랐지만 그것은 인형에게 적용이 되는 경고일 뿐 이곳의 진실을 아는 자에게는 상관없는 이야기였다.

"그날 이후로는 처음 보게 되는 거네요."

그리 말하면서 돌아선 그녀가 침대에 걸터앉았다. 화장기 없고 병약해진 그녀의 모습은 마치 비에 젖은 백합처럼 청초한 느낌이 깃들어 있었다. 여전히 아름다웠다.

"네, 오랜만이네요."

"얘기는 시계동맹을 통해서 들었어요. 무사히 12월에 도착을 했다고요."

"덕분에요."

그녀가 조금은 아쉬운 미소를 짓는다. 아리아는 지난 한 달동안 중상으로 병원에 있었다. 때문에 너바나에 접속하지 못했다. 물론 마음만 먹는다면 언제든지 퇴원 수속을 밟고 너바나에 접속할 수 있었겠지만 그녀의 의지가 멈추었다.

시계동맹의 중심이었던 그녀의 이탈은 가장 큰 파장을 불러일으켰다. 11월의 격전이 끝난 뒤에 많은 사람들이 모험을 포기했다. 드레이크를 쓰러뜨렸을 때와는 달리 전쟁 형식의 싸움에 겁을 먹은 사람들이 제법 나왔던 것이다. 게다가 큰 부상을 입은 사람들은 계속 모험을 하고 싶어도 할 수가 없었다.

그중에는 서호와 가까운 로번도 있었다. 그가 아직까지 병원 신세를 지고 있다는 이야기를 나프카를 통해서 접할 수 있었다. 덕분에 서호는 문병 한 번 오지 않는 냉혈한이 되어 있었다. 그가 할 수 있는 일이라고 해봐야 기껏해야 꽃을 보내는 것이 전부였다.

"2월까지 가실 생각이시죠?"

"네, 가야겠지요."

"그럼 더 이상 늦출 필요 없이 지금 여기서 말씀을 드려야겠네요."

"어떤?"

살짝 고개를 젖힌 서호가 한쪽 눈썹을 치켜뜨며 물었다.

"예전에 같이 식사를 할 때 한 이야기가 있었죠. 저희의 목적이 같다고요."

어떤 이야기가 나올지 몰랐지만 결단코 가벼운 이야기가 아니라는 건 예상할 수 있었다. 그와 그녀의 목적은 일차적으로 보면 유베타를 쓰러뜨리는 거였다. 다만 더 큰 목적을 위해서 피할 수 없이 거쳐야 하는 중간 역에 지나지 않은 것도 사실이었다.

"아시다시피 2월의 도시에 도착하면 겨울의 성이 보일 거예요. 그리고 그곳 성좌에 앉는다면 현실로 갈 수 있는 길이 열리게 되죠."

"그렇죠."

"하지만 그전에 당신은 성좌를 지키고 있는 드라헨리터와 마주치게 될 거예요."

드라헨리디, 소문만 무성한 존재였다. 실제로 있다는 것은 방금 그녀의 말을 듣고 난 뒤에야 알게 되었다. 고개를 끄덕이는 서호를 보고 그녀는 망설임없이 설명을 계속했다.

그곳에 사는 드라헨리터가 실은 그의 전신이라고 할 수 있는 클로드이며, 그녀의 목적은 클로드의 안식이라고 밝혔다. 너무도 충격적인 사실을 아무렇지 않게 듣게 된 서호는 한순간이나마 멍한 표정을 지을 수밖에 없었다.

클로드가 현실로 나가려고 했으며 그것이 실패했다는 건 일찍이 자드를 만나면서부터 서호도 예측하고 있었다. 하지만 소멸된 줄 알았던 클로드가 겨울의 성좌를 지키고 있다고 했다. 마물이 되어서.

"실패하면 마물이 되는 건가요?"

그녀에게 물으면서도 서호는 자신의 얼굴에 닭살이 끼치는 것을 느꼈다. 하지만 아리아는 마음을 단단히 먹었는지 거짓

없이 고개를 끄덕였다.

"그러니까, 마물이 되어버린 클로드를 제 손으로 죽여달라는 거군요."

"네, 잔인한 부탁이라는 건 알아요. 하지만 어차피 당신이 현실로 나가기 위해선 겨울의 성좌에 앉아야만 해요. 그렇다면 성좌를 지키는 클로드는 반드시 꺾어야 하는 상대가 되겠지요."

"……."

"그에게 어울리는 최후를 선사해 주세요. 그럴 자격이 있는 사람은 당신밖에 없다고 생각해요."

비정한 이야기였다. 클로드는 서호에게 있어서 아버지가 될 수도 있고, 형이 될 수 있는 존재였다. 아니, 유전적인 정보만 본다면 100% 일치했기에 외모와 성격, 사유와 행동, 모든 것이 유사했다. 현실에서는 존재할 수 없는 도플갱어와 같은 또 하나의 자신이었다.

"스스로를 뛰어넘지 못한다면, 결국 현실에 갈 수 있는 길은 열리지 않는다는 거군요."

"그렇게 생각해 주신다면 고맙겠네요. 그리고 마지막으로 말씀드릴 건……."

방금 전 클로드의 죽음을 청부할 때까지만 하더라도 당당했던 아리아가 잠시 입술을 붙이며 망설이는 기색을 보였다. 이번엔 얼마나 잔혹한 이야기가 기다리고 있을지 서호로서는 짐작도 가지 않았다.

"마지막으로?"

"이건 어떻게 설명을 해야 될지 모르겠네요. 너바나가 만들어진 건 근래 몇 년간의 일이에요. 즉, 도트로 살아가며 불멸을 약속받은 존재, 저와 당신 같은 존재는 불과 5년 전만 하더라도 이 세상에 없었죠."

"그랬겠지요."

"아직 발전하는 단계라는 거예요. 한 가지 말씀드려야 하는 건 도트에서 다시 원자가 되는 경우는 단 한 번의 성공도 한 적이 없어요."

그 밀을 들은 시호의 밀문은 막힐 수밖에 없었다. 두 눈만 부릅뜨게 되었다. 한 번도 없다고 했다. 하지만 그는 주리에게 현실로 가는 게 불가능한 건 아니라는 이야기를 예전에 들은 적이 있었다.

"한 번도 없었다고요?"

"네, 실제로 성공을 한 케이스는 없어요."

"그럼 어떻게?"

"다만 가상 실험으로는 성공을 했었죠. 그 확률이 몹시 낮다는 게 문제예요."

"그럼 클로드도?"

그녀가 고개를 끄덕였다.

"네, 낮은 확률에 모든 것을 걸었지만 실패를 하게 되었죠."

"얼마나 낮은 거죠?"

궁금했다. 자신이 걷는 길의 성공률이 얼마인지 묻고 싶었다.

"사실대로 말해줘야겠지요?"

"네."

"절망감을 더하게 된다고 하더라도?"

"그것이 아무리 큰 절망이라 해도 거짓 속에 나아가는 것보 단 나으니까요."

이건 제네시스에 있으면서 알게 된 사실이다. 이 세상이 물질과 공간만으로 설명이 되는 본질의 세계라면 선의의 거짓말이라는 것이 성립될 수 있었다. 하지만 시간이 더해진 실존의 세계에선 거짓말과 선의의 관계는 모순이었다.

거짓을 들어서 그가 희망을 가지는 것은 좋지만 결국 거짓 말을 한 아리아의 양심이 상처를 입는다. 그리고 거짓에 속게 된 그의 미래가 상처를 입는다. 그것은 선의라고 할 수 없었 다. 이렇듯 도덕적으로 어느 쪽이 옳다고 단정을 내릴 수가 없 는 상황은 항상 존재했다. 그럴 때 서호는 언제나 진실을 원하 였다.

"9%예요."

"9%라고요?"

내리쬐는 햇볕을 외면하고 싶었던 것일까? 그녀가 눈을 감 으며 말을 이었다.

"수많은 실험을 거듭했지만 현재로서는 원자화가 완벽하게 이루어질 확률은 9%인 것으로 알고 있어요."

그녀의 말을 듣고 서호는 거대한 망치로 뒤통수를 맞은 기분이 들었다. 솔직히 대략 50% 정도라고 예상을 했다. 사실 50%도 높은 확률이 아니었다. 50%라고 해서 한 번 실패하면 다음에는 반드시 성공을 하는 것도 아니었다. 연달아서 성공을 하는 경우도 있었고, 연달아서 실패를 하는 경우도 허다했다.

"클로드는 고작 9%에 자신의 모든 것을 걸었다는 건가요?"

이 말은 듣고 싶었다. 클로드는 그와 똑같은 사유를 했다. 9%라면 사실 자살을 하는 것이나 마찬가지였다. 서호라면 도저히 도전을 못할 확률이었는데 클로드가 했다는 것도 이치에 어긋났다.

"클로드는 더 낮은 확률이었어요. 그래도 현실에서 꼭 만나고 싶었던 사람이 있었기에 도전을 했던 것 같아요. 다만 확률을 높이기 위해서 그는 필요없는 데이터를 삭제하는 방법을 취했죠."

"데이터의 삭제라면?"

"네, 원자인간이라면 어렵겠지만 도트인간이라면 필요없는 기억은 지울 수가 있고, 지운 기억 용량만큼 옮겨야 될 용량이 적어지기에 오류가 날 확률도 그만큼 줄어들게 되는 거죠."

"그렇다면?"

여기서 한 가지 딜레마에 시달릴 수밖에 없었다. 다른 곳도 아닌 이곳에서 배웠다. 인간이 가진 자아는 절대로 물질과 공간만으로 설명이 되진 않았다. 태어나는 순간 정해지는 것은 성향일 뿐 어떤 사건을 겪으면서 즉흥적으로 가진 사유와 행동, 그런 것들이 쌓이고 쌓여서 자아를 완성시켰다.

즉, 시간과 추억 속에 자아가 존재한다고 볼 수 있었다. 한 마디로 클로드는 자신의 자아를 깎아서 전송률을 높였다는 거였다.

"클로드가 겨울의 성을 떠도는 마물이 된 이유는?"

"네, 성공률을 높이기 위해서 가장 중요한 기억만을 남겨서 옮긴 건 같아요. 하지만 그 기억의 전송조차 실패한 까닭에 자아를 잃어버린 셈이 되었죠."

"하아……."

자신도 모르게 깊은 한숨이 나왔다. 두 다리에서 힘이 쭉 빠져나갔다.

"죄송해요. 당신에게는 항상 시련만을 주는 것 같네요."

시련이라……. 그녀의 말이 그의 머리는 납득시켰지만 가슴은 더욱 쓰라리게 만들었다.

"솔직히 충격이네요."

9%의 확률에 모든 것을 걸어야 하는 현실, 애당초 힘들지 않다면 거짓말이었다.

"전적으로 당신에게 맡길게요. 결국 자아의 주인은 당신, 시간과 선택의 주인은 당신이니까요."

"……."

"사실 이곳에 사는 것도 그리 나쁘진 않다고 생각해요. 당신이 좋아하는 사람과도 또 다른 가상공간을 통해서 얼마든지 현실처럼 살아갈 수 있잖아요."

그건 거짓말이 아니었다. 자본주의의 사회는 시대가 지날수록 부익부빈익빈을 극대화시켰고 가난하게 태어난 자는 쉽사리 가난이라는 굴레에서 벗어날 수 없었다. 그런 사람들은 태어나는 순간에 진 빚을 평생에 걸쳐 갚으면서 살아야 했고, 결혼을 할 여유조차 없는 사회 풍토가 형성되었다. 때문에 가상 공간에서 만나고 그곳에서 접속한 동안만 결혼생활을 하는 건 제법 자연스러운 현상이었다.

"단지 육체가 없다 뿐이지 서로가 서로를 사랑한다면……."

"……."

"정말이지 무리하실 필요는 없다고 생각해요. 클로드처럼 될 가능성이 높은 게 사실이니까요. 그리고 기다리다 보면 기술력은 향상될 거예요. 저희에게는 무한의 시간이 존재하니까 나중엔 100% 안정적이게 원자화될 수 있는 시기도 반드시……."

그녀의 말처럼 분명한 게 있다면 테크놀로지의 발전 속도는 놀랍다는 것이다. 하지만 서호가 봤을 때 도트와 원자 간의 이식이 완벽해지려면 아무리 짧아도 20년에서 30년은 걸릴 일이었다. 그렇게 기다려서 현실로 가는 건 지금의 그에겐 의미가 없었다.

"솔직히 말해줘서 고맙습니다."

씁쓸한 표정을 지은 서호가 돌아섰다. 아리아는 묻지 않았지만 이미 그의 마음속에 답은 정해진 뒤였다.

'얼마만큼 사는 건 중요하지 않다. 중요한 건 어떻게 사느

냐다.'

11월의 도시가 메마르고 황량한 바람과 거친 폭풍우를 번갈아가면서 내려 혼란스러운 느낌이었다면, 12월의 도시는 하염없이 내리는 눈송이 덕분에 포근하고 조용했다. 아득하고 따스한 느낌이었다.

이곳이 너바나만 아니었다면 깊은 정취에 빠졌으리라. 그래서일까, 나프카는 시간이 날 때마다 성루에 올라서 멍한 시선으로 나아가야 할 길을 바라보는 것을 일과로 여겼다. 아마 그날도 아카가 부르지 않았다면 한 시간 정도는 그곳에 있었을 것이다. 그녀의 목소리를 들은 나프카가 어깨에 쌓인 눈을 털어내며 성루에서 내려왔다.

"무슨 일 있어?"

아카의 얼굴이 평소보다 어두웠다. 조금 피곤해 보이기도 했다. 큰 눈망울 아래에는 기미까지 깔려 있었다. 잠을 설친 것 같아서 물어보자 아카는 얼굴을 살짝 붉히면서 처음에는 아무런 말도 하지 않았다.

고개를 푹 숙이고 있던 그녀가 어렵사리 이야기를 꺼낸 건 서호와 만나기 위해 몇 걸음을 옮겼을 때였다. 아마도 주변에 물어볼 사람이 없어 그에게라도 털어놓은 것이리라.

"실은 어젯밤 성교육 비디오를 보았어요."

"응?"

전혀 생각지도 못한 이야기가 아카의 입에서 나왔다.

"성교육 비디오를 봤다고?"

"네, 제가 듣기론, 남자들은 키스를 하고 나면, 그러니까 그 다음 단계도 원한다고 해서요."

주로 여성들을 대상으로 한 잡지에서 단골로 나오는 이야깃 거리였다. 남자가 키스를 하고 난 다음 손이 여자의 가슴으로 가는 현상을 심리학적으로 해석한 것이지만, 결론만 말하면 성급한 일반화의 오류였다. 그럼에도 나프카는 고개를 끄덕였 다.

"그래, 다른 녀석이라면 몰라도 얼음도치처럼 성급하고 탐 욕스런 자식이라면 조심해야지."

"저기, 다른 사람들도 전부 그렇게 하나요?"

"응? 뭐가?"

"그러니까, 아기를 만들기 위해서……."

어찌 보면 아카다운 귀여운 표현이었다.

"음, 열아홉이니까 이젠 알아도 될 나이겠지? 벌써부터 걱 정할 필요는 없을 것 같아. 모두 자연스럽게 하고 있는 거니 까."

"정말요?"

눈을 크게 뜨면서 되묻는 아카를 보고 나프카는 솔직하게 고 개를 끄덕여 주었다. 아무리 영상을 순수하게 처리했다고 하더 라도 처음으로 접하는 아카에게는 제법 충격적인 진실일지도 몰랐다. 그래도 언젠가는 알아야 할 일이라는 건 분명했다. 성 인이 되어가는 과정 중의 하나였다. 외면할 필요는 없었다.

"그것 때문에 잠까지 설친 거야?"

"네, 전 그렇게 하는 건지는 정말로 몰랐어요."

아카가 지나치게 순수하다는 생각이 들었다.

"그러면서 다 어른이 되는 거지, 뭐."

그렇게 말을 해주면서 나프카는 묘한 기분이 들었다. 이런 건 아카 또래의 여자 아이라면 고민을 하는 건 당연했다. 하지만 그에게 이야기를 하는 건 그 일반적인 경우가 아니었다. 그래서인지 걱정을 하는 아카를 보고 있으니 꼭 친오빠라도 된 것 같았다. 친오빠가 여동생을 신경 쓰는 것처럼 괜히 서호에게는 적대감이 생겼다.

"저기, 이건 궁금해서요. 그건 어디서 팔죠?"

"그거라니?"

되묻고 나서야 나프카는 생각이 짧았다는 사실을 깨달았다. 성교육 비디오를 보았다면 연상되는 물품은 하나밖에 없었다.

"아, 그건 약국에서 팔아. 혹시 모르니까 가지고 있는 것도 중요해. 얼음도치 나이대의 녀석들은 한마디로 짐승이거든."

그 뒤로 나프카는 이왕 이야기가 나온 김에 절대로 단둘이 좁은 공간에 있으면 안 된다는 등의 몇 가지 조심해야 할 사항까지 얘기해 주었다. 그러던 중 호랑이도 제 말하면 온다는 말이 있듯 저편에서부터 서호가 마중을 나왔다.

"왔냐?"

"오빠, 안녕하세요."

그를 보고 인사를 하는 아카의 얼굴은 여전히 홍조를 띠고 있었다.

"그럼 바로 갈까?"

이대로라면 분위기가 어색해질 것 같아서 나프카가 곧장 도시의 서쪽으로 발길을 돌렸다. 오늘은 사냥을 하기 위해서 모인 게 아니었다. 도시에서 가장 높은 서쪽 언덕에 볼일이 있었다.

첫눈의 도시라고는 해도 언제나 12월이었던 까닭에 그들이 밟는 것은 실상 만년설이었다. 부드득부드득 소리를 내며 발자국을 찍은 그들은 조심스런 걸음으로 한참 만에 언덕에 도착할 수 있었다.

순결한 눈꽃을 가지마다 한 아름씩 피운 커다란 나무 한 그루가 그 언덕 끝에 서서 그들을 주시하고 있었다. 서호와 아카를 둘러본 나프카가 허리춤에 차고 있는 장검 중 한 자루를 뽑아 들었다.

봄의 검이었다. 이 검의 주인은 어깨에 항상 시련을 짊어지고 다녔던 녀석이었다. 현실에서 누구보다 화려한 녀석이었지만 처음으로 친구들에게 배신을 당하고 죽음의 위기에 몰리기까지 했다.

돌이켜 보면 너바나와 녀석의 상성은 시작부터 별로였다. 나프카가 두 손에 쥔 검을 눈이 쌓인 언덕에 깊숙이 박자 바로 앞에 있던 나무가 조금 흔들리면서 눈꽃을 흩날렸다.

"도착했다! 네 녀석의 검은 이곳에 도착했다! 네 녀석이 말했던 첫눈의 도시다!"

나프카가 크게 소리쳤지만 사실 답은 없어야 했다. 하지만 검주의 목소리가 나프카의 등 뒤에서 들려왔다.

"네, 형님, 보고 있습니다."

깜짝 놀라서 돌아본 나프카와 눈이 마주친 서호가 자신의 관자놀이를 한 손가락으로 '톡톡' 짚어 보였다. 실시간 영상 전송으로 로번이 보고 있었던 것이다.

"그래? 그럼 지금부터 우리가 주는 선물이다!"

나프카의 허리에는 또 다른 종류의 검이 무려 세 자루나 있었다. 그것들 전부 로번이 썼던 검이다. 로번은 항상 도시마다 검을 바꿨다. 그리고 나프카에게 처분을 해달라고 부탁했었다.

"이번엔 여름의 검이다!"

격투장에서 막 재미를 붙였던 로번이 아무것도 모르고 불사자 시리안에게 처참하게 당할 시기에 쥐고 있던 검이다.

"그리고 끝내고 싶었지만 끝내지 못했던 가을의 검도 있다!"

심신을 다스리고 다시 불사자에게 도전을 했지만 내려진 건 냉정한 패배였다. 이야기는 거기서 끝나지 않았다.

"마지막으로 이곳에 오지 못한 네 녀석의 원이 되어줄 겨울의 검이다!"

십대강자라는 이름 아래 쌍검의 파수꾼 에페에게도 잔혹하게 뜯겨 나간 로번, 결국 너바나에서는 작별 인사조차 못하고 떠나보낸 것이다. 로번은 아직도 병원 신세를 지고 있었다.

"자! 봐라! 이곳이 네 녀석의 무덤이다!"

네 자루의 검이 한곳에 꽂히자 나무가 신음을 하면서 눈꽃을 한껏 흩날렸다. 수많은 눈송이 속에 서호의 고개를 통해서 아카와 나프카가 서 있는 광경이 로번에게도 생생히 전해졌다.

"네 녀석은 계절마다 졌더구나. 겨울은 조금 일찍 졌지만 그래도 그 정도로 지고도 이곳에 있다면 알고 있겠지?"

"네, 알다마다요."

"그래, 네 녀석에게 있어서 패배는 더 큰 강함을 불러주었다. 이로써 모든 계절에서 패한 네 녀석이 질 곳은 이제 없는 거다."

"......"

"네 녀석이 그리도 원했던 강함의 증거, 바로 이곳에 묻혔으니 앞으론 편히 이겨라."

"......"

다른 건 몰라도 나프카는 로번의 열망 하나만큼은 정말로 높이 샀다. 어떤 패배가 주어지더라도 불굴의 의지로 일어섰다.

그건 말만큼 쉬운 일이 아니었다. 하지만 결코 포기하는 일 없이 강자로 인정받기 위해서 몸부림을 쳐왔다. 녀석이 걸었던 길이 절대 쓸데없는 길이 아니라는 것을 여기서 보여주고 싶었다. 녀석이 말하던 겨울에서.

"어떠냐? 아름답냐?"

"네, 아름답습니다."

만약 초코였다면 이런 기대를 받는 것만으로도 조금은 울컥해서 목소리를 떨지도 몰랐다. 하지만 로번의 목소리는 나프카와 비교해도 뒤처지지 않을 정도로 당찼다. 중상을 입었다고는 생각되지 않을 정도로 멋진 목소리의 답이 날아왔다. 나프카도 흡족한 표정을 감추지 못했다.

"그래, 수고 많았다."

"그동안 고마웠습니다."

"고마웠기는, 징그럽게. 다음에 보자."

"네, 다음에 뵙겠습니다. 다 같이."

병원이라서 오래 접속을 할 수 없었던 로번은 아쉬운 마음을 약속으로 남기고 접속을 끊었다.

"첫날처럼 저희 셋만 남았네요."

묵묵히 있던 서호가 입술을 떼었다. 그의 말처럼 겨울로 향하기로 마음을 먹었던 날에 모인 멤버들만 남아버렸다. 그동안 수많은 일이 있었다. 즐거웠던 일보다 힘들고 고되었던 일들이 많았지만 평범하게 살았다면 절대로 가질 수 없는 인연으로 그들은 함께하고 있었다.

부드득부드득—!

언덕을 내려오면서 서호와 아카는 그간 하지 못했던 이야기를 하며 내려왔고, 나프카는 그들을 배려해서 조금 거리를 둔 채로 발을 내디뎠다. 한참을 그렇게 걸어가다가 아카가 조금씩 앞서 가기 시작했고, 서호가 걸음을 늦춰서 조심스럽게 나프카에게로 붙었다. 아카의 눈치를 보던 서호가 조그맣게 속삭였다.

"저기, 방금 전에 아카랑 얘기를 했는데요."

무슨 이야기를 했는지 나프카는 대번에 짐작할 수 있었다.

"아, 내가 조언을 잘해줬지."

"도대체 무슨 얘기를 한 건데요?"

"왜?"

앞서서 내려가는 아카를 다시 흘겨본 뒤에 서호가 더 낮은 투로 나프카에게 물었다.

"약국에서 밧줄이랑 촛불을 왜 찾아요?"

"밧줄이랑 촛불?"

되묻는 나프카의 눈매가 기괴하게 뒤틀렸다. 뭔가가 이상했다. 밧줄이랑 촛불을 약국에서 판다고 말한 적은 없었다. 아니, 그의 조언은 어디까지나 성교육 비디오에서 나오는 물품을 약국에서 판다고 했다.

살포시 돌아보는 아카와 눈이 마주친 나프카는 문득 그녀가 밤새도록 본 비디오가 실은 성교육 비디오가 아닐 수도 있다는 사실을 의심했다.

'아, 아카, 도대체 무슨 비디오를?'

교육과 조교는 엄연히 달랐다.

* * *

석양에 물든 카페 테레사.

기타의 선율을 차랑차랑하게 울리던 남자가 아랫입술을 살짝 물면서 이펙터를 밟자 한순간에 일그러진 음색이 가게 안을 지배했다.

카페 안에 있던 사람들의 어깨가 하나같이 움츠러들었다. 분명 그 음색은 평온한 오후에 낮잠에 취해 있던 사람들의 머리 위로 핵폭탄이 떨어진 것처럼 갑작스러웠다. 그런데도 항의를 하는 사람은 한 명도 없었다.

황금빛의 테레사에 있던 이들에게 장난스러운 이 기타 소리는 어제오늘 일이 아니었던 것이다. 처음에는 놀라서 일어나는 사람까지도 있었지만 이젠 명물이 되어버렸다.

지금 테이블에 앉아 있는 한 쌍의 남녀도 그 선율에 맞춰서 이른 칵테일을 마시고 있었다. 남자는 스포츠헤어를 했는데 전체적으로 다부진 인상을 가지고 있었다. 진한 눈썹과 선명한 눈빛에 어울리는 장대한 덩치는 흡사 호랑이를 보는 듯했다.

맞은편에 앉아 있는 여자도 제법 날카로운 분위기를 풍겼는데 남자가 호랑이라면 여자는 고양이가 연상될 정도로 호리호리한 몸매를 하고 있었다. 너바나에서는 너무도 유명한 이카로스와 잔이었다.

"오늘 보자고 한 이유는 알고 있겠지?"

이카로스의 물음에 잔이 고개를 끄덕였다. 짧은 단발머리 사이로 쌍꺼풀이 없는 눈매가 기타를 치는 남자를 살며시 홈

쳐보다가 이카로스에게로 향했다. 그녀의 눈빛에는 너바나의 격렬한 전장에선 찾아볼 수 없는 아늑함이 묻어 있었다.

"제가 이곳에서 보자고 한 이유가 답이 될 것 같네요."

"여기? 테레사?"

"네, 저 실은 좋아하는 사람이 있거든요."

"그래?"

그들이 너바나에선 생사를 넘은 동료라고 해도 현실에서까지 자주 만나는 사이는 아니었다. 서로의 성격이나 행동에 관해선 빠삭한 데 반해 개인적인 취향이나 생활에 관해선 전혀 몰랐다.

그러나 이카로스는 잔이 누구를 마음에 두고 있는지 어렵지 않게 추측할 수 있었다. 조금 전부터 기타를 치고 있는 남자를 잔이 힐끗힐끗 보는 광경이 그의 눈에도 들어왔다.

"저기, 기타를 치는 사람?"

그 말에 잔은 대답 대신 희미한 미소를 그렸다. 대답은 없었지만 긍정하고 있었다.

'잔이 반한 남자라?'

이카로스도 그 남자를 유심히 살펴보았다. 손질 안 한 머리카락이 제멋대로 삐죽삐죽 솟아 있을 뿐만 아니라 옷차림도 빈티지 풍이라서 차분함과는 거리가 멀었다. 쭉 찢어진 눈과 마른 볼에 광대까지 나와서 성격이 까칠해 보였다.

외모만으로 보자면 그리 큰 매력을 지닌 남자는 아니었다. 하지만 카페 테레사를 가득 채운 기타 선율을 그가 만들어내고 있는 것만큼은 분명했다. 어디서도 들어보지 못한 거친 음색이 상당히 인상적이었다.

"오래 좋아했어?"

"인육순대와 관련된 이야기를 제가 처음으로 한 게 언제였죠?"

"작년쯤이었나?"

"그때 조금 힘든 일이 있었거든요. 술에 취해서 열차역에서 잠시 눈을 붙였나 봐요. 잠결에 저 남자의 연주를 듣게 되었는데, 웃긴 게 뭔 줄 아세요?"

"뭔데?"

"그때 열차역에는 아무도 없었다는 거예요. 궁금해서 잠자는 저를 위해서 기타를 쳤냐고 물어보게 되었죠."

"그랬더니?"

"아니래요. 자신을 위해서 치고 있었다고 하더라고요. 그러면서 인육순대 얘기를 해주었어요."

이야기를 듣고 있는 이카로스의 머릿속에도 그림이 그려졌다. 주변에 아무도 없었으며 그녀가 술에 취해 있었다면 새벽녘이었을 것이다. 눈을 뜬 잔 앞에서 무심하게 기타를 연주하고 있는 남자의 모습이 연상되었다.

여기서 중요한 건 인육순대 이야기였다. 인육순대는 인식에 지배당하는 사람들과 그 인식에 지배당해야 편한 사람들을 비꼰 이야기였다. 그가 새벽녘 기차역에서 연주를 하는 건 일반적으로 다른 사람이 들어주길 바라는 거라고 볼 수 있었다. 하지만 그것은 일반론일 뿐이며 자신은 아니라는 주장이었다. 물론 중요한 건, 진실로 자신을 위해서 연주를 했다면 그런 구차한 설명은 할 필요가 없다는 거였다.

"배려를 해준 거군."

"네, 이상하게도 그 이야기를 듣고 위로가 되었다고 할까요? 괜히 웃음이 나오더군요. 그 기억이 강하게 남아서인지 그 뒤로 자주 들으러 가게 되었죠."

"그럼 그때부터?"

"벌써 1년 가까이 짝사랑을 한 것 같네요."

지금 잔의 모습은 솔직히 의외였다. 그녀는 뜨거움이나 부드러움보다는 차가움과 날카로움에 가까웠다. 독이 묻은 비수처럼 살벌하게 전장을 누비는 것을 즐겼다. 이번 11월의 격전에서도 강철기사단 내에서 가장 많은 활약을 한 건 바로 그녀였다.

오죽했으면 스릴을 즐기는 자들이 모여서 만들어진 강철기사단에서 여성의 몸으로 서열 2위를 지키겠는가? 그런 그녀도 실은 이런 소녀 같은 모습을 간직하고 있다는 건 어쩌면 당연할 텐데도 새삼스러웠다.

그렇기에 이카로스의 마음은 흔들릴 수밖에 없었다. 이건 너바나의 이야기다. 시계동맹은 현재 해산이 되었다고 봐도 무방했다. 중심이었던 가을의 마녀가 이탈을 한 이상 11월의 도시에서 보였던 결속력은 지켜지기 힘들었다.

엎친 데 덮친 격으로 그런 그들 앞에 가장 힘든 시련이 남아 있었다. 12월에서 1월로 가는 설원은 지금까지 너바나에 출현했던 대부분의 마물들이 모여 있기로 유명한 곳이었다. 지금 있는 인원으로는 결단코 쉽지 않은 많은 수의 마물들이 버티고 있었다.

강철기사단이 나아가지 않는다면 시계동맹의 진격이 사실상 힘든 상황이었다. 가을의 마녀가 부탁을 하기도 했지만, 그녀의 부탁이 없었더라도 이카로스는 적어도 1월까지는 가보고 싶었다.

그렇게 어느 정도 마음이 기운 상황에서 잔의 사정을 듣게 된 것이다. 항상 짊어지고 있는 죽음이란 짐 때문에 그녀에겐 더 이상 계속 가자는 권유를 할 수가 없었다. 결론은 이것이었다.

"그만두어도 된다."

"네? 무슨 말이죠?"

"알고 있잖아. 강철은 더 이상 나아갈 이유가 없다. 앞으로는 나 혼자만의 고집일지도 모르겠다."

"크로라는 자 때문이죠?"

잘 갈린 비수와 같은 질문에 이카로스가 조용히 고개를 끄덕였다.

"그자와 결말을 짓고 싶은 욕심이 없다면 거짓말이겠지."

잔에게는 솔직하게 말해줄 수 있었다. 이카로스가 지금 너바나를 걸어야 할 이유가 있다면 서호와 다시 한 번 싸워보는 것이었다.

마지막으로 목숨을 걸고 싸웠던 때가 심연의 동굴에서였다. 그 뒤로 이카로스는 단 한 번도 너바나에서 스릴을 경험하지 못했다. 지금 그의 심장은 마치 비가 내리지 않아서 쩍쩍 갈라진 땅바닥과 같았다. 뭔가 텅 비어버린 기분이었다.

"그럼 전 그만둘 이유가 없겠네요."

진지한 표정을 짓고 있는 이카로스를 보고 잔이 미소를 지었다.

"이유가 없다니? 이유라면……."

이카로스가 기타를 치고 있는 남자를 슬쩍 가리켰지만 잔은 고개를 가로저었다.

"인연이라는 게 참 신기하다고 할까요? 기타를 치고 있는 저 사람도 실은 너바나를 하고 있어요."

그 말을 들은 이카로스의 눈매가 가늘어졌다.

"자세히 보세요. 어디선가 본 것 같지 않나요?"

너바나에서 이카로스가 기억하는 사람은 얼마 없었다. 강철 기사단이거나 이번 시계동맹과 순례자들의 수뇌부 측이라면 기억을 할지 몰라도 그 외라면 기억하지 못했다. 그의 그런 점을 알면서도 잔이 생각해 보라는 식으로 말을 했다면 생각보다 가까운 인물이라는 뜻이었다.

칵테일 잔을 기울이면서 다시 한 번 유심히 바라본 이카로스는 몇 초도 지나지 않아서 고개를 끄덕였다. 확실히 안면이 있었다. 자신의 모든 것을 걸고 쓰러뜨려야 할 남자의 옆에 있던 도적이다. 외모도 흡사했지만 무엇보다 분위기가 판박이였다.

"나프카라는 이름이었지?"

"네, 우연치고는 정말로 지나치죠?"

"그렇군."

하마터면 잔이 좋아한다는 저 남자를 죽일 뻔한 적도 있었다. 그들의 처한 상황이 과연 우연만으로 설명될 수 있을까 하는 의심까지 들었다. 자연히 쓴 미소를 짓게 된 이카로스는 담배 한 개비를 꺼내 물면서 불을 붙였다. 자욱하게 일어나는 연기는 한 치 앞도 알 수 없는 앞날과 그날에 걸린 설렘을 일러주고 있었다.

"그런데 저 남자는 모르는 건가?"

"네, 짝사랑이니까요."

"저 남자가 가는 곳까지 가고 싶은 거고?"

"아뇨. 저 남자가 무엇을 보는지 궁금할 뿐이에요."

참으로 간단명료했다.

"그게 이유가 될 수 있을까?"

"적어도 저에게는 이유가 되고도 남죠."

잔의 대답을 들은 이카로스가 다시 담배를 꽉 물었다. 이 길을 그녀가 진심으로 원하고 있다면 그에게 말릴 이유는 없었다.

CHAPTER 32
설원의 기사들

금지된 세계
FORBIDDEN
WORLD

혹독한 세상이었다.

전방 200미터의 시야도 확보할 수 없는 거친 눈보라가 휘몰아쳤다.

갑옷이나 의복 위로 두툼한 망토를 둘렀는데도 추위는 뼛속까지 파고들었다. 대부분의 사람들이 12월의 도시에서 간단한 퀘스트로 구할 수 있는 눈신발을 신고 있었지만 무릎까지 쌓여 있던 눈 덕분에 진격은 더디었다.

발을 디딜 때마다 눈 속으로 푹푹 빠질 뿐 아니라 다시 한 발을 떼어내면 눈신발의 넓은 면적에 달라붙은 눈의 무게만으로도 다리는 천근만근이 되었다. 이대로라면 마물들에게 잡아먹히기 전에 추위에 먼저 무릎을 꿇을 것 같았다.

시계동맹과 순례자들, 그리고 몇몇 소수의 일행이 합쳐져서 대략 100여 명에 달하는 인원이 지금 설원을 가로지르고 있었다. 서로가 서로의 바람막이 되어주면서 나아가고 있었지만 체력이 약한 자는 벌써부터 숨이 차오르는지 거칠게 몰아쉬었다.

"하아!"

"하악! 학!"

그중에 여기까지 온 자들이라면 모르는 이가 없는 '내기남매'도 있었다. 앳된 얼굴을 한 소년과 소녀는 많이 봐줘야 열다섯쯤으로 보였다. 십여 년 전 미성년자의 기준이 열일곱으로 하향이 되었다고 하더라도 원칙적으로는 너바나에 접속할 수 없는 나이였다.

불법적인 방법으로 접속하고 있다는 사실을 모두가 알고 있었지만 그 점을 탓하는 사람은 없었다. 처음에 남매는 단지 호기심의 대상이었다. 영혼이라고 할 수 있는 눈빛은 나약하고, 몸은 툭 치면 쓰러질 정도로 약해 보였다.

해서 그들 남매가 순례자들에게 합류를 했던 5월의 도시에서만 하더라도 사람들은 금방 겁을 먹고 떨어지거나 죽을 거라고 예견했다. 그뿐만 아니라 남매가 얼마나 버티는가로 사람들 사이에선 내기거리가 되기도 했다.

결론만 말하자면 그때 내기를 했던 순례자들의 예상은 전부 빗나갔다. 아니, 그때 내기를 했던 순례자들은 이젠 남아 있지도 않았다.

스윽—!

고개가 아플 만큼 머리에 수북이 쌓인 눈을 털어낸 소년의 눈빛은 끝없이 몰아치는 눈보라를 꿰뚫고 있었다. 소녀도 어린 티가 남아 있지만 꽉 다문 입술에선 결의가 보였다.

얼음물에 들어갔다가 나와서 맞은 삭풍처럼 생살이 찢겨지는 것 같은 날씨 앞에서도 그들의 걸음은 늦춰지지 않았다. 다만 갈증이 나는 건 어쩔 수 없었다. 목이 너무 말라서 소년은 눈앞에 있는 눈을 한 움큼 쥐었다가 입 안에 머금었다.

"아!"

현명한 행동이었다. 추위의 혹독함이 조금은 가시는 것 같은 효과가 났다. 마른침을 삼키는 소녀를 보고 소년이 고개를 끄덕여 주었다.

"먹어봐. 추위가 가시는 것 같아."

그 말에 소녀가 고개를 끄덕였다. 소년의 말이라면 팥으로 메주를 쑨다고 해도 소녀는 믿었다. 가죽장갑을 낀 손으로 눈을 한 움큼 쥐어서 입에 넣어보았다. 순간 이가 시리는 전기 충격이 가해졌지만 반대로 온몸을 찌르던 추위는 옅어지는 묘한 감각이 들었다.

"괜찮지?"

"응!"

"힘내자!"

비단 남매뿐만 아니라 사람들 대부분이 눈보라 속에서 눈을 집어먹어 가면서 앞으로 걸음을 내디뎠다. 고되고 힘든 길이었지만 여기서 상황이 더 나빠지지만 않는다면 마을까지 도착할 수 있을 것 같았다.

물론 그 기대는 얼마 가지 못했다. 사람들의 바람과는 달리 눈보라는 시간이 갈수록 거세져 시계는 한없이 짧아졌다. 그 탓에 멀리 보지 못해 확신할 수는 없지만, 무엇인가로 인해 선두의 진격이 멈추었다는 사실만큼은 알 수 있었다.

치잉—!

삭풍의 음산한 소리에 섞여 희미하게나마 금속성의 울림이 귓속으로 파고드는 것으로 봐서 확실했다. 마물의 습격이 시작된 것이다. 격전을 준비해야 했다.

마음을 단단히 먹은 소년이 소녀의 앞으로 나서면서 지팡이를 들었다. 저 앞에서 사람들의 틈을 비집고 뛰어드는 괴상한 물체도 눈에 들어왔다.

"크아아!"

우렁찬 울부짖음이 여기저기서 일제히 터져 나오자 그들이 딛고 있던 설원이 두려움에 덜덜 떨렸다.

"저건?"

지금 그들에게 달려오는 마물은 악운의 산에서 처음으로 봤던 거미인간이었다. 물론 거뭇거뭇한 모습이 아니라 새하얀 세상과 분간이 가지 않는 몸을 가져서 확실하게 보이는 건 인간의 머리에 박힌 네 쌍의 붉은 눈동자밖에 없었다.

전방과 측면뿐만 아니라 후방에서도 갑자기 튀어나온 거미인간들이 각지에서 울음을 터뜨리면서 그들을 공격하기 시작했다.

쿠웅—!

마치 게처럼 비대하게 커진 앞발을 내려치고 있었다. 한 팔은 도끼를, 또 다른 팔은 망치를 달아놓은 듯했다. 덩치도 이전보다 훨씬 커져서 무시무시한 파괴력을 내었다.

아무래도 전방에서부터 공격을 가하는 마물의 숫자가 압도적으로 많았기에 선두에 탱커와 강력한 데미지딜러를 배치하는 건 기본이었다. 때문에 사방에서 달려드는 적들에 의해서 혼란은 일어날 수밖에 없었다.

"크윽!"

소년의 앞에 있던 체구가 좋은 전사 하나가 거미인간이 내려치는 두 팔의 공격을 막고서 죽을 것 같은 인상을 썼다. 일대일로 붙어도 얕볼 수 없을 만큼 강해져 있었다. 전사가 도끼를 휘두르며 이 난국을 해결하려 애를 썼다.

방금 전까지만 하더라도 상상도 못했던 최악의 상황. 그런데도 물러서거나 돌아서는 사람은 단 한 명도 없었다. 모두가 알고 있었다. 그들이 걸어온 길은 눈이 금세 무릎까지 쌓여서 도망을 치는 것도 불가능했던 것이다. 마물을 쓰러뜨리고 앞으로 나아가는 길밖에 없었다.

"저기, 아저씨가 싸우는 녀석부터!"

이곳에서 가장 어린 소년과 소녀도 그 사실을 알고 있었기에 아랫입술을 깨물며 힘을 끌어올렸다. 하긴 도주로가 있었다고 하더라도 남매가 물러설 리는 없었다. 여기까지 온 사람

들 중에 사정이 없는 이가 없듯 남매의 목적도 확고하고 절실
했다.

어머니가 불치병에 걸렸다. 흔한 이야기지만 자신에게 닥친
일이라면 전혀 다른 이야기가 된다는 것을 남매는 몸으로 깨
우쳤다.

본래 그들의 집은 가난한 편이 아니었다. 적어도 먹을 것이
나 입을 것에 어떤 고민을 하면서 유년기를 보내진 않았다. 하
지만 고작해야 어머니가 병에 걸린 1년 사이에 수술비도 아닌
약값만으로 집을 처분해야 했다.

처음에는 학교를 그만두고 일자리를 구했다. 그렇게라도 해
서 버텨보려고 했는데 15세 이후로 정당한 수당을 받을 수 있
도록 법이 바뀌었다고 해도 남매가 번 돈으로 어머니의 병을
고치기에는 어림도 없었다. 빚만 산더미처럼 늘어갔다.

어머니의 병세가 날이 갈수록 나빠지는데 진통제를 살 돈도
없었다. 그러던 중에 봄의 여왕이 너바나를 횡단한다는 광고
를 보게 된 것이다. 2월의 도시에만 도착해도 50억에 이르는
보상이 주어진다고 했다.

방법은 여기밖에 없다는 생각이 들었다. 어머니가 바라는
길이 아니라는 것은 알고 있었지만 아무리 잔인한 이야기라도
소년과 소녀 둘 중 하나라도 살아남는다면 어머니를 살릴 수
있을 뿐만 아니라 빚마저도 청산할 수 있었다.

생명은 분명 죽음을 두려워한다. 하나 이것은 본질의 이야
기다. 죽음이 정해진 생명은 더 이상 죽음을 두려워하지 않았

다. 이것이 실존의 이야기였다.

어머니에게는 비밀로 하고 그때부터 남매는 너바나를 걷기 시작했다. 드레이크를 잡으면서는 제법 큰돈까지 벌 수 있었다. 한동안 약값 걱정이 없는 것만으로도 정말로 행복했다. 드레이크를 잡은 다음날은 소박하지만 고기 파티도 할 수가 있었다. 단지 그것만으로도 소년의 눈동자는 눈보라를 꿰뚫고 전의를 불태울 수 있었다.

"열풍을 일으키는 도마뱀의 눈이여! 구슬을 찾는 도마뱀의 발톱이여! 나 그대에게 영혼의 계약으로 외친다! 그대 나에게 마땅히 줄 것이 있다!"

망치와 같은 팔을 휘둘러 전사를 떨쳐 낸 거미인간을 앞에 두고 소년은 차분하게 주문을 외웠다. 순식간에 지팡이에서 화염의 구슬이 회오리를 일으키면서 날아가 거미인간의 앞발을 태워 버렸다.

화르륵—!

불이 붙어서 온몸으로 번져 나가는데도 거미인간은 소년을 향해서 덤벼왔다. 그 순간 소녀가 활시위를 당겼다.

퉁—!

극렬의 화살이 불을 뿜으며 날아가 거미인간의 이마를 관통하고 곧바로 폭발을 일으켰다. 다시금 설원을 진동시킬 정도로 커다란 폭발에 거미인간은 그 자리에서 쓰러질 수밖에 없었다.

남매는 분명 유약한 외모를 하고 있었다. 하지만 그들이 허투루 계절을 보낸 건 아니었다. 다른 사람들도 마찬가지지만 그들에게도 나아가야 하는 필연적인 이유가 강해질 수 있는 계기를 준 것이다.

그러나 그 의지가 너무도 앞섰던 것일까? 아니면 정말로 11월과 12월은 같은 듯 보여도 가을과 겨울이라는 이름으로 극명하게 갈리는 영역이었을까?

방금 전의 진동으로 눈앞의 땅이 갑자기 갈라지더니 거대한 백곰이 고개를 들면서 포효했다. 눈을 파헤치면서 나온 백곰은 겨울잠이라도 자다가 나왔는지 상당히 말라 있었다.

모습은 악운의 산에서 나왔던 곰과 흡사했지만 눈빛만큼은 확연히 달랐다. 고기와 피의 기아가 광기를 부르고 있었다. 백곰의 팔이 휘둘러지는 것은 보이지도 않았다. 소년은 강렬한 충격을 느끼며 눈 깜짝할 사이에 뒤쪽으로 나가떨어졌다.

"허억!"

로브에 물린 방어 마법이 걸려 있어 망토만 찢어졌을 뿐 생각보다 큰 상처는 입지 않았다. 하지만 소년이 떨어져 나가면서 소녀가 백곰에게 노출이 되어버렸다.

백곰의 고개와 몸이 천천히 소녀 쪽으로 돌아갔다. 탐욕스러운 눈동자를 굴리는 백곰은 미소라는 것을 지으며 두 손에 박힌 손톱을 번쩍였다.

"도망가!"

소년이 목청껏 소리를 질렀지만 쌓인 눈 탓에 몇 걸음을 떼기도 힘든 상황이었다. 당황한 나머지 소녀는 설원에 엉덩방아를 찧었다. 뒤늦게 화살을 활에 메기는 것이 소녀가 할 수 있는 전부였다.

늦었다. 기적이 없는 한 곰의 두 팔이 소녀의 몸을 찢을 미래만이 그려졌다. 아니, 그 미래는 너무도 가까워 그릴 틈도 없었다.

휘익ㅡ!

살벌하게 바람을 가르며 백곰의 손톱은 그어졌다. 자신도 모르게 눈을 질끈 감았던 소년은 인상을 찌푸렸다가 각오를 하고 천천히 눈을 떴다. 헌데 조각조각 났이야 할 소녀의 몸이 멀쩡했다.

'어떻게?'

소녀의 앞에 있던 백곰은 양팔에서 피를 분수처럼 뿌리면서 고통에 몸부림을 치고 있었다. 새하얀 눈 위에 곰의 두 팔이 팔꿈치까지 잘려서 떨어져 있었다.

소녀와 백곰 사이에 한 남자가 서 있었다. 그는 칼날에 묻은 혈흔을 무뚝뚝하게 털어내고 있었다. 잿빛이 감도는 검은 갑옷과 붉은 망토를 휘날리며. 투구를 쓰고 있지 않아서 소년은 그가 누구인지 단번에 알아보았다.

이카로스였다. 그가 새하얀 입김을 흘리면서 주저앉은 소녀를 노려보았다.

"방해된다. 뒤로 꺼져라."

차가운 말을 내뱉은 이카로스가 눈앞의 백곰을 발로 차서 넘어뜨린 다음 전방을 향해 걸어갔다. 그 뒤로 하나같이 거칠고 험상궂은 인상을 가진 자들이 남매의 곁을 스쳐 가면서 마물들을 처단했다. 그러면서 또 다른 사람들의 생명을 구해주고 있었다.

강철기사단. 그들은 시린 이 계절에 한여름날의 백일몽처럼 아름다운 핏줄기를 뿌리면서 눈보라 속으로 사라져 갔다.

격전지에 도착한 이카로스의 눈동자에 지난날 겪었던 언데드 무리가 새겨졌다. 순례자들의 선두와 격돌하고 있는데, 전세는 아슬아슬하게 우위를 점하고 있었다.

천천히 돌아서서 뒤따라온 강철기사단을 둘러본 이카로스의 눈빛은 지금 서늘한 빛으로 물들어갔다. 그가 닫혀 있던 입술을 떼기까지 삭풍마저 잠시 숨을 죽였다.

"지난날 우리를 얽매고 있던 사슬은 끊어졌다."

가을의 마녀가 이탈하면서 사실상 시계동맹은 없어진 셈이나 마찬가지였다.

"우린 오늘로 하여금 다시 강철로 돌아간다."

강철, 그 의미를 그곳에 있는 기사단원들이라면 모를 리가 없었기에 분위기는 더없이 무거웠으며 개중에는 오한을 느끼는 이도 있었다.

"너희들의 그 표정은 뭐냐? 두려운 거냐?"

사람은 추억을 먹고사는 동물이다. 어떤 과거가 되었더라도 어제가 오늘보다 화려하게 느껴지는 건 당연지사다. 두려울리는 없었다.

"그럼 설레는 거냐?"

기사단원들의 잠자던 심장을 찌르는 한마디가 이카로스의 입에서 떨어졌다. 기사단원들은 여전히 침묵을 지키고 있었지만 무엇을 보여야 하는지 모두 다 알고 있었다. 오른손에 쥐고 있던 무기의 날카로운 면으로 자신의 몸에 생채기를 내기 시작했다.

새하얀 설원에 붉고 뜨거운 핏방울이 뚝뚝 떨어졌다. 그것만으로 부족했는지 피 묻은 무기를 들어 올렸다.

"설렙니다!"

"설레서 미치겠습니다!"

기사단원들이 준 답은 간단명료했다. 그들의 모습에 무뚝뚝하게 고개를 끄덕인 이카로스도 검을 치켜들었다.

"그렇다면 지금 무엇을 하고 싶으냐?"

그 외침에 기사단원들이 기다렸다는 듯이 소리쳤다.

"피를 보고 싶습니다!"

"살을 베고 싶습니다!"

"뼈를 부수고 싶습니다!"

"전율을 맛보고 싶습니다!"

그릇된 탐욕과 욕망이 번들거리는 기사단원들을 순수하게 받아들인 이카로스가 다시 격전지를 향해서 돌아섰다. 그리고 하늘로 치켜들었던 검을 빠르게 그었다. 진격 명령이었다.

"피와 살, 뼈, 전율 따위, 원하는 만큼 가져가라! 오늘 이곳의 모든 것은 네 녀석들을 위해 존재한다!"

"와아아!"

"크아아아!"

순례자들이 보기에는 정말로 미친 집단이 아닐 수 없었다. 그들은 추위도 느끼지 못하는지 설원을 구르거나 넘어지면서도 다시 일어나서 광견처럼 혀를 내밀고 격전지로 달려갔다.

치잉—! 칭—! 처억—!

살육을 원하는 강철기사단 앞에 스켈레톤과 좀비들은 쾌감을 주는 희생양일 뿐이었다. 금속이 불을 뿜고, 핏물이 하늘 높이 뿌려진다. 전장은 그들의 광기로 물들어가고 있었다.

이카로스가 의도했건 의도하지 않았건, 어쨌든 그들의 활약으로 전세는 불에 기름을 부은 듯이 타올랐다. 그뿐만 아니라 강철기사단이 만들어낸 피의 길은 설원에서 길을 잃은 자들을 불러 모으는 길잡이 역할까지 톡톡히 하고 있었다.

내기남매의 소년과 소녀가 그 길을 따라서 격전지에 도착했을 때는 이미 스켈레톤과 좀비들이 불쌍하다는 생각이 들 정도로 작살이 나고 있었다. 조금 전 그들의 생명을 구해준 이카로스는 단연 눈에 띄었다.

그가 차고 있는 방패는 조금 특이했는데, 아가리를 크게 벌리고 있는 용의 머리가 방패의 중심이었으며 똬리를 튼 몸이 방패를 이루고 있었다.

"하아압!"

이카로스의 거친 기합이 터지자 벌리고 있던 아가리에서 불길이 뿜어지면서 저편에 늘어서 있던 마물들을 단숨에 새까맣게 태워 버렸다. 불길이 지나간 자리에 살아남은 마물은 없었다. 역겨운 악취만이 검은 연기와 함께 흩날렸다.

오죽했으면 인공지능이 떨어지는 것으로 알려진 하급 마물조차도 이카로스를 두려워하는 기색을 보였다. 아예 그의 근처로는 가지도 못했다. 그런 마물들에게 승산이 있을 리는 만무했다.

물론 이카로스의 활약만이 두드러진 건 아니었다. 또 한곳에서 그와는 상반되게 찬란한 빛을 뿜는 유라 역시도 남매의 시선을 잡아끌었다.

황금빛 투구와 갑옷을 입은 그녀가 섬룡의 창을 돌리자 덮쳐드는 마물들의 몸이 마치 두부처럼 썰리고 부서졌다. 거기에 창의 폭풍이 더해져서 주변에 있던 마물들을 예외없이 터뜨렸다.

파악—! 퍽—!

이카로스가 칠흑의 현실로 세상을 집어삼키고 있다면 유라는 금빛의 환상으로 세상을 폭발시키고 있었다.

하나 잊지 말아야 할 것은 마물들에게도 이곳이 발악을 할 수 있는 마지막 장소라는 거였다. 스켈레톤과 좀비들이 무너지자 곧바로 설원에 물든 자들의 습격이 이어졌다.

모습은 보이지 않았다. 이들은 원래 영원의 묘지 끝부분에서 안개에 물든 자들로 나왔는데 지금은 눈보라에 녹아들어 있었다.

주변의 몇몇이 갑자기 각혈을 하면서 쓰러졌고, 격전지로 뛰어들었던 남매도 보이지 않는 암습에 당할 수밖에 없었다. 소년의 왼팔이 날카로운 물체에 베어져서 핏줄기를 뿜었다.

"크윽!"

"괜찮아?"

소녀가 걱정하며 물어온다. 왼팔의 살결이 찢겨 화끈한 아픔이 감돌았지만 소년은 악을 쓰면서 지팡이를 휘둘렀다.

퍼억―!

분명 허공으로 휘둘렀는데도 돌덩이 같은 것에 부딪치는 충격이 있었다. 보이지 않는 무엇인가가 바로 앞에 있다는 사실만으로도 섬뜩한 기분이 들었다.

"이익!"

무작정 발길질을 하면서 떨어진 소년은 소녀의 등에 바짝 붙어서 주변을 경계했다. 불꽃의 마법사는 공격적인 마법이 주를 이루는 까닭에 보조 마법이 부실했다. 지금은 소녀에게 의지해야 할 수밖에 없었다.

"부탁해!"

"아, 알았어!"

소년과 붙어 있던 소녀가 고개를 이리저리 돌리자 두 눈에서 푸르스름한 빛의 궤적이 남았다. 궁수에게 주어진 전장을 지배하는 하늘의 눈이었다.

"왼쪽으로 30도 정도야!"

"응!"

소녀의 말을 듣고 곧바로 화염의 구슬을 날리자 허공에 불이 붙으면서 귀청을 찢는 비명 소리가 들려왔다. 투명화 능력이 있는 만큼 공격력과 방어력은 다른 마물에 비해서 떨어진다는 증거였다.

그렇게 남매뿐만 아니라 다른 사람들도 여러 방법으로 스스로의 몸을 지키고는 있었지만 전세가 불리해진 건 부정할 수 없었다. 이 전세를 뒤바꿔줄 힘을 가진 자가 간절한 때였다.

그때, 바로 그때였다. 분홍빛의 로브를 입은 칠흑 머리칼의 마법사가 큰 눈으로 격전지를 살펴보더니 천천히 주문을 외쳤다. 주문과 함께 휘둘러진 지팡이에서 일어난 눈부신 기운에 내리던 눈이 부서져 갔다.

아름다웠다. 반짝이는 눈꽃이 사방으로 퍼져 가면서 설원에 물들었던 자들의 모습을 비춰주었다. 결정의 눈이라고 불리는 얼음 마법의 하나였다.

여기까지 살아남은 시간의 마법사는 흔치 않았다. 게다가 얼굴까지 귀여워 분홍빛의 로브를 입은 마법사는 제법 유명했다. 그녀가 이곳에 있다는 것은 같은 파티의 다른 자들도 왔다는 것을 의미했다.

똑같은 얼굴을 가진 수십 명의 남자가 날카로운 단검으로 설원에 물든 자들의 급소만을 끊어놓으며 정리를 해갔고, 누구나가 알고 있는 또 다른 남자의 모습도 소년의 눈에 들어왔다.

'드라헨리터!'

딱 잘라 말해서 소년은 그가 싫었다. 그가 강한 것은 인정한다. 하지만 실력이라기보다는 운이 좋아서 힘을 얻게 되었다는 건 적어도 이곳에 있는 사람들 중 반수 이상은 인정하는 사실이었다.

처음 부각이 된 때는 아무래도 드레이크를 잡을 때였다. 그때도 드레이크의 날개를 끊은 검사의 역할이 컸지, 그가 드래곤을 부렸다고는 하나 모두가 힘을 합친 결과였다. 그리고 11월의 격전에서도 많은 희생이 뒤따르고 나서야 뒤늦게 전장에 참여해 역전을 이뤄내었다고 방송에 나온 자였다.

그렇다고 해서 그의 성격까지 싫은 건 아니었다. 저 정도로 주위에서 도움을 주고 힘을 실어준다면 보통 오만해지기 마련이지만 그는 과묵했다. 자신을 관리할 줄 알고 있었다. 스스로의 위치를 드높이기 위해서 타인을 무시하고 깔아뭉개지는 않았다.

소년의 입장에서 가장 마음에 들지 않는 점은 바로 그의 운과 성격인지도 몰랐다. 운명에 의해 소년과 소녀는 이곳을 걸고 있었다. 그들에게는 정말로 이 길밖에 없었다. 사실 어머니가 병에 걸리고도 너바나까지는 보지 않았다.

그러던 어느 날 소녀의 퓨어 로그를 우연히도 보게 된 것이다. 처녀 매매 사이트였다. 세상이 어지럽고 문란할수록 처녀의 값어치는 상승하기 마련이었다. 하지만 과학의 발전과 함께 간단한 약만으로도 처녀의 증거를 생성할 수 있었기에 현사회에서 바라보는 처녀의 값어치는 미천하기 그지없었다.

젊고 아름다운 처녀라고 해봤자 고작해야 300만 원 정도였다. 일반 노동자의 보름 수익이었다. 거기까지 소녀가 생각하고 있다는 사실을 소년은 그때까지 몰랐었다. 그럴 바엔 차라리 너바나를 같이 걷자고 소녀를 설득했다.

그렇게 이곳에서 살기 위해서 발악을 했다. 미치도록 원하는 건 오직 강해지는 것 하나였다. 하지만 지금 소년이 바라보고 있는 그는 너바나에 접속하는 그 순간부터 모든 것이 자신을 위해서 준비가 된 것처럼 타인을 압도하면서 강해졌다.

소년이 계단을 힘겹게 오르는 데 반해서 그는 엘리베이터를 타고 최고층에 도착한 사람처럼 보였다. 아마도 2월에 도착할 수 있는 사람이 누구냐고 묻는다면 모두가 그를 먼저 꼽을 것이 뻔했다. 누가 가장 먼저 죽을 것이라는 말에는 자신을 꼽을 것이 뻔했다.

자신이 가지지 못한 것을 가진 자, 그러면서도 흠집을 잡을 수 없는 성격을 가진 그가 싫었다. 시기심을 담아 바라보는 자신의 성격도 싫었다.

겨울에 도착한 사람들에게 묻는다.

지금껏 가장 힘들었던 곳이 어디였냐고.

처음으로 만났던 계절의 주인인 심연을 쓰러뜨릴 때? 아니면 바퀴벌레나 드레이크와 싸웠던 비공정의 위? 그것도 아니면 11월의 도시에서 벌어졌던 용병 인형들과의 격전?

사람마다 다를 수 있는 답이라고 하겠지만 겨울에 도착한 사람들은 하나같이 고개를 가로저었다. 그들의 답은 놀랍게도 일결되었다. 바로 지금이라고.

무릎까지 쌓인 눈을 밟으면서 봄의 마물들과 싸우는 것은 쉬웠다고 평해야 옳았다. 눈의 높이는 첫 번째 마을을 지나면서 더욱 높아져 허벅지까지 쌓인 눈을 파헤치면서 여름의 마물들과 싸워 나갔다.

이곳까지 오면서 얻었던 힘과 기술, 정신을 전부 걸었는데도 사람들은 죽어 나갔다. 그리하여 두 번째 마을에 도착했을 때는 비단 사상자뿐만 아니라 중상자나 포기하는 자들이 다수 나와 고작해야 63명밖에 남지 않았다.

실로 독종들만 남은 셈이었다. 강철기사단이 대략 스물로 여전히 저력을 과시했고, 해적왕 록을 위시한 시계동맹이 전부 합쳐서 스물다섯이었다. 순례자들은 열다섯으로 거의 한계까지 왔으며, 어디에도 소속이 되지 않는 여덟을 합쳐 정확히 63명이었다.

그들 모두 두 번째 마을에 도착한 뒤 일주일간 쉬면서 1월의 도시에 도착할 날만을 그렸다. 사람들의 눈빛에는 깊은 절망 속에서도 간절한 희망이 싹트고 있었다.

'여기만 넘기면 된다. 여기만.'

1월에서 2월로 가는 길은 지상으로는 막혀 있었다. 설원이라고 할 수 없는 크레바스가 곳곳에 배치되어서 걸어서 지나기에도 위험할뿐더러, 설사 크레바스를 피한다고 해도 레이드들도 지키고 있어서 도저히 엄두가 나질 않았다.

하나 죽으라는 법은 없다고, 길은 비단 지상에만 있는 것이 아니었다. 지하의 길에는 지역 페널티도, 마물도 없었다. 어떤 위협적인 요소도 존재하지 않았다.

다만 1월에서 2월로 가기 위한 지하에는 콜로세움이 버티고 있었다. 이곳에서 지금까지 생사고락을 같이한 사람과 싸워 둘 중의 하나만이 마지막 도시에 도달하는 특권을 가질 수 있었다.

소문에 의하면 이곳의 콜로세움은 본래 VIP들의 유희장이었다고 한다. 안전한 방식으로 관람을 할 수 있는 시스템이 갖추어져서 그들은 금전보다 더 위대한 무엇인가를 걸고 이곳까지 온 모험가들의 대결을 지켜봤다고 했다.

물론 단지 소문만은 아니었다. VIP라고 해봤자 현실에서 막대한 권력이나 재력을 지닌 사람들이며 그들 대부분이 정치가들이었다. 누군가가 이 점을 파고들 수 있었던 것이다.

아리아, 그녀는 이곳에 접속을 하는 것으로 타락한 정치가를 구분해 내었다. 당연히 묻지 않고 그들의 권력이나 재력과 관련된 힘을 붕괴시킬 수가 있었다. 콜로세움은 아리아가 만든 복수의 장소였던 것이다.

어쨌든 이 방식에 의해서 1월의 도시까지 최대한 많이 살아남는다면 2월의 도시에 도착할 수 있는 인원도 늘기 마련이었다.

콜로세움에서 반드시 목숨을 걸어야 하는 건 아니라지만, 참가 의사를 밝힌 뒤 향후 1년간은 다시 참가할 수 없었기에 조금이라도 유리한 선상에 놓이게끔 여기까지 도착한 약자들도 신경을 써줘서 1월의 도시로 이끌어주어야 했다.

잡아먹기 위해서 살을 찌우는 참으로 아이러니한 상황에 지금 1월의 도시를 눈앞에 둔 사람들은 머릿속에 저마다의 그림을 그렸다.

현재 63명이 남아 있으니 1월의 도시에는 최소 40여 명은 도착할 수 있을 것이다. 여기서 콜로세움의 승패에 의해 반으로 나뉘지게 되는 셈이니 아무리 못해도 20명은 50억에 이르는 보상을 받을 수 있다는 뜻이다.

대략 네 시간 동안만 살아남는다면 50%의 확률로 50억을 취하는 기회를 둔 사람들의 눈빛에는 긴장과 걱정뿐만 아니라 감출 수 없는 탐욕이 묻어날 수밖에 없었다.

그곳에는 역시나 먹잇감으로 생각되는 내기남매도 있었다. 실력과는 무관하게 수치상으로만 본다면 그들은 둘이었기에 이곳만 넘는다면 둘 중 하나는 적어도 2월의 도시에 도착할 수 있다는 계산이 나왔다.

해서 높은 확률에 부러움이 담긴 시선을 보내는 사람들도 있었지만, 그만큼 비극이 만들어질 확률도 높아진 남매의 표정에는 그늘이 졌다. 그들과 복잡한 상념에 얽매인 순례자들을 둘러본 유라가 마지막으로 명령을 내렸다.

"여기까지 와서 어떤 작전이나 협력을 요구하는 건 의미가 없다고 봅니다."

"……."

"다만 지금껏 선두에 섰기에 마지막까지 선두에 서겠습니다. 그 권한으로 한 가지만 명하겠습니다. 살아남으세요. 무슨 일이 있어도 살아남으세요."

그녀의 말이 순례자들의 얼굴에 조금이나마 미소를 짓게 만들었다. 묵묵히 고개를 끄덕이는 순례자들에게 고개를 숙이는 그녀의 모습은 어쨌든 마지막으로 보게 된다는 사실에 묘한 여운을 주었다.

반면 저편에서는 이카로스가 강철기사단과 모여서 무거운 시간을 보내고 있었다. 그들은 눈을 감고 명상이라도 하는 듯했다.

약속 시간이 점점 가까워지자 하나둘 유명한 인물들도 등장했다.

서호는 첫 번째 마을에서 이곳에 도착할 때 머리가 둘 달린 괴물에게 밟힌 상처가 아직 낫지 않아서 욱신거리는 왼팔을 주무르고 있었다. 일찌감치 도착을 한 나프카가 방금 광장으로 온 서호를 보고는 힘없이 손을 들었다. 평소에도 그랬지만 오늘 나프카의 얼굴은 유독 칙칙했다.

"왜요? 무슨 일 있었어요?"

그의 질문에 말할 기운도 없는지 나프카는 손가락을 세워서 마을의 출구 쪽을 가리켰다. 새하얀 악마 같은 눈보라만이 거칠게 몰아치는 설원 위 하늘은 기묘하게 꾸물거리고 있었다. 자세히 보니 뭔가 익숙한 물체가 하늘을 빽빽이 채우고 있었다.

"아!"

첫 번째 마을까지 봄의 마물이 나왔고, 두 번째 마을까지 여름의 마물이 나왔으니, 당연히 이제부터는 가을의 마물이 기다리고 있었다. 가을의 마물을 떠올리면 가장 지독스럽게 남아 있던 기억은 절대 죽일 수 없었던 바퀴벌레들이었다.

지금 그들이 가야 할 설원 위의 하늘이 새하얀 이유는 하늘의 색이 아니라 바퀴벌레의 색이었던 것이다. 바퀴벌레 공포증 같은 게 없는 서호조차도 미간을 찌푸릴 수밖에 없었으니 나프카는 말할 것도 없었다.

"어떻게 하냐?"

"어떻게 하기는요. 힘들 것 같으면 포기하세요."

서호의 답은 냉정했다. 하지만 그 말에 나프카는 흔들렸다.

"진짜 포기할까? 안 되는 건 안 되는 거잖아? 그렇지?"

"뭐, 안 되는 건 안 되는 게 맞죠. 그런데 다른 것도 아니고 바퀴벌레 때문에 포기했다면 좀 그렇지 않나요?"

무기력한 표정을 지은 나프카가 순응하듯 고개를 끄덕였다.

"그렇겠지? 비웃겠지? 치질 걸린 것보다 더 창피한 일이겠지?"

"치질도 걸렸었어요?"

"아, 아니, 설마! 나, 괄약근은 건강해! 이거 왜 이래!"

스스로 말하고도 이전에 괄약근에 관련된 사건 때문에 더 이상 주장을 포기한 나프카는 두 손으로 머리카락을 움켜쥐면서 주저앉았다. 지금은 치질이나 오줌을 지린 게 대수가 아니었다. 저 바퀴벌레들이 버티고 있는 설원을 지날 용기가 도저히 나질 않았다.

그때 그야말로 절묘한 타이밍에 조금 건들거리는 사내가 그들에게 다가와서 말을 걸었다. 해적왕 록이었다.

"아! 역사적인 순간을 앞두고 우리의 영웅들이 고뇌에 빠져 있군요!"

PD의 죽음과 함께 케이블로 방영되던 너바나방송은 사실상 겨울이 아닌 지난 계절의 소소한 이야기를 다루고 있었다. 정작 시청자들의 관심은 겨울로 떠나는 모험가들에게 있었기에 시청률이 떨어지는 것은 정해진 순서였다.

그 시기에 해적왕 록이 11월의 격전을 디뎠던 경험을 도대로 넷상에서 해적방송이라는 이름으로 겨울로 향하는 모험가들의 이야기를 다루고 있었다. 이 방송은 클릭만 하면 언제 어디서든 볼 수 있었기에 오히려 전보다 많은 사람들의 호기심을 끌고 있었다.

무엇보다 전문가가 아니라서 조금은 떨리는 광경과 기존의 너바나방송이 안전을 위해 전장과 조금 떨어져서 찍었다면 해적왕 록의 경우는 뛰어난 역량으로 직접 싸우면서 찍는 방식을 취해서 고작해야 1개월 사이에 유명한 방송으로 거듭난 것이다.

나프카도 애청자 중의 한 명이었기에 얼마나 많은 사람이 해적방송을 보는지 알고 있었다. 록의 시선이 그에게로 향하자 얼른 정색을 할 수밖에 없었다. 혹시라도 바퀴벌레 때문에 고뇌에 빠져 있다는 사실이 들킨다면 저번에 오줌을 지린 일보다 더욱 부끄러운 일이 될 거였다.

"혹시 실례가 안 된다면 무슨 일 때문인지 알 수 있을까요?"

본래 록은 이렇게 예의 바른 인물이 아니었다. 조금은 제멋대로인 경향이 있었는데 방송을 중계하면서 사람의 성격까지 서서히 변해가고 있었다.

"아, 어떻게 하면 안전하게 1월의 도시까지 갈지 의논 중이었습니다."

나프카가 굳어진 표정으로 방송용 멘트를 날렸다. 그나저나 의논 중이라……. 방금 한 말로 이제는 물러서지도 못할 처지에 놓여 버렸다. 당연히 말을 내뱉은 나프카의 얼굴은 뒤늦게 똥을 씹은 것처럼 구겨졌다.

"최후의 격전이라고 할 수 있는 모험을 앞두고 몇 가지 질문을 드려도 될까요?"

"네? 네."

서호가 자신을 향한 질문에 고개를 끄덕이자 해적왕 록이 주변을 둘러보면서 말을 꺼냈다.

"이왕이면 여기 계신 분들의 질문을 받고 싶습니다만!"

록의 밝은 목소리가 사람들의 시선을 이끌었고, 그중에 눈치를 보고 있던 한 소년이 손을 들었다. 내기남매의 소년이었다.

그들의 가벼운 분위기가 지금 무거운 분위기를 상쇄시키고 있다는 것을 소년은 알고 있었다. 하지만 때로는 숭고한 시점도 필요한 법이었다. 그런 마음을 눈치챈 소녀가 걱정을 담아 바라보았지만, 소년은 고개를 들면서 서호를 직시하였다.

예전부터 묻고 싶었다. 기회가 주어졌다면 망설일 이유가 없었다. 소년이 당당하게 입술을 떼었다.

"궁금했습니다. 크로님께서는 반드시 2월의 도시에 도착해야 하는 이유가 있습니까?"

그 질문에 호기심이 동했는지 생기가 가득한 눈빛을 한 해적왕 록이 고개를 돌려서 서호의 얼굴을 비추었다. 사실 이 질문은 항상 같이 다녔던 나프카도, 이제 막 접속을 해서 근처에 서 있던 아카도 궁금했던 점이다.

도대체 그는 무엇을 바라여 이 길을 걷는 것인지 이곳에 있는 그 누구도 몰랐다. 타인에게 자신의 정체를 감춰야만 했던 그가 필연적으로 가슴속에 품어야 하는 답이었다. 나프카와 아카의 호기심 어린, 그리고 소년과 해적왕 록의 의심 어린 시선을 받은 서호가 희미한 미소를 지으며 답을 했다.

"거창한 이유는 없습니다. 그저 제가 가지지 못한 것을 가지기 위해서 가는 것뿐입니다."

"그게 뭐죠?"

"……심장이 가지고 싶을 뿐입니다."

심장을 가지고 싶다. 그에게 있어선 변하지 않는 답이었다. 하지만 너무나도 직접적이고 선명해서 오히려 불투명하게 닿아버린 답에 소년의 인상이 찌푸려졌다.

딱 잘라 말해서 소년이 원하는 대답은 아니었다. 심장 따위는 그저 시적인 표현이라고 생각했다. 그건 다시 말하면 뚜렷

한 목표가 없다는 것으로도 설명이 될 수 있었다.

하나가 마음에 들지 않으면 전체가 마음에 들지 않는 색으로 비춰질 때가 있는 법이다. 비단 소년뿐만 아니라 몇몇 절박한 심정으로 이 길을 걷는 자들에게도 서호의 대답은 불신을 심게 만들었다. 하지만 그조차도 이 길을 걸으며 짊어져야 할 짐이었기에 서호는 더 이상 설명은 하지 않았다.

그러는 사이에 광장에서도 잘 보이는 성당에서 깨끗한 종소리가 울리기 시작했다. 출발해야 할 시간이었다.

바퀴벌레들과 싸워 나가는 건 예상보다 어렵지 않았다.

비공정 위에서 지독스럽게 당했던 트라우마 때문에 사람들이 미리 어금니를 물었던 이유도 있지만, 비공정 위에서는 버티는 것이 목적이었다면 이곳에서는 뚫고 나가는 것이 목적이었기에 애당초 덤벼오는 수가 달랐던 까닭이다.

사마엘이나 자드키엘이라는 이름의 천사들 역시도 힘이 든 건 사실이었지만 결론만 말하자면 불가능하다고 생각될 정도의 장애물은 아니었다. 사람들은 크고 작은 상처를 얻어가면서도 불굴의 의지를 보이며 앞으로 나아가고 있었다.

두 번째 마을에서 출발한 지 벌써 세 시간이나 지났다. 희생자라고 해봐야 고작해야 열 명밖에 나오지 않았다. 앞서 거쳐 왔던 곳과 비교를 하면 적은 수라고는 할 수 없었지만 그래도 더 큰 피해를 각오한 것도 사실이다.

"헉, 헉……."

잠시 소강상태에 이른 전장, 숨을 몰아쉬던 내기남매의 소년이 상처가 난 허벅지를 붕대로 묶어 지혈을 했다. 행렬의 중앙에 배치된 소년은 작지 않은 상처를 입고도 고개를 이리저리 돌려가며 소녀가 무사한지를 살폈다.

"괜찮아?"

"으응……."

몇 걸음 떨어지지 않은 곳에서 소녀도 조금은 구부정한 자세로 걸어왔다. 소년처럼 소녀도 아랫배가 찢어져서 바지 위에 덧입은 치마가 붉게 물들어 있었다. 순례자들 사이에서 제법 유명한 신관이 붙어 치료를 해주어서 그나마 버티고 있다.

"어느 정도나 남았을까?"

새하얀 입김을 토해내며 시린 세상을 바라본 소녀의 물음에 소년도 가야 할 곳을 바라보았다.

"이제 거의 도착했을 거야. 조금만 더 힘내자."

그 말에 소녀는 숨을 삼키며 고개를 끄덕였다. 거짓말은 아니었다. 이곳이 시계대륙이라고 불리는 이유는 도시와 마을이 일정한 간격으로 배치되어 있기 때문이다. 생각보다 진격이 빨랐기에 조금 있음 도착할 때가 되었다.

혹시나 하는 마음에 소녀는 지친 숨을 다스리면서 전방을 직시하였다. 정신력을 소모하면서까지 하늘의 눈을 발동시켰다.

휘이익—!

차가운 삭풍과 잔인한 눈보라 속에서 희미한 불빛이 보였다. 석양이 지고 있어 주변의 풍경은 보랏빛으로 물들어 있었다. 그들이 동쪽으로 걷고 있었으니 석양을 희미한 불빛으로 착각한 것은 아니었다.

그 불빛은 태양이라고 하기에는 너무나 작고 또렷했으며 하나만 있는 것이 아니라 여기저기 많은 수의 불빛들이 있었다.

"도, 도시다!"

소녀처럼 기술을 발휘해서 동쪽을 바라본 사람이 있었는지 누군가의 입에서 '도시'라는 말이 나왔다. 평소에 들었다면 아무런 감흥도 없을 말이 지금 사람들에게는 소름을 끼치게 만들었다. 방금 전까지도 죽을 것 같은 표정을 짓고 있던 사람들의 고개가 하나같이 동쪽으로 향했다.

"진짜? 다 온 거야?"

"나도 보여! 도시의 불빛이다!"

1월의 도시가 시야에 들어온 것만으로도 지금까지 너바나를 걸으면서 겪었던 참혹한 고행에 지친 영혼을 위로받는 것 같았다. 얼마나 벅찼던지 개중에는 눈물까지 흘리는 사람도 있었다.

"성공한 거야? 우리가?"

"하하하! 하하하!"

여기까지 살아남았다는 사실이 실감이 나지 않아 사람들은 처음 몇 초간은 멍한 표정을 지었다. 하지만 결국 신기루가 아니라는 것을 육안으로 확인하고는 함박웃음을 지었다.

성공적이었다. 대부분 40여 명이 생존할 것으로 예상을 했는데 이대로라면 50여 명이 넘었다. 여기까지 왔을 뿐만 아니라 피해까지 최소화한 것이다. 물론 희생당한 열 명과 친하게 지냈던 사람들의 얼굴에는 아쉬움이 있었지만 대부분은 환희로 가득 차 있었다.

"정말 이것으로 끝일까요?"

행렬의 선두에서 나아간 덕분에 피투성이가 되어버린 유라, 그 피가 피부에 달라붙은 채 언 탓에 덜덜 떨면서 물었다. 누구보다 고생했던 그녀였기에 누구보다 실감을 하지 못하고 있었다.

불행인지 다행인지 옆에서 걷던 사자크는 조용히 고개를 가로저었다. 흥을 깨고 싶진 않지만 아직 끝난 건 아니라는 뜻이었다.

"그럼?"

"마지막이 남았습니다."

비단 사자크의 답이 떨어지지 않았다고 하더라도 곧바로 그 사실은 누구나가 깨달았을 것이다. 선두부터 직감할 수 있었다.

허리까지 오는 설원이 덜덜 떨리더니 땅을 파헤치고 지금까지와는 다르게 거뭇거뭇한 것들이 일어나고 있었다. 외모만 따지자면 사람이었다. 아니, 인형이었다.

"뭐죠, 저 인형들은?"

그녀의 질문에 사자크가 전방을 둘러보며 설명해 주었다. 저 인형들은 지금까지 모험을 하면서 죽었던 자들의 데이터였다.

"분신인가요?"

"분신이라고 할 것도 없습니다. 그저 사람들이 게임상에서 보였던 플레이를 기초로 해 만들어진 마물일 뿐입니다. 저들이 마지막으로 넘어야 할 장애물입니다."

심연의 동굴에서도 한 번 겪었던 종류의 적이었다. 다만 지금 사람들의 표정이 굳어지는 건 그때보다 더욱 악조건인 이유가 컸다.

"아!"

"저게 마지막이라고?"

사람들의 실망과 좌절감은 예견된 것이었다. 이유는 그 수에 있었다. 많아도 너무 많았다. 만들어지는 수가 몇십에서 몇백까지 가고 있었다.

"저희 인원의 열 배로 나올 겁니다."

선두 쪽의 의문을 사자크가 풀어주었다. 그랬다. 1월의 도시에서 2월의 도시까지는 그야말로 50%의 확률로 도착할 수 있었으며, 50억의 보상금을 받게 되었다. 너바나에서 이를 곱게 지급할 리가 없었다.

여기까지 오는 데 희생은 반드시 따르기 마련이었고, 죽은 자들의 데이터가 살아남은 자들의 열 배가 되는 건 그리 이상한 것도 아니었다.

끝도 없이 일어나는 인형들을 보며 사자크의 이야기를 들은 사람들은 후회를 할 수밖에 없었다. 지키지 말았어야 했다. 50여 명이 아니라 40명이 남았다면 500명이 아니라 400명의 인형이 나왔을 것이다.

물론 그 생각은 근본부터 틀렸다. 그런 정신 상태로는 필히 전멸을 당했을 것이다. 사자크가 지금에서야 이 정보를 말하는 이유이기도 했다.

"최악이군."

"그래도 어쩌겠어? 해보는 데까지 해봐야지."

한탄을 하면서도 사람들이 무기를 꽉 쥐었다. 지칠 대로 지친 것은 사실이었지만 모든 사람들의 머릿속에는 배수의 진이 이미 쳐져 있었다.

힘들다고 해서 돌아갈 수 있는 길이 아니었으니 어쩌겠는가? 어떤 절망이 기다리고 있다고 해도 혼자서 왔던 길을 다시 돌아가는 것보다는 나았다. 수많은 인형이 소환되어서 그들에게 오고 있는 와중에 사람들의 눈빛은 다시 전의로 불타올랐다.

그때였다. 이대로 격전이 벌어져 난전이 된다면 다시 기회는 없다고 판단한 한 남자가 크게 소리를 질렀다.

"모두 뒤로 물러나세요! 전력을 다해서!"

서호였다. 그의 옆에는 나프카와 아카뿐만 아니라 제법 이름을 날리는 자들이 버티고 있었다. 난전이 벌어지기 전에 인형들에게 최대한 피해를 줄 수 있는 방법이 그에게는 있었다.

사람들이 주춤거리면서 물러서는 광경을 본 서호가 기다릴 것도 없이 전방을 노려보면서 검에 새겨진 주문을 외치기 시작했다.

"황혼을 쫓는 늑대의 다리여! 폭풍에 저항하는 나비의 날개여! 지옥을 그리는 사자의 눈동자여! 존재로 부정되는 뱀과 박쥐의 숨결이여! 쾌락과 고통으로 부르짖노라! 파괴를 원하노라! 파멸을 원하노라!"

서호의 주문이 끝나자마자 검에서 거친 오라가 일어났다. 예전에 비공정에서 있었던 일처럼 주변에 있던 사람들이 그 오라만으로 밀려나고 쓰러졌다. 눈보라마저 쫓아버릴 정도로 거세게 폭발한 오라가 공중에 맺히더니 무엇인가를 형성해 갔다.

드래곤이었다.

가장 부정한 존재가 신과 가깝듯, 가장 추악하기에 아름다울 수밖에 없는 신의 짐승 드래곤이 설원 위에 그 위엄스런 모습을 드러내었다. 비공정 위에서 압도적인 강함을 보여주었던 드래곤은 그때보다 더욱 살벌한 눈빛을 번뜩이며 저편에서 달려오는 먹잇감을 노려보고 있었다.

사람들의 시선도 드래곤과 드래곤을 부리고 있는 그를 쫓았다. 설사 그를 의심하고 시기했던 사람이라고 하더라도 이 순간만큼은 그를 신으로 여길 수밖에 없었다. 어찌 되었든 그는 자신들의 생명을 하나라도 더 구해낼 수 있는 희망의 빛을 가진 자였다.

서호가 검을 내려치자 드래곤이 눈보라를 가르며 날아가기 시작했다. 수많은 인형을 눈앞에 둔 드래곤은 일일이 찾아가서 이빨로 뜯어 먹기보다는 숨을 크게 들이쉬더니 곧장 이글거리는 화염을 토해냈다.

콰아아—!

세상 그 무엇보다 뜨거운 불길에 눈앞에 존재하는 차가운 설원은 순식간에 녹아버렸다. 눈 깜짝할 사이에 시커멓게 죽은 땅바닥을 드러내었고, 설원을 이뤘던 눈은 액체가 되기도 전에 기체가 되어서 수증기를 일으켰다.

달려오던 인형들이 무시할 리는 없었다. 검고 매캐한 연기와 대지를 불태우는 화염에 인형들은 비명을 지르고 발악을 했다. 불길에 휘청거리고 쓰러지는 인형들을 보고 있으니 정말로 지옥이 있다면 이곳이라는 생각이 들었다.

한순간에 지옥을 연출한 드래곤은 지치지 않고 더욱 맹렬하게 불길을 쏟아내었다. 주변에 있던 다른 사람들도 일찌감치 서호의 어깨에 손을 올리며 힘을 주고 있었던 것이다.

하나 이전 유베타가 지적을 했듯 드래곤의 약점은 너무도 쉽사리 드러났다. 인형들도 바보는 아니어서 몇 가지 경우의 수만으로 이 위기를 넘어설 힘을 보였다. 그들이 돌격을 하기 시작했다. 뜨거운 불길에 죽어가면서도 돌격을 감행했다.

"크윽!"

그 광경을 보고 서호의 미간이 구겨졌다. 그림을 그리지 못한 건 아니었다. 하지만 반응 속도가 너무 빨랐다. 고작해야 백여 명도 죽이지 못한 시점에서 인형들은 사력을 다해서 달려와 그들과 섞여들기 시작했다.

이렇게 된 이상 전면전을 각오해야 했다. 승률은 거의 없지만 그렇다고 아무것도 하지 않고 포기할 수는 없었다. 그렇게 생각한 서호는 쓸데없는 체력을 낭비하지 않기 위해서 드래곤의 소환을 마치려고 했다. 하지만 그때 떨어지는 그의 검을 아래에서부터 받치며 다시 올리는 자가 있었다. 그가 소리쳤다. 모두에게.

"방법이 있다! 그때까지만이라도 드래곤을 부려주었으면 한다!"

그 남자가 입고 있는 순백의 갑옷은 2월을 상징하는 갑옷이었다. 앞으로 어떤 마물이 출몰할지 예측하고 있는 인물을 꼽으라면 그밖에 없었다. 이미 2월에 도착한 경험이 있는 사자크였다.

그의 시선이 지금 돌격을 하는 인형들과 치열하게 싸우는 사람들에게로 향했다. 어떤 적이 나올 것이라고 말해줄 수는 있었다. 하지만 만약 그 이야기를 했다면 사람들은 죽어가는 동료를 두고도 모른 척했을 것이다. 지금 덤벼오는 인형들의 수를 줄이기 위해서.

그런 불신 속에서는 이곳까지 올 수도 없었다. 전멸했을지도 몰랐다. 그가 침묵을 한 건 하나라도 더 살리기 위해서였다. 과정이나 결과를 봐도 틀린 판단은 아니었지만 그에게 전혀 책임이 없다고는 생각지 않았다.

누가 뭐라고 해도 그는 기사였다. 타인을 지키면서 만족감을 얻는 존재였다.

그가 처음에 기사의 길을 걷기로 마음을 먹은 이유도 개인과 사회에 대한 책임감이 남들보다 월등히 높았던 까닭이다. 그런 사고방식에 얽매인 그가 낯익은 자들이 위기에 처한 광경을 보면서 마음이 편할 리는 없었다.

상황은 시시각각 불리하게 기울어졌지만 사람들은 그 속에서도 저항을 멈추지 않았다. 한때 쌍웅이라 불리면서 맹활약을 펼쳤던 레이니, 방송계에 있었다가 순수히게 그들의 이야기에 매료되어서 겨울로 따르는 작가, 예전에 그들에게 목숨을 구원받은 후로 여기까지 당도해서 든든한 모습으로 거듭난 친위대, 순례자들 사이에서는 적어도 말할 필요가 없을 정도로 유명한 내기남매의 모습도 그의 눈 안에 새겨졌다.

그 사람들과 깊은 대화를 나눈 적은 없었다. 하지만 수차례 생사의 고비를 넘기면서 여기까지 온 까닭에 가족보다 더 끈끈한 정이 생긴 건 부정할 수 없는 사실이었다. 누구나가 절박한 사연을 안고 이곳에 도착했다.

그에게는 그 바람을 이뤄줄 힘이 있었다. 그들을 둘러보던 사자크의 눈에 마지막으로 유라의 모습까지 들어왔다. 드래곤을 부리기 위해서 크로에게 힘을 실어주면서 난전이 되어버린 전장을 안타까운 눈빛으로 바라보고 있었다.

처음 그에게 겨울에 가자고 제안했던 겁없고 당당한 숙녀는 이미 이 세상에 없었다. 나약하고 가녀린 숙녀만이 이곳에 있었다. 하지만 지금 유라의 모습이야말로 사자크에게는 매혹적으로 다가왔다.

그녀를 지키고 싶었다. 그리고 그녀가 지키고자 했던 것도 지키고 싶었다. 지금의 그녀를 위해서라면 목숨을 걸어도 아깝지 않다는 생각이 들었다.

'가자!'

각오를 굳힌 사자크가 발걸음을 내디뎠다. 그의 걸음에는 지금 힘으로는 설명할 수 없는 묘한 오라가 흘러나오고 있었다.

일그러진 전장은 예전과 흡사했다. 주변에서 터지는 비명 소리와 핏방울도 그날을 떠올리게 만들었다. 그날도 지금처럼 이대로 있다가는 파도에 휩쓸릴 모래성처럼 사람들의 생명이 부서질 위기에 놓였었다.

'벌써 6개월이나 지난 이야기군.'

그가 나아가는 길을 막는 인형이 있었다. 검을 휘두르는 것을 보고 충격파만으로 날려 버린 사자크는 전장의 깊숙한 곳으로 걸어가며 더욱 깊은 회상에 잠기었다.

1세대 겨울원정대에서 가장 눈부신 활약을 펼친 자들은 분명 클로드와 아리아였다. 너바나를 하지 않고 간간이 넷에서 화제가 된 동영상만 본 사람들도 알고 있을 정도로 그들의 활약은 유명했다. 그렇다 보니 뛰어난 둘의 역량으로 그 외에 부각이 된 인물은 없었다.

그러나 기사의 시대를 정의 내리자면 1세대가 더욱 화려했었다. 지금 2세대 겨울원정대에서 기사라고 해봐야 슈바리체 리터인 크로와 이카로스의 이강체제였다. 하지만 1세대에는 슈네바이스리터인 자신과 슈바리체리터인 클로드뿐만 아니라 수많은 기사들이 존재했었다. 그중에서도 그의 기억 속에 깊이 남아 있는 자가 있다면 바로 진홍빛 기사 블루티게스리터의 길을 개척해 낸 '주드' 라는 이름의 남자였다.

주드는 유명하진 않았다. 심지어는 열 손가락 안에 드는 강자로도 이름을 떨치지 못한 자였다. 그런 그가 작년 가을 1세대 겨울원정대가 이곳에 도착했을 때 끼친 영향은 적지 않았다.

그때도 지금처럼 열 배에 달하는 인형들의 출몰에 고전을 면치 못하고 있었다. 사자크는 주드와 등을 기대어 인형들과의 싸움에서 힘겹게 버티고 있었다. 아무리 버텨도 끝이 없었다. 적의 수가 줄어들지 않았다. 이대로라면 필히 전멸할 거라는 사실을 그 누구보다 그와 주드가 잘 알고 있었다.

"여기까지인가?"

낙담한 사자크의 말을 듣고 주드는 비웃음을 지었다. 그러면서 뜬금없는 말을 남겼다.

"난 네 녀석들이 싫다."

"뭐?"

"너와 클로드는 서로 잡아먹지 못해서 안달이 나 있잖아. 같은 기사 계열의 길을 걷는데도 말이야. 그런 네 녀석들이 정말로 싫지만 그만큼 인정은 하고 있었다."

"인정이라고?"

"그래, 네 녀석들은 적어도 나보단 강하니까. 어떤 상황에서도 포기할 녀석으론 보지 않았거든."

"......."

"그런데 지금 뭐라고 했냐? 여기까지라고?"

당시 스치듯이 본 주드의 눈빛에는 실망보다는 분노가 어려 있었다.

"그 정도밖에 안 된다면, 너희들은 가라! 그리고 죽을 때까지 싸우다가 후회해라!"

그렇게 소리친 주드가 방패로 충격파를 일으켜 사자크를 밀쳐 내더니 오라를 폭발시켰다. 그의 양어깨에서 진홍빛의 날카로운 날개가 뻗어 나오자, 인형들은 게거품을 물고 그에게 덤벼들기 시작했다.

원래 그들의 작전은 싸우면서 진격을 하는 것이었다. 그러면서 도시 안으로 들어가는 것이 목적이었기에 거의 도시에 도착한 마당이었지만 인형들의 인공지능에 뒤통수를 맞은 상황이었다. 살아남은 사람들의 두세 배에 이르는 인형들이 도시로 들어가는 입구를 틀어막았던 것이다.

"하아압!"

기합을 터뜨린 주드가 도시 앞을 향해 달려가면서 인형들을 끌어내기 시작했다. 그의 날개에 이끌려 도시를 지키고 있던 인형들이 빠져나가자 순식간에 활로가 열렸다.

"가라! 빌어먹을 자식들아!"

"야! 너!"

"닥치고 도시로 들어가! 어서!"

"너 미쳤어?"

"들어가라니까! 1분이다! 최후의 방패로 버틸 수 있는 나의 시간이다! 나의 시간을 헛되이 쓰지 마라!"

곧 수많은 인형들에게 묻혀서 주드의 모습은 보이지도 않았다. 하지만 아직 그가 무사하다는 사실은 하늘로 뻗은 붉은 날개로 알 수 있었다. 사람들은 망설였고, 사자크도 그를 구해낼 방도를 궁리했다.

그때 바로 앞에 있던 인형 하나의 목을 끊어 친 클로드가 담담한 목소리로 진격 명령을 내렸다. 모두 도시 안으로 대피하라고.

"너 인마!"

"그 녀석의 말대로다. 녀석의 희생을 그저 개죽음으로 만들 생각이라면 넌 거기 있어라. 나에게는 그럴 자격이 없다."

클로드의 명령에 의해서 사람들은 안전하게 도시 안으로 들어가고 있었다. 이곳에서 그 혼자서 발악을 해봤자 답은 없었기에 사자크도 억울한 표정을 지으며 도시로 들어갈 수밖에 없었다. 무엇이 그토록 억울했는지는 스스로도 이해하지 못하면서.

'이젠 알 것 같기도 하다.'

지난날을 그렸던 사자크의 눈빛은 차분하게 가라앉아 있었다. 그날 주드가 보여줬던 것처럼 사자크 역시도 미소를 지으며 힘을 폭발시키기 시작했다. 동시에 진홍빛 기사와는 차원이 다른 순백의 깃털을 날리는 날개가 하늘 끝까지 솟아올랐다.

기사는 어떤 위험이 도사리는 처녀지를 내딛더라고 항상 선두에 서는 자다. 그리고 정말로 당해낼 수 없는 적이 있다면 일행이 안전하게 피신할 수 있도록 버티고 막는 자다. 때문에 기사의 목숨은 가볍다. 하지만 기사가 지키고자 하는 명예는 무거웠다.

그의 얼룩졌던 명예가 폭발하면서 뻗어난 아름다운 날개에 사람들과 싸우던 인형들의 고개가 억지로 돌아갔다. 인형들이 눈에 핏발을 세우면서 사자크를 향해서 달려들기 시작했다.

"뭐 하는 짓이죠?"

어렵게 드래곤을 부리고 있던 서호는 사자크의 독단적인 행동에 눈을 부릅뜨고는 질책했다.

"진홍이나 칠흑 따위의 오라나 방어력은 형편없다! 너희들은 공격 쪽에 비중을 둔 자들이다! 반쪽 기사다! 하지만 순백은 다르다! 이곳에 있는 모든 인형을 끌어 모을 수 있고, 적어도 너희들의 두 배인 2분은 버틸 수 있다!"

"그래서요?"

"드래곤으로 날 공격하라! 나에게 달라붙는 인형들을 모두 쓸어버려라!"

서호의 머릿속에도 자연스럽게 그림이 그려졌다. 사자크가 인형들을 자신에게 끌어 모으고 그런 그를 공격하므로 불나방이 되어버린 인형들을 태워 버리는 작전이었다. 효율적으로 본다면 더없이 훌륭했다. 하나가 죽으면서 적어도 오십 명은 살아남는 작전이었다.

"도대체 어째서?"

그러나 묻고 싶었다. 그가 건 생명의 시간은 흘러가고 있었지만 서호는 묻지 않고선 검을 휘두를 수 없었다. 사자크도 답을 해야 된다는 것 정도는 예견하고 있었다.

"이건 내가 처음 방패를 들었을 때부터 마음먹은 길이다! 기사로 살다가, 기사로 죽는다!"

그렇게 답을 외친 사자크의 모습은 이윽고 인형들에게 묻혀서 보이지 않게 되었다. 하지만 서호는 그 답을 듣고 고개를 가로저었다. 그의 검은 오히려 떨어지면서 드래곤의 모습조차 희미해져 갔다.

만약 사자크가 봤다면 미친 듯이 화를 냈을 일이다. 다른 사람들도 의아한 표정을 지을 수밖에 없었다. 잔인한 이야기지만 여기선 사자크의 희생을 헛되이 써선 안 되었다. 단순히 사자크를 죽이는 악역이 싫어서 위선을 보이는 거라고 사람들의 의심이 깊어질 때 고개를 번쩍 뜬 서호가 소리를 질렀다.

"뭐 하고 있나? 공격 안 해? 무방비한 인형들의 등이 보이지 않나?"

"기사로 살다가, 기사로 죽는다고? 웃기지 마. 우릴 너무 무시하는 거 아냐? 나 역시 기사고, 저 녀석도 기사다."

소리친 서호의 시선이 방금 전까지 강렬한 힘을 전해주었던

이카로스에게 향했다. 몇 걸음 떨어진 곳에 서 있던 이카로스
도 입꼬리를 올렸다.

"동의한다."

여전히 망설이는 사람들 중에서 강철만큼은 이카로스의 목
소리에 집중하고 있었다. 그의 명령을 기다리고 있었다.

"기사가 뭐 하는 건지는 모른다. 하지만 강철은 도망치지도
숨지도 않는다. 아무리 강한 적과 부딪치더라도 신은 부서지
더라도 혼은 부서지지 않는 것이 강철이다. 뭘 멍하니 보고 있
나? 가라! 강철이라면! 등을 보인 적이 있다면 베고 핏물을 마
시는 것이 강철이다!"

명령이 떨어졌다. 강철기사단원들의 눈빛은 이견없이 번뜩
였다. 이카로스의 명령이 절대적인 것을 떠나서 그들이 여기
서 곱게 물러날 이유는 애당초 없었다. 사자크의 희생 따위는
알 바가 아니었다. 그들은 오직 스릴을 맛보기 위해서 이곳까
지 왔다. 오랜만에 강대한 적들을 두고 심장이 뜨거워지는데
찬물을 맞을 수는 없었다.

"당연히 그렇게 말씀해 주실 거라고 믿었습니다!"

"크아아! 이카로스님이야말로 저희의 진정한 군주입니다!"

그들은 마치 피에 굶주린 투견처럼 시뻘건 핏대가 선 눈동
자를 굴리며 인형들의 등을 향해 달려갔다. 무참한 도살이 시
작되고 있었다.

"당신은 어떻죠?"

서호는 바로 왼쪽 어깨를 짚고 있던 유라를 바라보았다. 그

녀도 방금 전부터 아랫입술을 깨물고 각오를 굳힌 듯했다.

　사자크가 그녀에게 단 한 마디도 하지 않고 저런 결단을 내렸다는 것은 그만큼 자신이 미덥지 못하다는 뜻이었다. 배신감과 아쉬움은 있었다. 하지만 그 점을 따지는 것도 이곳에서 살아남은 뒤의 이야기였다. 그를 살리고 나서 따질 일이었다.

　"그가 없었다면 저희는 이곳까지 오지도 못했을 겁니다. 그를 두고 이대로 도시에 도착하는 게 진정 옳은 답이라고는 생각되지 않습니다. 해서 부탁을 드리게 되네요. 여기 계신 분들 한 번쯤은 그에게 생명을 구원받으면서 왔을 겁니다. 이번엔 저희가 그를 구해주도록 합시다. 얼마나 강해졌는지 보여줍시다."

　그녀는 진심을 토로했다. 무척이나 설레는 진심을. 사람이란 본디 무엇을 하든지 칭찬을 듣길 좋아하는 동물이다. 그 대상이 생명의 은인이라면 말할 것도 없었다.

　"보여주죠! 유라님의 말씀대로!"

　"사자크님에게! 순백의 기사에게!"

　방금 전까지만 하더라도 힘겹게 저항을 하던 사람들의 기세가 숙원이었던 전장을 맞은 것처럼 무섭게 타오르게 되었다. 등을 보인 인형들을 죽이면서 사자크를 구출한다. 도시로 도망치는 것보다 백배는 매력적인 길임에는 틀림없었다.

　부서질 듯이 기울어졌던 전장이 어디선가부터 폭풍으로 거듭나서 눈보라를 날리고 있었다. 지금 모두가 하나가 되어 인형들을 베고 또 베어내었다.

분명 드래곤으로 죽였더라면 사자크를 제외하고 단 한 명의 피해도 없을지 몰랐다. 하지만 더 나은 길을 모두가 알고 있었다. 더 나은 길을.

"하압!"

쥐고 있던 검을 설원에 박아놓은 서호가 기합을 터뜨렸다. 뭐든지 말로 하는 건 쉬웠다. 하지만 행동할 수 있는 건 어려웠다. 그에게는 직접 보여줄 의무가 따랐다.

손톱을 세워 자신의 두 팔을 움켜쥔 그가 더욱 큰 고함을 지르며 살결을 뜯어내었다. 화끈한 통증에 인상은 찌푸려지고 뿌려지는 핏줄기는 잔혹한 느낌마저 들었지만, 그 상처에서는 보랏빛의 날개가 힘차게 뻗어 나왔다.

사람들도 볼 수 있었다. 보랏빛의 악마가 검을 쥐고 인형들에게 달려가자 새하얀 천사에게 쏠렸던 인형들이 거칠게 흔들렸다. 결국 인형들은 점점 약해지는 새하얀 날개보다는 방금 증오 수치를 극대화시킨 서호에게 끌려가고 있었다.

달려오는 인형들을 노려보는 서호의 눈빛은 눈보라를 지운 폭풍만큼 매서웠다. 그는 사자크처럼 방어만 할 생각은 없었다. 일찍이 진짜 생명을 가진 존재들조차도 자신의 길을 막는다는 이유로 무참히 죽인 적이 있었다. 강철도, 붉은 일족도 이미 서호의 그런 성격에 제대로 당한 적이 있었다.

"알고 덤벼라!"

가장 선두에서 달려오는 인형이 눈에 들어왔다. 커다란 덩치만큼이나 무시무시한 도끼를 마구 휘두르면서 덤벼왔지만 애당초 일대일로 맞부딪쳐서 서호가 누군가에게 질 일은 없었다. 그가 방패를 찬 왼팔을 뒤로 빼었다가 힘껏 지르자 거친 충격파가 폭발했다.

퍼엉—!

돌풍이 되어 거세게 일어난 충격파에 덩치 큰 인형은 한순간에 공중으로 떠올랐다가 천천히 떨어졌다. 그 순간을 놓치지 않고 서호는 두 손으로 섬룡의 검을 쥐고 땅에서 하늘로 올려쳤다.

차악—!

인형의 육신이 정확히 두 동강이가 나면서 핏물이 사방으로 뿌려졌다. 부서진 뼛조각과 끊어진 내장, 그리고 자욱하게 일어난 핏빛 안개로 샤워를 해버린 서호의 눈빛은 점점 더 뜨겁게 변해가고 있었다.

"내 길을 막는 대가는 죽음밖에 없다! 와라! 너희들의 죽음이 이곳에 있다!"

뒤이어서 달려오는 인형들 역시도 서호에게 있어서 먹잇감 그 이상도 이하도 아니었다. 내려친 섬룡의 검에 인형 하나의 머리통이 두 쪽으로 갈라졌다. 두개골을 부수고 목까지 박혀버린 검을 뽑은 서호가 계속해서 공격을 펼쳤다.

드래곤을 부리지 않아도 자신에게 달려드는 인형들이 불나방이 될 수 있다는 사실을 보여주고 있었다. 그의 검이 천공에 그어질 때마다 인형들은 어김없이 치명상을 얻으면서 쓰러져 갔다.

뚱뚱한 인형의 복부를 찌른 칼을 옆구리로 빼어낸다. 그 인형이 흘러내리는 내장을 주위담기도 전에 한쪽 다리를 끊어놓으며 무너뜨렸다. 뒤에서 덤벼오는 홀쭉한 인형이 서호에게 접근하는 순간 무기를 쥔 오른팔이 날아갔다. 그래도 발악을 하는 인형을 두고 서호는 빛을 번뜩이며 남은 사지를 예외없이 절단시켰다.

'귀, 귀신이다!'

'악마가 따로 없다!'

그를 보면서 사람들은 두려움을 집어먹기도 했고, 한편으론 동료라서 참으로 다행이라고 안도하기도 했다. 하지만 이카로스는 달랐다. 그를 보면서 가슴이 떨리는 것을 참을 수가 없었다.

진정 싸우고 싶은 자가 저기에 있었다. 이카로스도 지금 인형들을 거침없이 도살하고 있었지만 심장은 갈망하고 있었다. 소리치고 있었다.

'부족하다!'

그의 마음은 순수하게 원했다. 서호와 목숨을 걸고 싸울 수 있는 날을.

다른 건 필요없었다. 정말 필요없었다. 모든 것을 걸고 싸우고 싶었다. 이렇게 싸우고 있는데도 싸우고 싶다는 욕구가 폭발했다. 실로 미칠 노릇이었다.

그의 심장을 갉아먹는 이 감정, 이것이 무엇인지 이카로스는 잘 알고 있었다. 광기였다. 알면서도 빠지고 싶었다. 생명을 전부 태워 버리는 광기에.

"크으윽!"

굶주림에 번들거리는 눈동자를 한 이카로스의 검이 불만으로 가득 차서 수십 개로 늘어났다. 폭발을 알렸다.

"좀 더 발악해 봐라! 쉽게 죽지 말고!"

이카로스가 인형들에게 무모한 부탁을 했다. 모든 인형이 채 일 합도 버티지 못하고 찢겨져 갔다. 그렇게 사자크가 말했던 2분이 지나고 있었다. 새하얀 날개의 빛깔이 끝에서부터 아스러지면서 허물어졌다.

"하아압!"

그 광경을 목격한 이카로스가 기다렸다는 듯이 보랏빛의 날개를 뻗으며 사자크와 서호에게 붙어 있던 수많은 인형들을 끌어내기 시작했다.

지금 인형들은 정신을 차릴 수가 없었다. 삼각을 이루고 기사들이 서로 끌어들이려고 애를 쓰고 있었다. 그러다 보니 다른 사람들이 행하는 공격에는 아무런 저항도 하지 못하고 허무하게 죽어질 수밖에 없었다.

드래곤에게 당한 인형의 수가 제법 되었다고 해도 적어도 일곱 배에 달하는 수가 남아 있었다. 하지만 고작해야 차 한 잔 마실 시간도 지나지 않아 그 수는 백여 명 정도로 줄어버렸다.

아직까지는 두세 배에 달하는 인형의 수가 남아 있었지만 상황은 나아지지 않았다. 서호와 이카로스, 그리고 사자크의 오라가 없어졌다고 하더라도 거기서 이야기는 끝나지 않았다.

살아남은 50여 명의 사람들 중에 기사가 그들만 있는 건 아니었던 까닭이다. 적어도 네다섯은 더 있었다. 서호와 이카로스의 활약을 보고 자신감을 가진 기사들이 오라를 일으키자 인형들은 죽어가는 순간까지 방패로 모든 것을 막아내는 기사들에게 쓸데없는 칼질만 하다가 비참하게 목숨을 잃어갔다.

사자크의 새하얀 날개가 전장에 솟아오른 뒤 고작해야 10분, 더 이상 붉게 물든 설원에 서 있는 인형은 없었다. 모두가 차가운 시체가 되어서 쓰러져 있었다.

"헉! 헉!"

피투성이가 되어서 설원에 주저앉은 사자크는 시체로 가꾸어진 붉은 설원을 보며 허망한 눈빛을 지우지 못했다. 눈앞에서 벌어진 일을 도무지 믿을 수가 없었다.

"도대체 어, 어떻게?"

사자크의 질문에 어느새 바로 앞에 당도한 서호가 거친 숨결을 내쉬면서 미소를 지었다.

"억울하지 않기 위해서겠죠."

"날 살리는 게?"

"아뇨, 누군가를 살리는 거와는 무관하죠."

"무관하다고?"

"자신에게 힘이 있는데 걸어보지도 않고 안전한 길로만 걷는 것이 억울할 뿐이죠. 적어도 이 길을 걸어왔던 사람들은 다 알고 있을걸요."

서호의 대답을 들은 사자크의 표정이 그때야 일그러졌다.

비로소 깨달을 수 있었다. 주드의 죽음을 두고, 기사로 살다가 기사로 죽지 못한 자신의 모습을 보고 억울했다고 생각했다.

그러나 아니었다. 비슷하지만 아니었다. 살릴 수 있는 길을 걷고 싶었는데 그러지 못해서 미련이 남아 있었던 거였다. 단지 그뿐이었다.

'그런 건가?'

지친 시선으로 올라다본 서호의 얼굴은 이미 사자크가 알고 있던 자가 아니었다. 예전에는 클로드의 얼굴이 떠올랐던 것도 사실이다. 하지만 지금은 전혀 다른 자가 바로 앞에 서 있었다.

유라는 그런 사자크에게 다가와 흐려진 눈빛으로 불평을 토해내었고, 내기남매의 소년도 다리까지 다친 소녀를 부축하면서 주변을 스쳐 가고 있었다.

'살아남은 건가?'

소년의 사고가 하루아침에 달라질 수는 없었다. 그래도 서호를 바라보는 시각의 빛깔이 조금은 변한 것만은 사실이었다.

지금껏 그를 위해서 운명은 만들어졌다고 믿었다. 그래서 소년이 알던 그라면 사자크의 희생을 딛고 일행을 도시 안으로 이끌 줄 알았다. 하지만 그는 그렇게 행동하지 않았다.

전혀 생각지도 못한 길을 만들어내었다. 한데도 그것은 운명처럼 보였다. 소년의 눈으로 보기엔 분명 운명을 거슬렀는데도 너무도 자연스러워 이 또한 운명처럼 보였다.

'실은 지금까지 벌어졌던 일들도 이런 식으로 만들어왔다고?'

머릿속에 들어 있던 단단한 알이 깨어지는 소리가 들렸다. 그리고 지금이라도 당장 알 속에서 뛰쳐나오려고 했다.

'아, 아냐. 아직은 몰라.'

소년은 고개를 가로저었다. 다만 소년은 직감할 수 있었다. 금이 간 알 속에서 무엇이 나오려 했는지 그와 함께 이 길을 걷다 보면 언젠가는 알 수 있을 것 같다고.

"부축해 드리죠."

조금은 멍한 얼굴로 스쳐 가는 소년에게 다가온 서호가 무관심한 눈빛으로 소녀의 반대쪽 팔을 잡고 걷기 시작했다. 그처럼 다른 사람들도 서로가 서로를 부축해 가면서 1월의 도시로 입성을 했다.

그때까지만 하더라도 그들은 짐작조차 못했다. 인형들과의 마지막 전장만 본다면 부상자는 다수 나왔지만 단 한 명의 사상자도 나오지 않았던 것이다.

다음날이 되어서야 이 사실이 밝혀졌고, 붉은 설원의 기적이라는 이름의 영상이 넷상에 유포되었다. 그 영상을 접한 사람들, 너바나를 하고 있다가 알게 된 사람들, 그리고 이날 이곳에서 직접 싸웠던 사람들은 전부 한줄기의 시린 전율을 맞을 수밖에 없었다. 전설이란 게, 자신들도 모르는 사이에 만들어진 것이다.

CHAPTER 33
운명의 열쇠

금지된 세계
FORBIDDEN
WORLD

1월의 도시에 도착한 인원은 정확히 52명이었다.

다행히도 짝수로 남았기에 한 명의 낙오도 없이 모두가 도전을 해서 50%의 확률로 2월의 도시에 도착할 수 있었다.

여기까지 온 이상 시일을 늦출 필요는 없었다. 부상이 깊은 사람들을 위해서 일주일 정도 1월의 도시에서 시간을 보내고 바로 출발할 계획을 잡았다.

다만 그전에 한 사람이라도 많을 때 해둬야 할 일은 있었다. 추모식을 가지자는 의견이 사람들의 입에서 나왔다. 얼마나 많은 사람들이 이 길을 걸었는지 정확히 책정하기는 사실상 불가능했다.

짐작할 수 있는 건 도전했던 자들 중에 1할도 안 되는 수만이 이곳에 도착했다는 것이다. 그만큼 많은 사람들의 희망이 물거품처럼 사라졌고, 그들의 좌절과 죽음, 희생을 발판 삼아서 이곳에 왔다는 건 의심할 여지가 없었다.

해서 1월의 도시에 도착한 이튿날 오후에 시작된 추모식은 한 시간가량 유라가 진행을 맡아서 이뤄졌다. 추모식이 끝나고도 사람들은 여전히 도시에 남아 있었다. 남아서 그동안 인상 깊었던 사람들에 관한 담화를 나눴다. 어쩌면 진정한 추모식은 그때부터 시작되었는지도 몰랐다.

소소한 이야기가 오가고 웃음꽃이 피기도 했다. 특히 순례자들 중에서 내기남매의 얼굴에는 감출 수 없는 기쁨이 묻어 있었다. 누구보다 어렵게 도착한 소년과 소녀는 사실상 둘 중에 하나였으니 100%의 확률을 가지고 있는 셈이었다.

만약 소년이 먼저 2월의 도시에 갈 수 있다면 굳이 소녀는 무리를 해서 갈 필요가 없었다. 정 안 되면 포기를 해도 생명을 잃을 일은 없었으니 그전까지 감당하기 어려웠던 짐을 벗어던진 것이나 마찬가지였다.

특히 소녀를 끌어들인 소년의 표정은 전에는 찾아볼 수 없을 정도로 밝아져 있었다. 그런 그들을 부러움이 담긴 시선으로 바라보던 순례자들도 오늘만큼은 마음껏 즐기라는 의미로 전기 자극을 주어서 톡 쏘는 술을 권하기까지 했다.

이제 곧 2월의 도시에 도착한다. 여기까지 온 행운을 거머쥔 자들은 누구나가 그렇게 믿고 있었으며 그 사실을 증명하듯 여유와 희망이 광장을 가득 채웠다. 그 사람들을 바라보고 있던 유라도 흐뭇한 미소를 짓고 있었다.

그녀는 지금껏 무겁게 걸치고 있던 갑옷과 무기를 벗고 가벼운 의복으로 자신을 꾸몄다. 조금은 수수한 감이 있었지만 그래도 후광이 감돌 정도로 아름다웠다.

성루로 올라가는 돌계단에 앉아서 광장을 바라보던 유라는 한 남자가 자신 쪽으로 다가오는 것을 보고 엉덩이를 털면서 일어났다. 아직 부상에서 완치가 되지 않은 사자크가 걸어오고 있었다. 새침한 얼굴을 한 그녀가 먼저 입술을 떼었다.

"실망했어요."

"……."

사자크는 말없이 고개를 끄덕였다.

"잘못했다고 말 안 하실 건가요?"

"실수인 것은 인정합니다. 하지만 최선이라고 생각했습니다."

"그래도 한마디 말씀도 안 해주시고 그렇게 한 건 너무한 거 아닌가요?"

그녀의 질책이 따갑기보다는 정답게 들려오는 건 사자크 혼자만의 착각은 아니었다. 그래도 그는 진지한 표정으로 사죄를 했다.

"그 점에 대해선 정말 할 말이 없습니다."

사실 지금 둘은 핵심을 피해가고 있었다. 이번 사건을 통해서 유라는 알게 되었다. 지금까지 많은 남자를 만난 건 아니지만 사자크가 죽는다고 생각을 하자 무척이나 소중한 인연을 잃어버린다는 생각이 들었다.

이는 사자크도 똑같은 심경이었다. 희생이라는 길을 선택하면서 한 가지 아쉬웠던 것은 예전보다 더욱 아름다워진 유라와의 인연이 그날로 끝난다는 거였다.

둘의 눈빛은 말할 것이 없이 서로를 조금은 더 알고 싶어 했다. 하지만 그들이 쌓아왔던 동료라는 관계의 벽이 결단코 낮지 않았다. 어린이와는 달리 어른들은 이런 것에 깊이 얽매이는 경향이 있었다.

살아온 시간만큼 잃은 것이 많은 어른들은 한순간의 잘못된 선택으로 자신이 지금까지 쌓아왔던 것을 잃어버릴 수 있다는 걱정에 소심하게 행동할 수밖에 없었다. 그렇기에 둘에게는 이 질문이 무엇보다 중요했다.

"이제 어떻게 하실 겁니까?"

사자크가 물었다. 유라도 밤새도록 고민했던 점이다. 그에게만큼은 거짓없이 털어놓고 싶었다.

"순례자들과 약속을 했듯이 진두지휘하는 것은 1월의 도시까지였어요. 이곳에 도착했으니 순례자들은 해산되어야겠죠."

"그럼 유라님은?"

"2월의 도시에 도전은 할 생각이에요."

도전은 한다. 하지만 확고한 의지가 새겨진 유라의 눈동자를 본 사자크가 그녀의 생각을 읽지 못할 리는 없었다.

"도전은 하지만 양보할 생각이시군요."

그랬다. 만약 일행이 홀수로 남았더라면 유라는 상대가 없어 도전할 수 없는 한 명의 낙오자가 되었을 것이다. 짝수로 남아 있는 지금이라면 그녀가 도전을 했다가 기권을 하는 것만으로 적어도 한 명은 무사히 2월로 보내줄 수 있었다.

무척이나 이타적인 모습이었지만 이것이야말로 이 길을 걸으면서 변하게 된 그녀가 원하는 바였다. 어차피 이곳에서 어떤 사람보다도 그녀는 2월의 도시에 얽매이지 않았다. 순례자들의 희망을 위해서 걸어왔기에 그녀의 야망은 이미 이뤄진 뒤였다.

물론 50억이라는 금전은 적은 돈이 아니었다. 그래도 유라는 생명이 걸렸던 만큼 이곳을 중계하면서 번 돈도 적지 않았다. 단 하나를 제외하고는 전부 얻은 것이다. 나머지 하나의 목적이 되어버린 남자가 지금 유라와 같은 눈빛을 하고 있었다.

"사자크님도?"

"저도 2월의 도시에 도착해서 얻을 것은 없습니다. 이미 6개월 전에 2월의 도시에 도착해서 리버티워커로 일하고 있으니까요."

리버티워커는 열성인자가 아닌 우성인자를 뜻하는 신조어였다. 그들은 열성인자와는 달리 과거의 인류처럼 세상 어디든 마음껏 디딜 수 있었기에 주로 전문직에 종사했다. 주 5일 근무로 하루 네 시간만 일하고도 연봉 10억을 버는 자들이 대부분이었다.

"때문에 돈에 미련은 없습니다. 유라님처럼 저도 저와 싸울 사람을 보내줄 생각입니다."

"그럼 일주일 뒤면 저희의 모험은 끝이 나는 셈이네요."

그 말을 하는 유라는 왠지 모르게 쓸쓸하게 보였다. 이제 며칠이 지나면 사자크와는 영영 볼 수 없는 사이가 되어버린다. 지금껏 현실에서 간혹 만날 수 있었던 건 너바나를 횡단한다는 이유에서였다. 그들의 횡단이 끝나는 시점에서 만날 수 있는 핑계는 더 이상 남아 있지 않았다.

"이대로 끝내고 싶지 않습니다."

용기를 낸 사자크가 먼저 뜻을 밝혔다. 그는 이미 모든 것을 잃을 각오를 했었다. 그렇기에 말할 수 있었다. 고개를 숙이고 있다가 눈을 마주친 유라의 눈빛도 그 말을 듣고 흔들리고 있었다.

"네?"

"그저께 이대로 죽는다는 생각을 했을 때, 놓치지 말아야 할 인연이 있다는 것을 알게 되었습니다. 당신과 조금 더 깊은 인연을 맺고 싶습니다."

찬사가 나올 정도로 사자크는 용감했다. 스스로에게 자신감이 넘치는 자는 프러포즈를 하기도 그만큼 쉬웠다. 하지만 이는 일반적인 이야기였고, 상대가 누구냐에 따라서 이야기는 크게 달라졌다.

유라는 레이싱걸로 연예계 쪽으로 데뷔를 했지만 지금은 그 누구보다 주가가 높은 CF모델이 되어 있었다. 수순이 그렇듯

배우나 가수 쪽으로도 나갈지 모를 그녀에게 이렇게 당당하게 연인이 되고 싶다고 밝히는 사자크의 용기는 인정받아 마땅했다. 그리고 그녀는 인정을 해주었다.

"저도요."

짧은 대답이었지만 그것만으로 그녀의 진심은 전해졌다. 오직 아쉬운 점이 있다면 지금 당장 하늘을 안고 싶은 기분이 들었는데 1월은 화원의 도시라는 별칭을 가지고 있다는 거였다. 눈보라가 너무도 거칠어서 도시 자체가 돔형 구장처럼 지어져 하늘을 볼 수가 없었다.

"하늘을 보고 싶지 않습니까?"

고개를 들어서 검은 천장을 바라본 사자크의 말이었다.

"지금요?"

"시간이 되시면요."

"네, 괜찮아요."

"그럼 테레사에서 볼 수 있을까요?"

"준비하고 나갈게요."

매혹적인 미소를 지으면서 유라는 그대로 로그아웃을 했다. 빛이 되어 사라지는 그녀의 모습을 보면서 사자크는 묘한 마음이 일어나는 것을 느꼈다. 죽음을 앞둔 지옥에서 며칠 사이에 아름다운 여인과 연을 맺을 수 있는 천국으로 오게 된 그의 가슴이 벅차오르는 것은 어찌 보면 당연한 순리였다. 어린아이처럼 누군가에게 자랑이라도 하고 싶어졌다.

먼저 로그아웃을 한 건 유라였지만 최소 화장을 하는 시간이 필요한 만큼 사자크에게는 시간적인 여유가 있었다. 주책일지도 모르지만 그런 생각에 그는 곧바로 로그아웃을 하지 않고 한 남자를 찾기 시작했다.

다행히도 그가 찾던 남자는 광장에 있었다. 그 남자 역시 분홍빛의 로브를 입은 여자와 함께 있었다. 불쑥 찾아간 사자크는 어려워할 것 없이 먼저 말을 걸었다.

"고맙다."

"네?"

"살아 있음을 알려줘서."

추모식이 끝나고 광장에 모여서 담화를 나누는 강철기사단원들을 이카로스는 복잡한 심경을 담아 바라보았다. 표정은 흡사 전장에 떨어진 것처럼 무거웠지만 눈빛은 설렘과 기대로 일렁이고 있었다. 옆에 있던 잔도 눈치챌 수 있었다.

"무슨 생각을 하나요?"

조심스러운 잔의 목소리를 듣고 이카로스의 눈빛과 표정이 멈추었다. 아무리 오랫동안 전장을 같이 누볐다고 하더라도 마음이 겉으로 드러날 정도로 한곳에 정신을 빼앗긴 것이다.

"어떻게 보였는데?"

"울다가 웃는 느낌이랄까요?"

"그렇게 보였나?"

쓴웃음을 지은 이카로스는 누구에게도 말하지 않은 스스로의 다짐을 털어놓았다.

"내가 혹시라도 더 이상 너희들을 이끌지 못한다면 네가 강철을 맡아주었으면 한다."

너무나 갑작스럽고 터무니없는 이야기였다. 이카로스가 없는 강철기사단은 이미 죽은 고깃덩이와 다를 게 없었다.

"현실의 문제인가요?"

"아니, 그런 건 아니다."

현실의 문제가 아니라면 너바나 안에서 일어난 문제라는 뜻이다. 그들에게 마물의 위협 따위는 더 이상 없었다. 아니, 2월의 도시에 도착하는 게 목적이라면 위협은 없다고 할 수 있었지만 만약 겨울의 성이 목적이라면 이야기는 달라졌다.

"그럼 겨울의 성에 도전하실 생각인가요?"

그 질문에도 이카로스는 고개를 가로저었다. 그렇다면 남은 답은 하나밖에 없었다. 유저와의 싸움에서 이탈을 할지도 모른다고 논하고 있는 것이다.

그러나 이카로스가 누구인가? 다른 사람이라면 모르겠지만 그라면 그런 고민을 할 필요가 없었다. 그는 의심할 여지가 없는 너바나 최강의 남자였다. 그가 싸워서 승리를 장담할 수 없는 자는 없었다.

'없다고?'

잔이 가진 죽음의 눈은 진리를 꿰뚫는다. 이카로스가 지금껏 싸워서 승부를 알 수 없다는 결론을 낸 상대가 전혀 없는 건 아니었다. 게다가 이곳까지 온 자들 중에서도 존재하고 있었다.

"혹시 이번 콜로세움에서 그 남자와 싸울 생각인가요?"

그렇게 묻자 그때야 이카로스의 눈빛에 생기가 가득 돌기 시작했다. 마치 지금까지 죽어 있다가 심장 마사지를 받고 막 눈을 뜬 사람처럼 넘치는 생명력이 안광으로 뿜어져 나왔다. 굳이 답을 듣지 않더라도 알 수 있었다.

"번호를 받아서 대결을 한다고 들었다."

"네, 랜덤으로 정해지지만……."

"번호는 바꿀 수 있다고 하더군?"

사실이었다. 실제로 1세대 겨울원정대의 경우 콜로세움의 대결에 앞서 합의하에 보상금을 반으로 나누기로 하고 한 명을 승자로 정하여 보내준 사례도 있었다. 이는 분명 편법인데도 불구하고 너바나에서는 묵인을 해주었다. 1월의 도시에 온 자들에게는 그 정도의 권한은 있다는 것을 의미했다.

"꼭 싸워야 하나요?"

잔의 성격이 평화를 지향한다거나 분쟁을 싫어하는 건 아니다. 다만 심연의 동굴에서 이카로스와 그 남자가 싸우던 광경이 너무도 강하게 각인되어 걱정이 될 뿐이었다.

둘의 느낌은 마치 나뭇가지와 화약 같았다. 아무리 불안 요소가 크더라도 따로 놓고 본다면 차갑게 지켜볼 수 있었지만, 마찰이 된다면 뜨거운 불꽃이 일어날 수밖에 없는 묘한 성향을 가지고 있었다.

"가을의 마녀가 처음으로 동맹을 불렀을 때 내가 그녀의 부름에 응한 이유는 알고 있겠지?"

"네, 모험과 스릴을 원해서였죠."

"그래, 그날처럼 짜릿했던 날은 없었던 것 같다. 여기까지 오면서 단 한 번도."

바퀴벌레나 드레이크, 그 외에 모든 것이 이카로스에게는 위기감을 주지 못했다는 거였다. 그의 영혼과 육신에 불을 붙일 수 있는 존재는 아무래도 그밖에 없는 듯했다.

"그래서 이번에 싸움을 걸 생각인가요?"

"살아 있다고 느낄 수 있다면 아까운 건 없으니까."

본래 이카로스는 이렇게 감성적인 남자가 아니었다. 이카로스가 이렇게 진솔하게 자신의 감정을 타인에게 말한 적도 없었다. 잔은 고마워해야 하는지 부담스러워해야 하는지 갈피를 잡지 못했다.

"아무리 그래도……."

"진정 날 위한다면 강철을 맡아주겠다고 약속을 해주었으면 한다. 그것으로 아무런 짐도 없이 가볍게 싸울 수 있을 테니까."

"……목숨까지 걸 생각인가요?"

"글쎄, 어떻게 될까?"

누구도 장담하지 못할 일이었다. 다만 한 가지 분명한 건 두 남자가 싸우게 된다면 범인은 상상도 못할 수준의 싸움이 된다는 것만은 분명했다. 너바나를 하는 유저들 사이에서는 클로드의 이야기만큼이나 가슴 설레는 전설이 만들어질지도 모를 일이었다.

"알겠어요. 만약 이카로스가 무너진다면 강철은 제가 이끌도록 할게요."

그 말을 한 잔이 광장의 맞은편에서 분홍빛의 로브를 입고 있는 칠흑 머리칼의 여자와 함께 앉아 있는 남자를 바라보았다. 이카로스도 그를 의식하고 있는 듯했다.

"이왕이면 이기세요."

"질 거라 생각하나?"

"글쎄요. 솔직히 모르겠네요. 죽음의 눈으로도 보이지 않는 진실은 존재하니까요."

"그래서 기다려지는 건지도 모르겠군."

이카로스가 웃음을 머금으면서 그를 직시하였다.

반면 사자크에게 고맙다는 인사를 받은 서호는 멀쑥한 표정으로 검은 천장을 바라보고 있었다.

몇 개월 전까지만 하더라도 상상도 못했던 진실과 모험을 겪으면서 여기까지 왔기에 남들보다 감회가 깊을 수밖에 없었다.

그에게는 현실이 없었다. 존재 방식도 달랐다. 제네시스에만 있었다면 이런 연은 가지지 못했을 것이다. 고통과 아픔이 있었기에 가질 수 있었다.

때문에 사자크가 고맙다는 말을 할 때 오히려 고마워해야 하는 건 자신이 아닐까 하는 생각을 가졌다. 누군가에게는 이곳 너바나가 두렵고 무서운 곳임에는 틀림이 없었다. 하지만 그에게는 너바나가 현실이었으며, 너바나에 들어온 사람은 그

어떤 악인이라도 자신의 현실을 꾸며주는 은인이었다.

'이들로 인해 내가 존재할 수 있는 건가?'

이름도 모르는 타인뿐만 아니라 이곳에는 자신을 희생해서라도 지키고 싶은 인연도 있었다. 지금도 바로 옆에 앉아 있었다. 조금 비약해서 말하자면 그와 그녀가 존재하는 순간순간이 고맙다는 느낌까지 들었다.

"덕분에 외롭지 않았어."

"네?"

"외롭지 않게 살아갈 수 있게 해줘서 고마워."

"아니에요. 오빠가 있어서 제가 오히려……."

아카가 무슨 말을 할 줄 알았기에 서호가 한 손을 들어서 그녀의 머리카락을 헝클었다.

"지금은 내 마음을 받아. 네가 있어서 여기까지 오게 된 것 같아."

단호하게 말을 남긴 서호가 아카의 큰 눈망울을 응시했다. 아카의 볼이 조금씩 붉게 물들었다.

"네."

"처음 만났던 날 기억해?"

"기억하죠. 오빠가 구해주셨잖아요. 악당에게서."

"그렇지. 아주 질이 나쁜 악당이었지."

둘의 시선이 자연스럽게 한 남자를 좇았다. 광장의 중앙에서 도플갱어를 써서 동시에 수많은 여자들을 꼬드기는 놀라운 기술의 소유자를 보고 살짝 비웃음이 지어졌다. 사실 정확하게 따지면 서호의 기억에서 첫 만남은 그때가 아니었다.

쇠꼬챙이를 긋는 공허한 바람과 절망으로 몰락한 폐허에서 나무 팻말에 어리석은 희망을 써서 들고 있던 소녀이다. 그 어리석은 희망에 전염이 된 거였다.

"그 뒤로 많은 일이 있었지?"

가만히 추억해 보았다. 악운의 산에서 겁에 질려 움츠려 있던 초코가 있었던 시기도, 로번의 검이 자신있게 질러지던 시기도, 괴짜인 토모어가 있었던 시기도 있었다. 그들과의 연이 밑거름이 되어서 여기에 도착할 수 있었다.

"많이 변한 것 같아."

"그렇죠. 시간이 지났으니까요."

물론 그때나 지금이나 아카의 눈빛은 신비스러울 정도로 변하지 않았다. 6개월이라는 시간이 무색할 만큼 그녀의 큰 눈망울에는 나무 팻말에 적었던 그때의 희망이 고스란히 새겨져 있었다.

"하지만 변하지 않는 것도 있는 것 같은데?"

바람이나 희망에 대한 것들은 쉽게 변하지 않는 듯했다. 아카의 눈빛에 새겨진 것이 변함없이 존재했기에 서호도 마음을 굳게 먹을 수 있었다. 모든 것을 아깝게 여기다가 물거품처럼 잃기는 싫었다. 그래서 겨울의 성에 도전을 하는 길이기도 했다.

만약 일이 잘못되어 겨울의 성에서 자신의 존재가 사라진다면 적어도 미련은 남기고 싶지 않았다. 그렇다면 망설일 필요는 없었다. 미룰 필요도 없었다.

"나 꼭 싸워보고 싶은 사람이 있어."

서호의 말을 듣고 이미 읽고 있었는지 아카가 담담하게 고개를 끄덕였다.

"만약 이대로 끝난다면 후회될 것 같아. 그렇다고 해서 여기까지 함께 왔는데 독단적으로 행동하긴 왠지 싫고, 괜찮겠지?"

"제가 답해야 하겠죠?"

"응, 누구보다 네 답을 듣고 싶어."

그 말에 서호의 눈동자를 응시하던 아카가 미소를 지어 보였다.

"응원할게요."

"응원?"

"네, 저에게는 오빠가 그 누구보다 중요하니까요. 힘껏 응원할게요."

1월의 도시에 도착한 지 일주일이 지났다.

지금 그들은 1월의 도시를 벗어나 지하를 걷고 있었다. 석회암 동굴처럼 자연스럽기보다는 광산의 굴처럼 인조로 만들어진 느낌이었다. 양쪽 벽에 걸린 횃불은 조용히 일렁이며 길을 비추었고, 조각상이 간간이 눈에 띄었다.

행렬의 중간쯤에서 지하 동굴을 걷고 있던 서호도 어느 조각상 앞에 잠시 걸음을 멈추게 되었다. 옆에 있던 아카도 서호의 시선을 좇았다.

"가을의 마녀……."

그녀가 조각이 되어서 그들을 내려다보고 있었다. 이야기는 들어서 알고 있었다. 2월의 도시에 도착한 자들은 너바나에서 내린 모든 시련을 뛰어넘은 희망의 상징이었다. 이곳에 조각상으로 남기에 자격이 있었다.

'그렇다는 건?'

그때부터 조각상이 보일 때마다 서호는 그냥 지나치지 못했다. 누군가를 찾고 있다는 사실을 아카도 알 수 있었다.

"오빠, 혹시 저거!"

"응?"

아카가 깜짝 놀라서 손가락으로 가리켰다. 석조라서 특별한 색은 없었지만 그곳에 있는 조각상은 서호의 모습을 쏙 빼닮아 있었다.

"닮았네요. 혹시 찾고 있던 것인가요?"

"그래."

"형이라는 분인가요?"

고개를 끄덕인 서호가 자신을 닮은 조각상을 바라보았다. 클로드였다. 처음이자 마지막으로 본 클로드는 영상 속에서 그에게 너바나를 하지 말 것을 당부했다. 잔혹한 진실보다는 달콤한 거짓 속에서 살라는 뜻이었다. 배려가 있었다는 사실은 알고 있었지만 그의 말을 듣지 않은 것을 후회하진 않았다.

'콜로세움만 넘어선다면 곧 만나게 되겠지?'

참으로 기이한 운명이라는 생각이 들었다. 자신을 만든 아버지와 형과 같은 존재를 죽이기 위해서 이 길을 걷고 있었다.

'조금만 더 기다려라!'

묘한 감정 속에서 각오를 새긴 서호는 아카와 함께 남은 길을 묵묵히 걸어갔고, 결국 그들은 지하에 건축된 웅장한 콜로세움 앞에 당도할 수 있었다.

사실 콜로세움이라기보다는 그들의 시각에서는 단순한 벽이었다. 벽에 나 있는 조그마한 입구를 통해서 콜로세움 안으로 들어가면 승자만이 또 다른 벽의 출구로 나갈 수 있었다.

들어가는 입구에는 피부가 지하에 길들여져 퇴화된 느낌이 드는 인형이 힘없이 번호를 나눠 주고 있다. 사람들은 경건한 마음까지 먹어가면서 자신의 운이 걸린 번호를 받아 들고 콜로세움 안으로 들어갔다. 그중에는 내기남매도 있었다.

소녀가 먼저 번호를 받았고, 소년도 손에 쥐게 된 번호를 확인했다. 붉은 동전이었는데 로마 숫자로 'Ⅱ'가 적혀 있었다. 파란 동전의 'Ⅱ'가 적힌 자와 싸우게 되는 거였다.

막상 동전을 쥐게 되자 그전까지 느끼지 못했던 긴장감이 감돌았다. 자꾸 식은땀이 샘솟아서 바지의 허벅지 부분에 촉촉해진 손바닥을 닦아내면서 걸음을 재촉했다.

사람들이 번호를 받는 시간은 그리 오래 걸리지 않았다. 콜로세움 안으로 들어가서 객석에 앉은 소녀에게 손을 흔들어준 소년은 숨을 깊이 쉬면서 마음을 다스렸다.

두 번째가 자신의 차례였기에 소년은 객석으로 가지 않고 빨간 문양이 새겨진 입구에 서서 막 시작되려는 첫 번째 싸움을 지켜보았다. 마음이 안정될 때까지 쉽게 끝나지 않길 바라는 마음으로 지켜보았지만 소년의 바람과는 달리 결말은 1분도 지나지 않아 허무하게 났다.

덜컹─!

닫혀 있던 철문이 도르래에 의해서 올라가는 소리가 울렸다. 마음의 준비는 덜 되었지만 소년은 나갈 수밖에 없었다. 전장으로 걸어간 소년은 모래의 감각을 익히면서 지팡이를 꽉 쥐었다.

90도 방향에서도 한 남자가 걸어나왔다. 그 남자의 모습을 보는 순간 소년은 모든 희망이 하나도 남김없이 사라져 버림을 깨달았다. 실의와 좌절밖에 남지 않았다.

이곳에 도착한 사람들이 가장 꺼려했던 남자가 누구일까? 번호를 받게 되면서 누구와는 붙고 싶지 않았을까? 이 질문에 압도적으로 한 남자를 뽑을 수밖에 없었다.

'이카로스……'

다른 사람도 아닌 그가 소년의 상대였다. 이카로스의 등장에 소년에게는 안된 얘기지만 사람들의 얼굴에는 안도의 기운이 서렸다. 가장 꺼리던 자를 피하게 된 사람들은 침착하게 관객으로 돌아가 대결을 평가할 수 있었다.

약하다고 평해지는 소년과 가장 강하다고 평해지는 이카로스의 대결 결과는 사실 볼 것도 없었다. 가능성이 털끝만큼이라도 존재하는 다윗과 골리앗의 수준이 아니었다. 토끼와 호랑이, 혹은 계란과 바위의 대결이었다.

어떤 수단을 쓰더라도 이변은 없는 싸움이었다. 그 와중에 소년을 확인한 이카로스는 곧바로 돌아서서 콜로세움에서 벌어지는 경기를 중계하는 인형에게 다가가 어떤 의견을 제시하는 듯했다.

"혹시?"

"이카로스님이라면?"

이카로스를 지켜보던 강철기사단원들이 의문과 함께 예측을 했다. 아직 경기가 시작되진 않았으니 번호를 교체할 가능성이 있었다. 이카로스의 평소 성격으로 보아서 너무 일방적인 싸움은 피할 가능성도 적지 않다고 예견했다.

바로 그때, 콜로세움의 객석은 2층 높이였는데 단번에 전장으로 뛰어내린 남자가 있었다. 그도 이카로스만큼이나 유명한 자였다. 드라헨리터라고 불리는 자였다.

정확히 그림은 그려지지 않았지만 급변하는 분위기가 심상치 않다는 것은 사람들도 읽을 수 있었다. 바닥에 깔린 모래가 어지럽게 흩날릴 정도로 거칠게 떨어진 서호가 소년에게 다가가고 있었다.

"뭐, 뭐죠?"

"번호를 바꿔주었으면 한다."

그 말에 소년의 미간이 일그러졌다. 분명 이카로스와 싸워서 얻을 수 있는 희망은 없었다. 잘못하면 이카로스의 비정함 앞에 죽게 될지도 모른다는 걱정에 소년은 항복까지도 생각하고 있었다.

여기 와서 실패를 해도 운명으로 받아들이기로 소녀와 약속을 했다. 목숨만은 걸지 않겠다고 약속을 했다. 만약 이 약속을 어기고 끝까지 이카로스와 싸우다가 죽는다면 소녀도 무모하게 싸울 테니 어길 수가 없었다.

그 상황에서 서호가 소년에게 한 제안은 모든 고민을 해결해 주는 열쇠가 틀림없었다. 하지만 반대로 서호에게는 어떤 이득도 없었다. 단순히 영웅이 되고 싶은 건지도 모를 일이었다.

"며, 명령인가요?"

소년의 물음에 서호는 고개를 가로저었다.

"아니, 부탁이다."

그의 대답에 소년의 미간은 더욱 찌푸려질 수밖에 없었다. 차라리 명령이었다면 자신은 약자였기에 인정해야만 했다. 그것은 운명 같은 것이니까. 최소한의 자존심은 지킬 수 있었다.

그러나 부탁이라고 했다. 강자가 약자에게 부탁을 할 필요는 없었다. 동정을 받고 있다는 뜻이었다. 생각이 거기까지 미친 소년은 아랫입술을 깨물며 결단을 내렸다.

"부탁이라면 거절하겠습니다."

"뭐? 왜지?"

자세하게는 모르더라도 서호도 여기까지 온 사람들의 사정은 어느 정도는 알고 있었다. 지금 소년에게는 굳이 거절을 할 이유가 없었다.

"동정을 사면서까지 2월의 도시에 가고 싶진 않거든요. 지금까지 저희들은 약했지만 스스로의 힘으로 여기까지 왔습니다. 지금 와서 타인의 동정으로 그른 결과를 만들고 싶진 않네요."

결연한 의지에서 나온 말이었지만 그 말을 들은 서호의 입꼬리는 비웃듯이 올라갔다.

"동정이라고?"

이것만은 틀렸다는 사실을 알려줘야겠다는 생각이 들었다.

"넌 날 어떻게 보고 있었지?"

"그야 뭐……."

"동정이란 건 가진 자가 가지지 못한 자에게 품는 거나. 만약 너와 나의 사정을 꿰뚫고 있는 자가 있다면 가진 자는 네 녀석이고, 나는 가지지 못한 자라고 할 거다."

"네?"

"믿기지 않더라도 이건 진실이다. 즉, 나에게는 너뿐만 아니라 그 누구도 동정할 자격이 없다는 거다."

서호도 소년에 관해서 아는 바가 크진 않았다. 다만 소년에게는 혈육이라는 연이 있었다. 그리고 현실에서 숨을 쉴 수 있는 심장도 있었다. 반면 서호는 그 연과 심장을 가지고 싶어서 모험을 하고 있었다.

"동정을 품을……."

"사람마다 절실한 사정은 있기 마련이다. 단언컨대 너보다 내가 2월의 도시에 도착해야 하는 이유는 절실하다."

"그건……."

"나에겐 심장조차도 없다."

그 말에 흐르던 소년의 눈빛이 멈추었다. 심장이 가지러 간다거나, 심장이 없다는 건 저번에도 들었던 말이다. 서호의 사정을 지금 당장 여기서 이해하는 건 무리가 있었지만 그 말이 은유적인 표현이 아니라면 어느 정도 상상은 할 수 있었다. 식물인간이거나 어떤 지독한 상황으로 사지를 못 쓰는 건 아닐까 하고.

물론 신경으로 운용되는 너바나를 하고 있는 이상 식물인간이라는 상상은 오류에 불과했다. 하지만 비단 상상 때문이 아니라 지금 직시하는 서호의 눈빛에는 결연한 의지가 있었다. 결단코 동정을 하는 자의 눈빛은 아니었다.

"그럼 뭐 때문에 굳이?"

"나의 바람은 2월의 도시에 도착하는 것만으로 끝나는 게 아니다. 겨울의 성좌에 앉아야 소망을 이룰 수 있거든."

"그렇다면 여기선 더 몸을 사려야 하는 건 정상이 아닌가요?"

"아니, 겨울의 성좌에 앉더라도 성공할 확률보다 실패할 확률이 높다. 죽을 확률이 높다. 사라질 확률이 높다. 때문에 마지막으로 꼭 싸워보고 싶은 자와 실력을 겨루고 싶은 거다. 그게 살아 있었다는 증거를 남기는 길이기도 하니까. 그 소망을 위해서 나는 지금 너에게 부탁을 하고 있는 거다."

"……."

"들어줄 수 있겠나?"

살아 있는 날에 살아 있음에 충실한 것, 얼마나 살아가느냐가 아니라 어떻게 살아가느냐로 고뇌하는 것, 그것이 운명 앞에 단 하나의 열쇠란 말이었다. 소년은 그때야 깨달을 수 있었다. 그 깨달음과 함께 열쇠를 쥐고 싶다는 욕심도 생겼지만 자신은 현실에 가로막힌다는 사실까지 알게 되었다.

소년에게는 소녀가 있었다. 어머니가 있었다. 2월의 도시에 도착하기만 하면 붙잡을 수 있는 희망도 있었다. 그것들은 자신에게 열쇠를 쥐지 못하도록 만들었다.

다만 나쁘게만 볼 것이 아니라 반대로 말하면 소년은 그만큼 행복을 가지고 있으며 눈앞에 있는 남자는 그것조차 없어 모든 것을 이곳에 건다는 뜻이었다. 소년이 가지고 있으면서도 보지 못했던 것, 서호가 가지고 있는 것처럼 보였어도 없었던 것, 그 차이가 확연하게 갈리는 순간이었다.

"간곡히 부탁한다."

다시금 떨어진 서호의 진심이 담긴 말에 소년은 고개를 끄덕일 수밖에 없었다.

CHAPTER 34
강철의 이카로스

금지된 세계
FORBIDDEN
WORLD

지하 콜로세움에 무거운 정적이 내려앉았다.

사람들의 시선도 전장에 선 두 남자에게 멈추어 있었다.

"조금은 놀랐다."

이카로스의 나직한 읊조림이 바람에 일어나는 모래를 쓸었다.

"뭐가?"

"네 녀석도 같은 생각을 하고 있었나?"

"아니, 입장이 다르니까 같은 생각이라고 할 수 없지."

고개를 가로저은 서호가 맞은편에 서 있는 이카로스를 직시하였다.

분명 그와 이카로스가 서로에게 이빨을 드러내고 있는 건 틀림없었다. 하나 서호에게는 이처럼 가슴 뛰는 날이 다시는 없을 가능성이 컸다. 현실로 돌아갈 확률보다 겨울의 성좌에서 마지막을 맞이할 확률이 높았기에 실은 이렇게 나아가는 것조차 확신을 가지지 못하고 있었다.

그 나아감에 있어 후회나 미련을 남기지 않기 위해서 싸운다. 이것은 이카로스가 서호와 싸우는 이유와 비슷한 것처럼 보이지만 엄연히 달랐다.

이카로스에게는 현실이 존재했기에 이 싸움에 전부를 거는 것은 불가능했다. 때문에 비록 같은 선택을 하였더라도 입장 만큼은 다를 수밖에 없었으며 둘의 시각은 거기서 어긋났다.

솔직히 말하면 서호가 이카로스의 입장이었다면 싸우지 않는 건 당연하고, 지금 당장이라도 너바나를 등지고 아카와 함께 현실에 충실했을지도 몰랐다.

"입장이 다르다고?"

"그래, 아이러니하게도 그 차이로 검을 겨눌 수 있는 거지."

서호가 말한 차이는 다른 사람들 눈에는 보이지 않았다. 그만큼 둘이 가진 분위기는 흡사했다. 슈바리체리터라는 공격형 기사의 틀 안에서 만들어진 이미지도 컸지만, 성격과 행동에서도 비슷한 면이 많았다.

이곳에 있는 사람들 중에서 누구보다 닮은 둘이었기에 서로가 가지고 있는 차이점 하나만큼은 확실히 꿰뚫고 있었다. 그 차이점은 지금까지 그들이 가졌던 성격과 행동의 핵심으로 서로를 인정할 수 없는 이유이기도 했다. 그렇게 서호에게는 이카로스가, 이카로스에게는 서호가 서로를 부정할 수밖에 없는 존재였다.

"차이라? 강철이 틀렸다고 말하는 거냐?"

그리 논한 이카로스가 서호에게 검극을 겨누었다. 손잡이에서부터 전해진 살벌한 기운에 검극이 파르르 떨리며 공명음을 울렸다. 서늘하고 섬뜩한 재색의 빛깔이 일고 있었다.

"아니, 네가 원하는 강철의 한계는 분명하달까?"

서호도 천천히 검을 들었다. 그의 검에서는 너무나도 뜨거워 새하얗게 타서 바래 버린 재색의 빛깔이 일었다.

둘의 검에서 나온 색채마저도 같았지만 달랐다. 콜로세움의 객석에 있던 사람들도 그 광경에 사로잡혀서 한순간도 다른 곳으로 시선을 돌리지 못했다.

갑작스럽게 만들어진 이 대결 구도가 현재 너바나에서 가장 강하다고 평가받는 강자들의 싸움이었다. 2월의 도시에 도착할 수 있느냐 없느냐 하는 중요한 갈림길에서 벌어진 것이다. 집중을 안 하려야 안 할 수가 없었다.

해적왕 록도 흥미로운 시선으로 그들을 바라보고 있었다. 그의 고개에 따라서 카메라의 앵글은 조성되었고, 넷에 실시간으로 중계가 되고 있었다. 비단 너바나를 하고 있는 사람들뿐만 아니라 너바나에 반한 사람들마저도 탄성을 참지 못했다.

"누가 이길 것 같아?"

"누가 이기건 기억될 날이겠지?"

"와! 요즘 너바나 미친 거 아냐? 난 몸이 다 떨린다!"

용의 기사 크로와 강철의 기사 이카로스의 대결은, 현재 너바나에 존재하는 그 무엇보다 사람들의 호기심을 깊이 자극했다.

수많은 사람들의 시선이 집중된 지금 먼저 움직임을 보인 건 이카로스였다. 심연의 동굴과는 상황이 많이 달라져 있었다. 우선 무기에 있어선 그가 불리했다. 상대는 섬룡의 검을 들었기에 검과 검이 맞부딪치는 일이 잦다면 그의 검이 부서지는 건 자명했다.

물론 마냥 불리한 것도 아닌 게 이카로스에게는 섬룡의 방패가 있었다. 그렇기에 서호의 공격을 방패로 막고 반격을 위주로 대결을 펼치는 것이 옳아 보였다.

'하나!'

그 수는 이미 서호나 지켜보는 사람들까지도 예상하고 있는 수였다. 그런 얕은 수로 승부를 겨루기 위해서 이곳에 선 건 아니었다.

"그렇기에!"

무리일지는 모르나 이카로스가 선공을 택한 이유였다. 무섭게 달려오는 이카로스를 노려본 서호도 방패를 들면서 예전 심연의 동굴에서 겪었던 일을 스치듯 떠올렸다.

이카로스가 투구를 쓰고 있는 이상 상처전이나 상처왜곡과 같은 기술은 걸기 어려웠다. 게다가 그 이후로 이카로스의 검술이 얼마나 더 늘었는지는 누구도 장담치 못했다. 단 하나 분명한 게 있다면 검술에 있어선 자신이 불리하다는 거였다.

칭—!

그리하여 첫 번째 금속성이 울렸을 때, 사람들의 예상과는 달리 이카로스의 검이 서호의 방패와 충돌했다. 흡사 늑대와 호랑이가 송곳니를 드러내지 않고 발톱을 세워서 경계를 하는 것처럼 보였다.

"호오!"

바로 앞에서 서호가 방패로 막아섰다면 이카로스로서는 주춤할 필요가 없었다. 이카로스가 휘두른 검이 순식간에 수십 개로 불어났다. 미친 듯이 뻗어오는 현란한 칼날에 서호는 방패를 돌리며 충격파를 일으켰다.

콰아앙—!

격렬한 파동이 찰나간 둘 사이를 오갔다. 거칠게 일어난 모래바람 사이로 서호는 왼팔의 신경이 아스러지는 통증을 받으면서 뒤쪽으로 물러났다.

"물러선다고 수가 생기나?"

검을 세운 이카로스가 더욱 거세게 파고들어 왔다. 마치 싸움에 굶주린 짐승처럼 그의 검은 집요하고 끈질겼다. 방패로 막아서고 있던 서호의 인상도 극심하게 구겨졌다. 이대로 밀린다면 벽에 몰리는 건 시간문제였다.

"하압!"

그때부터 방패를 살짝 뺐었다가 파고드는 칼날의 타이밍에 맞춰 직접적으로 후려치기 시작했다. 이것으로 밀리지는 않는다. 하지만 그 수는 이카로스를 얕본 행동임에는 틀림없었다.

뻗어오던 칼날이 갑자기 사라지더니 그가 방패를 휘두른 뒤에야 팔뚝을 그었다. 대결이 시작되고 처음으로 핏물이 뿌려지고 모랫바닥에 내려앉았다.

"크윽!"

평범한 시간차 공격이었지만 눈으로 쫓기 힘든 공격이니만큼 그 변수만으로도 이카로스가 가진 공격의 위력은 배가되었던 것이다.

'역시 쉽진 않아!'

서호는 이미 답을 알고 있었다. 아무리 그가 이카로스에 비해서 검술이 부족하다고 하더라도 방패만으로 막는 건 처음부터 무리였다. 두 발로 모랫바닥을 찍으면서 버티고 선 서호가 수십 개의 칼날을 향해서 오른손에 쥔 검을 내찔렀다.

지익—!

서호의 검에서 일어난 돌풍과 수십 개의 검이 부딪치는 충격에 두 사람은 동시에 밀려나며 뒷걸음질을 쳤다. 자욱하게 일어난 모래바람이 전장을 휩쓸었다.

모래가 가라앉을 때까지 서로의 존재를 의식하면서 과묵하게 노려보는 서호와 이카로스. 긴장감은 여전히 하늘을 찌르듯이 서 있었으며, 사람들은 마른침을 삼키며 사태를 주시했다.

서호에게 승부를 양보했던 소년도 눈을 휘둥그레 뜨면서 그들의 대결에 집중했다. 지금까지 마물과 싸워왔던 이카로스를 본 적은 많았다. 경이로움에 감탄을 하기까지 했다. 하지만 그

때의 모습조차 최선을 다한 게 아니라는 사실을 소년은 방금
전의 이카로스의 움직임을 보고서야 깨달았다.

지금까지와는 전혀 달랐다. 이것이 이카로스라고 불리는 자
의 진정한 힘이라는 사실에 소름이 끼쳤다. 다만 신기한 것은
그런 이카로스의 힘을 끌어내고서도 대등하게 싸우고 있는 서
호였다.

실력보다는 운명에 이끌려 여기까지 온 게 컸다고 믿었지만
역시나 화려한 일면에 가려졌던 것이다. 그는 진정으로 강했
다. 사실 둘의 격전은 이미 소년으로는 뭐라 평할 수 없는 수
준이었다. 아니, 소년뿐만 아니라 대부분의 사람들도 쉽게 평
하지 못했다. 해적왕 록이나 나프카를 포함한 강자들만이 눈
빛을 흥미롭게 빛내고 있었다.

"괜찮을까요?"

객석에서 지켜보던 아카가 두 손으로 지팡이를 꽉 쥐면서
나프카에게 물었다.

"응?"

"오빠가 조금 불리한 것 같아서요."

"걱정 마. 저 녀석, 아직 시작도 안 했어."

답을 준 나프카는 확신을 가지고 있었다. 그의 말처럼 모래
바람이 가라앉은 전장에서 서호와 이카로스는 여유로운 미소
를 지으며 서로를 노려보고 있었다.

"탐색전은 그만 해도 될 것 같은데?"

"의미없는 건가?"

서호의 대답에 이카로스가 신이 난 것처럼 고개를 끄덕였다. 기다리고 있었다. 역시나 이자밖에 없었다. 전력을 다해도 부서지지 않는 자는.

"그럼 시작해 볼까?"

사람들의 감탄을 자아내기에 충분했던 첫 격돌, 그조차도 전력을 다한 게 아니다. 그러고 보니 아직 섬룡의 힘은 쓰지도 않았다. 그 사실을 뒤늦게 깨달은 사람들은 두근거리는 심장을 쥘 수밖에 없었다.

'이 녀석들, 대체 어디까지 보여줄 수 있는 거지?'

치에엥—!

칼날과 칼날이 맞부딪친다. 번쩍이는 빛살과 선율에 두 남자의 눈이 부릅떠졌다.

살기가 일으킨 모래바람은 흩날리는 땀방울과 핏방울에 의해서 다시 잠에 빠져들었다. 하지만 더욱 거칠게 맞부딪친 칼날의 비명에 모래바람은 결국 잠이 드는 것을 포기했다. 화가 난 것처럼 객석으로 덮쳐들어 지켜보던 사람들의 머리카락을 정신없이 휘저었다.

파악—!

서호와 이카로스가 서로에게 가한 충격은 결단코 가볍지 않았다. 주춤거리는 이카로스에 반해서 서호는 자세가 무너져 한쪽 무릎까지 꿇었다.

"제법 늘었군."

이카로스의 말에 서호의 입꼬리가 아니꼽게 올라갔다.

"그건 내가 할 소리다."

누가 먼저랄 것도 없이 서로에게 달려간 그들의 칼날이 또다시 이를 갈았다. 정말로 처음이자 마지막이었다. 서호에게 있어서도, 이카로스에게 있어서도, 자신의 모든 것을 걸고서도 무찌를 수 있다는 확신이 없는 적은.

까강―!

맞물린 칼날이 찢어지는 비명을 지른다. 여유로운 이카로스와는 달리 서호의 이마에선 벌써부터 굵직한 땀방울이 흐르고 있었다. 근소한 차이였지만 완력에서 밀린 까닭이었다.

인정할 건 인정해야 했다. 굳이 자신이 불리한 쪽으로 승부를 볼 필요는 없었다. 맞물렸던 검을 순식간에 빼버리자 이카로스의 검이 서호의 견갑에 떨어졌다. 이미 각오하고 있던 충격에 중심을 잡은 서호가 곧바로 오른손을 들어서 카운터를 날렸다.

퍼억―!

그의 주먹이 이카로스의 턱을 강타하면서 한 걸음을 물러서게 만들었다. 하지만 이카로스는 주먹을 맞고도 미소를 잃지 않았다. 입 안이 찢어져 한줄기의 선혈이 입가에서 턱으로 흘러내리는데 혀를 내밀어 그 피를 핥을 뿐이었다.

"고맙다."

지금 이카로스는 자신을 때려준 적에게 고맙다고 했다. 누구도 이해하지 못할 말이었지만 그 말을 들은 서호는 웃고 있던 입술 사이로 송곳니를 드러내었다.

이해할 것 같았다. 그들은 이를테면 살면서 쉽게 만날 수 없는 숙적이었다. 그것조차 연의 하나였기에 한낱 게임이지만 이런 연을 만나게 해준 너바나의 과학기술에 새삼 고마운 마음을 품은 것이다.

"그럼 이번엔 네 녀석이 고마워할 차례인가?"

이카로스가 단숨에 서호와의 간격을 좁혔다. 서호가 긴장을 하면서 방패를 치켜들었지만 정작 이카로스의 검은 시야에서 깨끗하게 사라져 버렸다.

극쾌를 넘어선 광아의 폭발이었다. 칼날의 흔적은 고사하고 검을 쥔 오른팔의 어깨도 보이지 않았다. 전신마저도 흐릿하게 떨리고 있었다. 마치 다른 시간대에서 활동을 하고 있는 것처럼 보였다.

칭ー! 치잉ー!

번쩍이는 섬광이 순식간에 수차례나 그어졌다. 하지만 놀라운 건 광아의 검이 눈을 떴음에도 결과는 크게 달라지지 않았다는 사실이다.

한 방울의 핏물도 모랫바닥에 뿌려지지 않았다. 서호의 방패 기술도 한계를 넘어선 것이다. 지금 이곳에 서호가 아닌 사자크가 서 있다는 착각이 들 정도로 현란하게 방패를 놀리면서 모든 공격을 막아서고 있었다. 거기에 그치지 않고 서호는 반격까지 구사했다.

"괜히 섬룡의 검이라고 불리는 건 아니다!"

지난날 토모어가 마지막으로 검과 함께 글러브를 준 이유를
서호가 이 자리에서 보여주었다.

지지직―!

방금 전까지 재색의 빛깔을 담았던 그의 검이 순식간에 칠
흑으로 물들더니 사방으로 폭풍을 뿌려대었다. 파공의 검이
부른 폭풍이 눈을 뜨자 이카로스의 방패에서는 섬룡의 불꽃이
뿜어지며 대항했다.

콰앙―!

절기와 절기가 맞부딪치자 공간이 일그러지는 충격이 끝도
없이 번져 났다. 그 충격에 둘은 다시금 뒤쪽으로 떨어져 나갔
고, 콜로세움 전체가 금방이라도 무너질 것처럼 부르르 떨었
다.

쿠우웅―!

두 남자의 격돌이 지진까지 부르고 있었다.

"장난이 아닌데……."

지켜보고 있던 나프카가 감탄을 했다. 처음 만났을 때부터
돌멩이 따위로 자신을 위협할 정도로 간이 부은 녀석이었다.
그때 본 눈빛은 아직도 기억했다. 하지만 그 눈빛만으로 나프
카가 물러선 건 아니었다.

너무 무모해서 뭔가 대단한 수가 있을 줄 알았다. 그 생각은
그때만 가진 게 아니었다. 악운의 산에서 이카드를 죽일 때도
느꼈고, 처음으로 이카로스와 조우할 때도 느꼈다.

정말 가진 건 아무것도 없으면서 무모하게 덤벼들었다. 그

런데도 여기까지 살아온 것만 봐도 그때마다 최상의 결과를 내었다고 봐도 무방했다.

'무모함이 녀석의 가장 무서운 점이었다.'

그렇게 빠르게 강해진 그는, 작금에 와서는 짐작조차 어려운 강함을 손에 넣고 있었다.

"이길 수 있겠죠?"

항상 걱정만 하던 아카도 왠지 모를 믿음을 가지고 있는 듯했다. 그 물음에 나프카는 어렵지 않게 고개를 끄덕여 주었다.

"솔직히 말해서 승부는 몰라. 하지만 이것 하나는 분명해."

"어떤 거요?"

"내가 지금까지 본 얼음도치의 싸움 중에서 가장 무모하지 않은 싸움이란 거."

그랬다. 절대적으로 불리한 상황에서도 기적처럼 살아남았기에 오히려 지금은 상대적으로 쉬운 싸움을 하고 있는 셈이었다. 그와 반대로 강철기사단원들의 시선은 불안할 수밖에 없었다.

예전에 심연의 동굴에서 이카로스가 고전을 했던 가장 큰 이유는 상처 전이 때문이었다. 이카로스가 서호에게 낸 상처가 고스란히 돌아와서 무승부로 끝이 났다. 상처 전이만 없었다면 일방적으로 이겼어도 의심할 여지가 없는 싸움이었다.

그러나 지금은 달랐다. 모래바람이 가라앉자 천천히 일어선 둘의 상처가 전세를 말해주었다. 서호의 몸에는 갑옷을 입지 않은 부분에 수를 셀 수 없는 잔 상처가 나 있었다. 반면 이카로스는 입고 있던 갑옷의 복부 부분이 크게 부서졌으며 내상을 입었는지 각혈까지 터뜨렸다. 믿기 어렵지만 방금 격돌에서 누가 이기고 누가 졌는지는 확실했다.

"대단하군, 정말."

이카로스가 서호를 칭찬했다. 그의 말투만 본다면 서호를 업어주기라도 할 것 같았다.

"이제 알았나?"

비꼬는 서호를 보고 이카로스는 씁쓸한 미소를 지었다. 칭찬은 칭찬일 뿐 패배를 인정한 것은 아니었다. 잠시 눈을 감고 깊은 심호흡을 한 이카로스가 다시 눈을 떴을 때는 분위기가 완전히 달라져 있었다.

'최선을 다하지 않았다는 거야?'

서호도 긴장을 했다. 변한 이카로스의 눈동자를 보는 순간 안면에 닭살이 끼쳤다. 인간의 것으로 여겨지지 않았다. 인간 이외의 짐승이나 악마의 눈동자에게 꿰뚫리는 기분이 들었다.

양어깨에서 일어나는 기운도 변해갔다. 서늘하고 음습한 기운을 넘어서서 꼭 죽은 자에게서 나는 악취처럼 꺼림칙한 기운이 전장을 가득 채웠다.

"그럼 각오는 되었겠지?"

이후 벌어진 이카로스의 공격은 지켜보는 사람들은 당연하고 서호의 눈에도 보이지 않았다. 정말로 눈 깜짝할 사이에 안개처럼 사라졌던 이카로스가 어느새 서호의 바로 앞에 서 있었다. 그리고 다음 순간 그의 검이 서호가 입고 있는 갑옷을 부수고 복부를 찌르고 있었다.

처억—!

뒤늦게 살결이 찢어지는 소리가 들렸다. 갑작스러운 그 공격에 허망한 한숨을 내쉰 서호가 이를 악물고 거친 발차기를 날렸다. 하지만 가로막혔다. 방패로 발차기를 막아낸 이카로스가 곧바로 그의 발을 향해 충격파를 일으켰다.

"크으윽!"

피하려고 했지만 워낙 근거리라 직격으로 맞아버렸다. 충격에 뒤쪽으로 떨어져 나가는 서호를 보고 이카로스가 끈질기게 따라붙었다.

"하압!"

목전까지 따라붙는 이카로스를 본 서호는 후방으로 방패를 향하며 충격파를 일으켰다. 당연히 날아오는 이카로스와 서호는 순식간에 충돌했다. 검이 질러질 타이밍도 나오지 않았다. 서호의 머리가 이카로스의 목을 강타할 뿐이었다.

퍼억—!

충돌 뒤에 모랫바닥 위로 떨어진 서호는 얼른 일어서서 뒤로 넘어간 이카로스의 몸 위로 뛰어올랐다. 두 손에 쥔 검을 힘껏 들어 올렸다가 이카로스의 허벅지에 박았다.

푸욱—!

지금까지의 싸움 중에서 가장 많은 출혈이 일었다. 핏물이 거침없이 솟구치는 와중에도 이카로스는 어금니를 물고 반격을 가하였다.

그의 방패가 바로 앞에서 불길을 뿜어낸 것이다. 서호도 방패를 들어서 급하게 막았지만 뜨거운 열기까지 막아내진 못했다. 방패뿐만 아니라 쥐고 있던 왼팔까지 검게 그을렸다.

"크크큭!"

비틀거리며 뒤로 물러서는 서호를 보고 천천히 일어선 이카로스가 참지 못하고 웃음소리를 터뜨렸다. 서호도 그 웃음에 공감했다. 섬룡의 검과 섬룡의 방패, 그들이 쓰고 있는 무기와 방어구는 너바나 최강의 무구였다.

아마도 이대로 싸운다면 너무나도 쉽사리 승부가 날 것이다. 하지만 그렇게 승부를 내어서 의미가 있느냐고 묻는다면 서호와 이카로스는 동시에 고개를 가로저을 수밖에 없었다.

"좋아! 가볼 때까지 가보자는 거지?"

웃음의 의미를 확신한 서호가 쥐고 있던 섬룡의 검을 모랫바닥에 던졌다. 그 모습을 지켜보던 사람들의 눈빛은 자연히 의문으로 물들었다.

아직 승부는 나지 않은 상황이었다. 항복을 하는 것일까? 아니면 이미 자신이 승리를 했다고 주장을 하는 것일까? 여러 의문점이 꼬리에 꼬리를 무는 와중에 이카로스도 서호처럼 방패를 벗어서 던졌다. 방패뿐만 아니라 투구와 부서진 갑옷마저도 벗어던졌다. 처음 검을 던졌던 서호도 마찬가지로 갑옷의 연결 부분을 떼고 있었다.

그제야 사람들의 머릿속에는 데자뷰가 새겨졌다. 아니, 데자뷰가 아니었다. 개싸움이라는 제목의 동영상으로 본 적이 있는 광경이었다.

"예전처럼 놀아보자!"

이카로스의 그 말로 사람들은 확신을 가질 수 있었다.

"그, 그럼 드라헨리터가 그때 그 사람이었던 거야?"

"이카로스랑 싸웠던?"

퍽ㅡ! 퍼억ㅡ!

무거운 갑옷이 모랫바닥에 떨어지는 소리가 답이었다. 서호
가 목과 손가락을 꺾으면서 몸을 풀었다.

"왜 갑옷을?"

긴박하게 변하는 상황에서 나온 아카의 질문이었다. 희미한
미소를 짓고 있던 나프카는 단 한 마디로 이유를 답해주었다.

"미쳐서 그래. 둘 다."

성의없어 보였지만 그 말이야말로 가장 현답이었다.

미친 자들의 싸움이었다.

하나 사람들을 열광에 빠뜨릴 수 있는 것도 주체가 미쳐야
만 가능했다. 이 세상에는 미치지 않고선 설명될 수 없는 세계
가 지금 이곳처럼 분명 존재했다.

사납게 일어난 모래바람이 내질러지는 이카로스의 주먹에
휘말리며 회오리를 친다. 살기로 으르렁거리는 주먹을 서호는
두 팔을 교차하며 막아내었다.

콰앙ㅡ!

이카로스의 주먹과 서호의 아래팔이 충돌하는 순간, 마치

폭탄이 터지는 것 같은 강렬한 울림이 공간을 그었다. 서호의 신형은 그 충격에 일 장 거리나 미끄러지며 벽에 처박혔다.

"크으윽!"

벽에 등을 찍고 모랫바닥에 두 무릎을 꿇은 서호가 참지 못하고 선혈을 토해내었다. 방비했음에도 충격은 상상을 초월했다.

만약 무방비로 맞았다면 어느 부위가 되었든 뼈가 한두 개쯤은 부러졌을 것이다. 심연의 동굴에서 겪었던 유일한 주먹은 전보다 더욱 무거워져 있었다.

"지독히군."

거대한 둔기에 맞은 것처럼 부들부들 떨리는 자신의 팔을 본 서호의 한탄이었다. 저릿한 통증만이 감돌아 힘도 제대로 들어가지 않았다.

"기어는 올리지도 않았다!"

아직 몸을 추스르지도 못한 서호에게 추격타를 가하기 위해서 달려오던 이카로스가 소리쳤다. 그러면서 휘둘러진 무시무시한 주먹을 서호는 도저히 막을 수가 없었다.

클럽이나 메이스 따위가 휘둘러지는 것을 맨손으로 막는 기분이었다. 어쩔 수 없이 바닥을 구르면서까지 이카로스의 주먹을 피해낸 서호는 측면에서 발차기를 날렸다.

파악—!

턱을 노린 하이 킥이었지만 이카로스의 왼팔에 가로막혔다. 그 순간 서호의 인상이 진하게 구겨졌다. 분명 공격을 한 것은

자신인데 왼팔과 충돌한 정강이뼈가 부서진 것처럼 고통스러
웠다. 골반까지 욱신거렸다.

"도대체 무슨 짓을 한 거야?"

한쪽 다리를 절뚝거리면서 떨어진 서호의 불평에 이번에도
이카로스는 답을 외면하지 않았다.

"인간의 뼈는 얇고 비어 있다. 하지만 단단한 물체와 부딪치
며 단련하는 것만으로도 뼈는 굵어지고 속이 차게 된다."

기가 차는 말이었다. 그의 말대로 너바나에선 강도를 높이
기 위해서 근육뿐만 아니라 뼈까지도 수련을 할 수 있었다. 하
지만 그건 격투가의 수련법이었다. 검과 방패를 드는 기사가
그런 수련을 할 필요는 없었다.

"그게 강철의 길 중 하나냐?"

이런 의문이 드는 건 순리였다. 그 질문을 들은 이카로스의
입가가 올라갔다.

"당연하다. 하지만 수련을 한 건 이 두 팔뿐만은 아니다."

서호에게 절망감을 주는 이야기를 담담하게 내뱉는 이카로
스. 그 말을 증명하듯 그의 몸이 흐릿해졌다. 검을 들고 싸울
때도 느꼈지만 도적이나 격투가처럼 날쌘 움직임 때문에 시야
가 어지러웠다.

순식간에 바로 앞에 나타난 이카로스가 뻗은 손아귀에 서호
의 목은 틀어쥐어졌다. 숨통이 꽉 막히는 것보다 팔 힘에 의해
서 다시 콜로세움의 벽에 등이 찍히는 통증이 컸다.

"커헉!"

등뼈가 아스러지는 충격이 손가락 끝, 발가락 끝으로 퍼져 갔다. 전신의 기운이 급속도로 빠져나가 축 늘어진 서호를 여전히 한 손으로 들고 있던 이카로스는 놀고 있는 다른 손으로 주먹을 꽉 쥐어 보였다.

"그럼 간다!"

퍼억—! 퍽—!

돌덩이 같은 주먹이 서호의 복부를 후려치기 시작했다.

"크헉!"

칼집이 났던 복부는 가격당할 때마다 핏방울을 터뜨렸다. 입에서도 핏물을 토해낼 수밖에 없었다. 격투가 시작되고부터, 정확하게 말하면 이카로스의 눈빛이 변하고부터 서호는 압도적으로 밀리고 있었다.

"어떠냐! 이것이 강철이다!"

이카로스는 강했다. 이건 외면할 수 없는 사실이다. 하지만 심연의 동굴 이후로 서호도 유유자적 여행을 즐긴 것만은 아니었다.

"우, 크윽! 웃기지 마라!"

서호가 남아 있는 힘을 오직 한곳에 집중했다. 무릎이었다. 힘껏 지른 무릎차기가 다행히도 이카로스의 턱을 강하게 후려 쳤다.

콰직—!

이카로스의 고개가 위쪽으로 크게 젖혀지면서 주춤거렸다. 덕분에 겨우 손아귀에서 풀려난 서호는 모랫바닥에 두 발을 딛자마자 앞으로 뛰어오르면서 머리로 그의 가슴을 강타했다.

퍼억—!

강철이라 외치던 이카로스도 그 충격에 위태롭게 휘청거렸다. 하지만 서호는 더 이상 추격타를 가하지 못했다. 그도 적지 않은 충격을 받은 탓에 거친 숨을 몰아쉴 수밖에 없었다.

"역시 네 녀석은 얕보지를 못하겠군."

"얕봤었냐?"

"아니, 너 역시 강철로 봤다."

"강철? 네가 말하는 강철?"

"……?"

"조금 전부터 웃기지 마라! 난 인간이다! 뼈와 살로 만들어진!"

그렇게 소리친 서호가 가슴을 펴면서 가벼운 몸놀림을 보였다. 일어선 이카로스도 주변을 도는 서호의 움직임에 경계를 했다. 스스로를 인간이라고 말한 것만으로도 서호의 몸에서 일어나는 기운이 거칠어져 갔다.

"인간이라고? 그뿐이라고?"

"그래! 난 인간이다! 네 녀석을 쓰러뜨리고 심장을 가진 인간이 된다!"

둘의 의지가 엇갈리면서 다시금 격렬하게 타올랐다. 주먹이 시간을 부수고, 발차기가 공간을 찢었다. 서로가 서로에게 상처를 주면서 쾌락을 느끼며 살아나는 짐승들처럼 그들은 지쳐가기는커녕 더욱더 뜨겁게 살아났다.

이카로스는 자신있는 두 주먹으로 서호의 육신을 두드렸고, 서호도 그 주먹이 닿지 않는 거리에서 발차기로 이카로스의 이마를 찢어 보이며 선전했다.

그들의 한계는 아직도 아닌 듯했다. 1초 전보다 더 빠르고, 1초 전보다 더 강하게 서로의 목을 물어뜯고 있었다. 오히려 검을 쓰는 것이 안전한 건지도 모른다는 생각이 들 정도로 살벌한 주먹과 발차기가 끊임없이 오갔다.

"하압!"

타이밍을 기다렸다가 번쩍이며 내지른 이카로스의 주먹에 가슴을 맞은 서호가 거칠게 튕겨 나갔다.

"크으윽!"

옷이 찢어지고, 금세 시꺼먼 멍이 든다. 고통에 몸부림을 치면서도 곧바로 일어선 서호는 바로 앞으로 달려온 이카로스의 발목을 노린 발차기를 구사했다.

그 발차기에 이카로스가 중심을 잃고 쓰러지자, 무시무시한 내리차기로 그의 복부를 찍었다. 서호처럼 칼질이 난 상처가 찍혀 핏방울이 흩날렸다. 그럼에도 이카로스는 고통을 무시하고 강철 같은 두 손으로 서호의 발목을 붙잡으면서 다시 벽을 향해 날려 버렸다.

타악—!

날아간 서호가 두 발로 벽을 디디면서 고양이처럼 날렵하게 모랫바닥으로 떨어졌다. 그리고 이카로스가 일어서기도 전에 달려가 관자놀이를 향해 발차기를 날렸다. 하지만 이카로스의 방어는 역시나 철벽이었다. 들어오는 발차기를 노린 이카로스의 주먹이 질러졌다.

퍼억ㅡ!

다리가 부러지는 통증에 서호는 곧바로 거리를 벌렸고 이카로스도 천천히 일어섰다. 숨을 몰아쉬면서 쉬는 것은 잠시였다. 또다시 서로를 강타하면서 자신이 존재를 증명했다. 서로를 죽여가면서.

진정 괴물이라는 말이 나올 만한 승부였다. 객석의 사람들도 숨을 쉬는 것조차 잊은 채 지켜보고 있었다.

"기다렸다. 오랫동안."

조금 전 발차기에 이마의 살결이 찢어져서 피로 얼룩진 얼굴을 한 이카로스가 즐거운 듯이 입을 열었다.

"뭘 기다려?"

"이런 아슬아슬한 싸움, 살아 있다는 유일한 증거가 되어주거든."

그 말에 서호의 눈빛은 부정적인 열기로 타오를 수밖에 없었다. 아슬아슬한 싸움에서 살아 있는 증거를 느낀다는 말을 같은 인간이 들었다면 아무런 문제가 될 것이 없었다. 하지만 그 말을 듣는 자가 같은 인간이 아니라는 데 문제가 있었다. 도트로 구성이 된 서호는 인정할 수 없는 이야기였다.

"틀렸다."

"뭐가 틀렸다는 거냐?"

"분명 인간은 독립적인 주체를 가졌기에 살아가는 것만으로도 싸움을 하게 된다. 하지만 그 싸움이 인간의 주체를 증명하는 것은 아니다. 만약 그게 강철의 길이라면 그건 살아가는 것만으로도 비극이다."

이것이 바로 그들이 가진 차이점의 근원이었다. 여기서 싸움은 단지 주먹과 발차기를 치고받는 행위가 아니라 인간이 열정을 바쳐서 이룰 수 있는 모든 사행을 일컬었다.

이를테면 스포츠뿐만 아니라 문학이나 그림, 음악과 같은 예술까지도 일종의 싸움의 하나로 볼 수 있었다. 이카로스는 그것이 인생의 전부로 보고 있었다. 그리고 그것을 위해서 자신의 모든 것을 바쳐야 한다고 믿었다. 육신과 영혼을 강철로 가꾸어가면서. 그것이야말로 이카로스가 가진 강철주의의 근본이었다.

그러나 서호는 조금 달랐다. 중요한 것은 생명이었다. 싸움의 근원이 생명인 것은 인정한다. 하나 그 싸움이 생명보다 앞설 수는 없었다. 생명은 절대적으로 위대했다. 아니, 생명이 가진 자아가 절대적으로 위대했다.

"살아가기 위해서 싸우는 것이다."

싸우기 위해서 살아가는 것과 살아가기 위해서 싸우는 것은 엄연히 달랐다. 둘 다 실존을 간과하지 않았기에 어느 한쪽이 틀렸다고 말할 수는 없었다. 부조리로 가득 찬 이 세상에서 정답은 존재하지 않았다.

다만 생명이 없는 서호의 입장에서 싸움만으로 생명을 말하는 이카로스가 그릇되게 보이는 것만은 사실이었다. 그렇기에 지금 이렇게 이카로스의 주먹을 맞고 전신에 고통만 도래하는데도 일어서서 대항을 하는 것이었다.

"그게 네 녀석이 일어나는 이유라고? 생명을 위해 일어나고, 생명을 느끼기 위해서 일어나는 거라고? 그렇다면 굴복하면 간단히 끝나는 거 아닌가?"

그 말에 서호의 입꼬리가 올라갔다. 그의 시선이 천천히 객석으로 향했다. 그곳에는 언제나 자신을 걱정이 담긴 시선으로 지켜보는 한 사람이 있었다. 분홍빛 로브를 입은 소녀가 지팡이를 꽉 쥐고서 그를 직시하고 있었다.

"그래, 굴복하면 간단히 끝날 문제지. 하지만 아까도 얘기했듯이 나에겐 입장이란 게 있거든. 부끄럽지 않은 목숨을 가지고 싶다고 할까? 진정한 목숨을?"

"그거야말로 현실을 무시한 이상론이 아니냐?"

이카로스가 노기를 터뜨렸다. 사실 싸움을 위해서 살아가는 것도 이상론임에는 틀림없었다. 어떤 예술이 되었더라도 현실을 버리면서 영원불멸의 작품을 남긴다는 건 쉽지 않았다. 서호는 거기에 삶을 첫 번째로 둔다는 명목까지 걸고 있었다. 더욱 불가능한 이상론임을 의심할 여지가 없었다. 하지만 그의 답은 확고했다.

"그래도 인간은 끝없이 이상을 바라왔잖아."

콜로세움의 중심에 피투성이가 되어버린 두 남자가 있다. 아무리 괴물처럼 보였어도 그들은 결국 인간이었다. 시간이 갈수록 한계는 서서히 찾아들었다.

숨을 쉬는 횟수보다 피를 토한 횟수가 잦을 정도로 거친 싸움에 두 남자는 금방이라도 정신을 잃고 쓰러질 것처럼 보였다. 때문에 처음 격투를 할 때만큼 긴박하고 빠른 싸움은 펼쳐지지 않았다.

"어째서냐!"

격투로 싸운다면 덩치가 상대적으로 작은 서호의 체력 부담이 큰 건 피할 수 없는 사실이었다. 불리한 와중에서도 끝까지 격투를 고집하는 서호의 모습을 보고 이카로스가 소리쳤다.

"다른 사람이라면 모르겠지만, 이렇게 싸움에 목숨을 거는 네 녀석이, 어째서 강철을 부정하는 거냐?"

이젠 절박하게 들리는 이카로스의 외침에 서호는 한순간이나마 입술을 뒤틀었다. 부서진 미소였다. 이카로스의 정신은 틀림없이 진짜라고 생각한다. 그의 사행일치도 공감한다. 하지만 그가 옳은 것은 아니었다.

"이런 싸움이 생명보다 소중하다, 그것이 강철의 길이다?"

"싸움에 따라서 다르겠지만, 이 싸움만큼은 생명보다 소중하게 느껴진다!"

"참으로 멋들어진 이야기다. 하지만 그것도 결국 자신과 타인이 존재하여야 만들어지는 이야기일 뿐이다."

다시 예술을 들여다보자. 아무리 위대한 소설과 그림, 음악이 있으면 뭐 하겠는가? 세상에 그 혼자만이 존재하여 자신의 삶을 걸고 이룬 작품을 그 누구도 감상하지 못한다면 예술을 추구할 수 있을까? 추구한다고 해도 그 예술에 의미가 있을까?

결국 영원불멸한 예술조차도 문명과 타인의 삶에 의해서 의미를 가질 수 있었다. 이것이 서호가 강철을 부정하는 이유 중의 하나였다.

"상대적이라는 거다. 그 상대성의 근원은 결국 자아이며 생명이란 말이다. 싸움이 될 수는 없다."

솔직히 이카로스는 이 점에 관해선 이해하기 어려웠다. 서호의 말은 처음부터 끝까지 생명에 관해서였다. 이미 생명을 가지고 있는 이카로스가 납득하긴 조금 힘든 이야기였다.

"누구나가 살아간다! 그것에 의미를 찾을 필요는 없을 텐데?"

"아니, 우린 살아 있음으로 해서 살아간다고 착각을 하고 있는 것뿐이다."

"착각이라고?"

"그래, 우린 실은 살아 있음으로 해서 죽어가고 있는 것뿐이다."

그렇다면 진정 살아간다는 것은 무엇일까? 늙히는 것이 아니라 부서지는 것이다. 스쳐 가는 것이 아니라 관통하는 것이었다.

"지금 너의 삶은, 삶을 관통하고 있나?"

어려운 이야기였다. 이카로스는 순간 아무런 대답도 할 수 없었다.

새의 깃털을 모아서 밀랍으로 붙인 이카로스는 끝없는 욕망에 의해서 밀랍이 녹아 땅으로 추락할 수밖에 없었다. 그것은 인간이 가진 현실과 이상의 괴리를 철저하게 보여주는 이야기였다. 인간은 결단코 하늘을 날 수 없음을 교훈만이 남겼다.

그러나 수천 년이 지난 끝에 인간은 불가능한 일을 가능하게 만들었다. 하늘뿐만 아니라 심해와 우주의 처녀지마저 내딛고 있었다. 이카로스의 바람은 어찌 보면 그런 역사를 이루어온 자들의 사고와 흡사했다.

강철의 이카로스, 때문에 그의 별명은 인간이 가진 무한한 소망을 대변하는 말이기도 했다. 하나 서호는 그것을 부정하고 있었다. 그 소망으로도 논할 수 없는 생명의 존귀함이 있다고 말하고 있었다.

이것을 이카로스는 이해할 수 없었고, 피할 수 없는 숙명에 의해서 그들은 마지막 순간까지 주먹을 쥐며 싸울 수밖에 없었다.

그로기에 빠져도, 녹다운을 당해도 다시 눈을 뜨고 또다시 일어서고 있었다. 붉게 물든 눈빛으로 서호를 노려본 이카로스가 뻗은 주먹은 무거웠다. 서호의 육신이 모랫바닥을 나뒹굴었다. 죽음보다 더 처참한 공격을 당하고도 서호는 부들부들 떨면서 일어섰다.

이미 피로가 극에 달해서 시계가 어두워질 대로 어두워져, 이카로스가 서 있는 곳이 아닌 다른 쪽을 노려보고 있었다.

"네 녀석의 말은, 그러니까 밀랍과 강철이 아무런 차이도 없다는 거냐?"

이것이다. 서호의 말을 풀어보면 강철과 밀랍이 생명을 가졌다는 것만으로도 동등하다는 식이었다. 그만큼 서호는 생명과 자아에 관하여 높은 비중을 두고 있었다.

"밀랍과 강철? 어차피 태양에 녹기는 마찬가지다."

태양, 어쩌면 죽음이라는 의미의 절대적인 기준점을 논한 것인지도 몰랐다.

"그럼 인간은 도대체 무엇을 바라며 살아야 하는 거냐?"

"살아가는데 또 무엇을 바란다는 거냐?"

"아니, 그게! 네 녀석도 무엇인가를 바라서 이 길을 걷는 게 아니냐?"

그 말에 조금 전부터 부서졌던 서호의 미소가 끝을 고하였다.

"그게 너와 나의 결정적인 차이다. 처음에 말했듯 우리는 입장이 다르다. 난 너와 달리 죽어 있다. 때문에 살아가기 위해서 이 길을 걷는 거다."

입장의 차이, 이는 도저히 이카로스로서는 이해할 수 없었다. 아니, 이카로스를 떠나서 현실에서 살아 있는 존재라면 알 수 없는 문제였다.

서호는 이카로스가 가진 사행은 인정하면서도 그에게 물들 수 없음을 논하였고, 이카로스는 자신과 같은 길을 걷는 것처럼 보이는 서호가 어째서 그의 길을 부정하는지를 이해하지 못했다.

이렇듯 인간은 타인에 대해서 완전한 이해를 할 수 없었다.

사르트르가 논한 타인이 자신의 지옥이 된다는 말이 그들에게 완벽하게 적용이 되고 있었다. 하지만 그럼에도 인간은 타인을 이해하려고 노력하고 타인을 자신에게 물들도록 힘을 썼다.

여기서 비극은 만들어졌다. 논쟁이나 전쟁이 그 대표적인 예였다. 물론 콜로세움에서 싸우는 서호와 이카로스의 이야기도 예외는 될 수 없었다.

다만 이카로스와는 달리 서호는 이런 싸움조차도 자연스럽게 받아들이고 있었다. 왜냐면 살아가는 사행 중의 하나로 여기고 있었기 때문이다.

"죽어 있다고? 네 녀석이?"

"그렇다."

"여기서 만약 네 녀석에게 내가 진다면, 그럼 난 밀랍에게 부서진 강철이 되는 거냐?"

이 역시 아쉽게도 이카로스가 물러설 수 없는 이유였다. 상식적으로 밀랍의 정신을 가진 자에게 강철의 정신을 가진 자가 져서는 지금까지 이카로스가 믿고 있던 세상 자체가 무너질 것은 뻔했다.

이 문제에 관해서 답을 줄 의무를 가진 건 서호밖에 없었다. 생명을 가진다는 그 무엇보다 진한 소망을 가진 서호밖에 없었다.

"한 가지만 말해주지. 네가 말하는 건 강철이 아니다."

"강철이 아니라니?"

"이를테면 네가 말하는 건 강철로 만들어진 검이다. 그 검이 밀랍에게 부서졌다고 치자. 그래서 어쨌다는 거지?"

"말하고 싶은 게……."

"설사 강철의 검이 밀랍에게 부서졌더라도 검의 성질을 잃었을 뿐, 산산조각이 났어도 여전히 강철이라는 거다. 부서지더라도, 관통당하더라도 강철은 강철일 뿐이다."

"……."

"결국 상대성을 버리지 못하는 건 네 녀석 스스로 진짜 강철이라고 확신을 가지지 못한 이유가 아닐까?"

방금 서호의 입에서 답은 나왔다. 이카로스가 지금껏 논한 강철은 실제로는 강철이 아니라 강철로 만들어진 검이었다. 그에 반해 서호는 처음부터 끝까지 강철의 성질을 논했던 것이다. 핵심을 찌른 그 말에 이카로스가 어금니를 꽉 물었다.

"지금까지의 내가 틀렸다고?"

언제나 냉정했던 이카로스가 평정심을 잃은 것처럼 눈빛이 흔들렸다. 고개를 끄덕인 서호는 지난날의 기억을 토로하며 더욱 잔인한 진실을 일러주었다.

"언젠가 말했지. 네 녀석은 자신을 따르는 자들의 수로 그 무게가 정해진다고. 그래서 네 녀석의 주먹은 무겁다고 했지? 하지만 그것도 강철로 만들어진 검의 이야기일 뿐이지, 결국 강철의 이야기는 아닌 거지."

"강철이 아니라면, 어디 증명해 봐!"

분노한 이카로스가 앞발을 힘껏 내디디며 주먹으로 서호의 얼굴을 후려쳤다.

퍼억—!

고개가 크게 꺾이면서 쓰러진 서호, 상당히 큰 충격을 받았음이 분명한데도 일어서기를 주저하지 않았다. 그리고 방금 전 주먹이 날아온 방향을 기억해 이카로스가 서 있는 곳을 노려보았다.

"내가 말한 강철의 성질은 굳이 증명을 할 필요조차도 없다. 이걸 이해하지 못하겠나?"

그 말은 나직이 나왔지만 서호의 눈빛에 깃드는 의지는 결단코 암전하지 않았다. 칠흑의 기운이 온몸을 감싸고돌았다.

"시끄럽다!"

"이해가 어렵다면 느껴라!"

방금 전까지 퍼져 나가던 칠흑의 기운이 한곳에 집중되었다. 서호의 주먹에 맺혀서 글러브를 사정없이 찢고 있었다. 이카로스도 모든 힘을 오른손 주먹에 걸었다. 기사 대 기사, 남자 대 남자, 주먹 대 주먹, 그 모든 것을 걸고 주먹을 내질렀다.

파아악—!

주먹과 주먹이 정면으로 충돌했다.

빠직—!

뒤이어 뼈가 부서지는 소리가 잔혹하게 울렸다. 서호의 어깨가 뒤쪽으로 밀리면서 뒤틀리는 것으로 보아서 방금 충돌에서 승리를 한 것은 이카로스였다. 하지만 서호는 끝까지 포기하지 않았다. 다시금 왼발을 힘껏 내디디며 부서진 주먹을 휘둘렀다.

퍼억—!

서호의 주먹이 이카로스의 복부를 강하게 후려치면서 살결을 갉아먹는다. 핏물이 사방으로 튀면서 이카로스의 육신을 저편으로 날려 버렸다. 모랫바닥에 나뒹군 이카로스가 피를 토하고 있었다.

"크으윽!"

괴로움에 저항하며 일어서려 했던 이카로스, 하지만 이미 그의 앞에는 진정한 철의 영혼을 가진 서호가 있었다. 그는 노려보기만 할 뿐 아무런 공격도 하지 않았다. 그저 방금 전 이카로스의 복부를 강타한 부서진 주먹을 들어 보일 뿐이었다.

"이제 느끼겠나?"

그 광경을 보고 이카로스는 기묘한 기분이 들었다. 어쩌면 지금 서호의 부서진 주먹이야말로 그가 진정으로 원했던 길인지도 몰랐다는 의심이 들었다.

'강철이라?'

방금 전까지 노기를 터뜨렸던 자신이 갑자기 우스워졌다. 동시에 다리에 힘이 풀린 이카로스는 그대로 두 무릎을 꿇을 수밖에 없었다.

무엇이 옳고 무엇이 그른지, 도대체 무엇이 그들의 승부를 갈랐는지 사람들은 이해할 수 없었다. 중요한 건 지금 콜로세움의 중심에 한 남자만이 묵묵하게 서서 무릎을 꿇은 다른 남자를 내려다보고 있다는 사실이었다.

서 있는 자는 서호였으며 무릎을 꿇은 자는 이카로스였다. 이카로스가, 강철의 이카로스가 처음으로 패배를 시인한 것이다. 설마하면서 지켜보던 사람들은 멍한 표정을 지을 수밖에 없었다. 아무런 말도 할 수가 없었다. 아카와 나프카는 당연하고, 강철기사단원들은 경악에 가까운 얼굴을 하고 있었다.

지금까지 그들을 이끌어주었던 이카로스의 패배는 생각보다 심각한 문제였다. 이 싸움은 친선으로 겨룬 것이 아니었다. 2월의 도시에 갈 수 있는 자격을 건 싸움이었다. 그를 버리고 2월의 도시에 가야 된다는 긴 강철기사단에겐 영혼을 버리는 것과 같았다. 쉽게 받아들일 수 있는 현실이 아니었다.

두 남자의 사이에선 더 이상 대화조차 없었다. 서호는 승자만이 지날 수 있는 출구로 나가서 반대편 객석으로 올라갔고, 이카로스도 천천히 일어서면서 사람들이 앉아 있는 객석 쪽의 출구로 나가고 있었다.

혼란스러운 와중에 다음 경기는 속행이 되었지만 강철기사단원들 눈에는 더 이상 콜로세움의 격투가 눈에 들어오지 않았다. 피투성이가 되어서 돌아온 이카로스가 객석의 한곳에 앉는 모습만을 바라볼 뿐이었다.

뭔가 답을 원하는 강철기사단원들, 그들의 마음을 헤아리기에 이카로스는 쓸쓸한 미소를 지으며 깊은 한숨을 쉬었다.

"다음 차례는 저군요."

무거운 분위기 속에서 잔이 입술을 떼며 일어섰다. 지하로 불어온 차가운 바람에 휘날리는 단발 머리카락 사이로 쌍꺼풀이 없는 날렵한 눈동자가 전장을 직시하였다. 말로는 쉽게 설명할 수 없는 의지가 느껴지는 그 눈빛에 강철기사단원들은 무언가 기적을 바랐다. 서열 2위인 그녀가 지금의 난관을 해결해 주었으면 하는 눈빛들이었다.

"저도 제가 원하는 답을 찾고 오겠어요."

이카로스에게 그리 말한 잔은 곧바로 객석에서 내려가 대기하는 곳으로 들어갔다. 그녀가 철창 사이로 바라보는 경기는 순례자와 시계동맹의 싸움이었는데 전 경기의 화려함 때문인지 스쳐 가듯 끝이 나고 있었다. 비극과 희극이 엇갈리면서 비교적 빠른 시간 내에 승부는 났다.

철컹—!

곧 철창의 문이 열렸고 잔은 모랫바닥의 감각을 확인하면서 중앙으로 걸어갔다. 맞은편에는 긴장을 잔뜩 하고 있는 소녀가 서 있었다. 내기남매의 소녀였다. 원래대로라면 소년과 소녀는 이카로스와 잔과 싸울 운명이었던 것이다. 참으로 재미있는 일이었다.

그러나 잔은 그 소녀에게 부드러운 미소를 지어주며 미련 없이 돌아섰다. 손을 들어서 중계를 하는 인형을 불러서 무엇인가를 얘기하고 있었다.

"기권입니다."

협의를 한 끝에 나온 인형의 외침에 객석에 있던 대부분이 의아한 눈빛으로 잔을 바라보았다. 강철의 이카로스가 무너졌다고는 하나 그건 드라헨리터, 혹은 섬룡의 검주라고 불리는 강자, 이곳에서 이카로스와 유일하게 승부를 견줄 만한 실력자였던 까닭이다.

잔과 내기남매 소녀의 싸움은 애당초 이야깃거리조차 되지 못했다. 싸우기도 전에 기권을 한다면 소녀가 해야 했는데 놀랍게도 잔이 선수를 친 것이다.

"어째서입니까?"

"여기까지 왔는데?"

잠시 후 객석으로 돌아온 잔을 보고 강철기사단원들이 물었다. 심각한 부상 속에서도 끝까지 강철기사단원들의 싸움을 지켜보기 위해서 객석에 남아 있던 이카로스도 잔을 추궁하는 눈빛이었다.

그는 현실에서 그녀를 만나서 부탁을 했었다. 만약 패배를 했을 경우 그를 대신해서 강철기사단을 이끌어달라고. 지금 여기서 기권을 한 것은 그 약속을 깨는 행동이었다.

"어째서냐?"

묵직한 이카로스의 물음에 잔은 가벼운 한숨을 쉬어 보였다. 그 한숨은 사모하고 있는 남자를 이제는 따를 수 없게 되었다는 현실에서 오는 아쉬움의 증거였다. 뭐, 한 모금의 아쉬움도 없다면 어차피 거짓말이었다.

그렇다고 해서 이것으로 끝은 아니라고 생각했다. 마음만 먹는다면 언제든지 현실에서 볼 수 있었다. 차라리 오늘 이날의 헤어짐이 현실에서 고백을 할 수 있는 용기가 될 수 있을지도 몰랐기에 아쉬움에는 미약한 설렘까지도 묻어 있었다.

"어째서라뇨?"

"왜 약속을 지키지 않은 거냐?"

"전 약속을 어긴 적이 없는 걸요. 그날 분명 저는 이카로스가 무너지면 강철을 맡겠다고 했어요."

그렇게 말했다. 때문에 이제부터 잔이 강철을 이끌어야 정상이었다.

"그런데?"

"이카로스는 아직 저에게서 무너지지 않았어요. 당신의 눈빛은 그와 싸우기 전보다 더욱 큰 갈망으로 빛나고 있는 걸요."

부서진 것은 사실이지만 이카로스가 강철의 성질을 잃은 건 아니라는 뜻이었다. 진리를 꿰뚫는 죽음의 눈을 가진 잔은 확신을 하고 있었다. 하지만 이카로스는 쉽게 납득하지 못했다.

"단지 그 이유로 나와의 약속을 어겼다고?"

"더 솔직하게 말해주길 원하나요?"

"거짓은 없었으면 한다."

"그럼 말할게요. 설레지 않았다고 할까요?"

"설레지 않았다고?"

"네, 저보다 한참은 어리고 약한 소녀를 쓰러뜨리는 게 설렐 리가 없잖아요. 그리고 한 가지 물어볼게요. 여기 있는 강철들에게. 여러분은 무엇으로 여기까지 왔죠?"

그녀의 당찬 질문에 기사단원들은 곁눈질을 하면서 서로의 얼굴을 훔쳐보았다. 망설이는 기색을 잠시 보였지만 모두가 같은 답을 내놓고 있었다.

"강철에 이끌려 왔습니다."

"강철이 주는 스릴에 빠진 거죠."

그 답변들을 듣고 고개를 끄덕인 잔이 이카로스를 바라보았다.

"그럼 지금 강철은 어디로 가려고 하죠?"

강철이 지금 어디로 가려고 하느냐는 질문에 모두의 시선이 이번엔 피투성이가 되어버린 이카로스에게 향했다. 강철은 지금 패배를 한 끝에 1월의 도시로 돌아가야만 했다. 이대로라면 강철과 영원히 헤어지게 된다.

'이제 두 번 다시 그가 주었던 스릴은 맛볼 수 없다?'

'여기가 우리 모험의 끝이라고? 인생의 끝이라고?'

단언컨대 그건 싫었다. 아쉬움이 가득한 눈빛으로 자신을 바라보는 기사단원들을 보고 이카로스는 허망한 표정을 지을 수밖에 없었다. 방금 전 서호가 말한 것이 다시금 그의 가슴을 강하게 후려친 것이다.

강철의 검이 있다. 그 검이 부서졌다고 하더라도 강철의 성질은 변하지 않는다. 그러므로 진정한 강철은 부서지는 것을 두려워할 필요가 없었다. 더 튼튼하게 거듭날 기회는 얼마든지 있었다. 왜냐면 살아 있으니까. 생명이 있으니까. 자아가 있으니까.

패배를 한 지금도 기사단원들의 눈빛은 여전히 자신을 강철로 봐주고 있다는 사실을 깨달은 이카로스의 표정이 조금은 일그러졌다. 그 모습을 보고 잔이 결론을 내렸다.

"저는 강철이 주는 스릴을 조금 더 맛보고 싶은 것뿐이에요. 그래서 기권을 했어요. 뭐가 잘못되었나요?"

아니, 잘못된 것은 없었다. 강철이 졌다고 해서 이제 강철과 헤어진다고 생각을 한 기사단원들의 생각이 잘못되었다. 어차피 처음부터 답은 이것밖에 없었다. 그들은 여전히 강철을 동경하고 있었으며 앞으로도 계속 쫓고 싶었다.

"그건 저도 마찬가지입니다."

"저도요. 이카로스님이 없다면 앞으로의 길에 의미는 없다고 생각합니다."

몇몇의 주장을 시작으로 강철기사단원들이 똑같은 의사를 내비쳤다. 이카로스는 고개를 숙일 수밖에 없었다. 서호가 말했던 강철을 그는 기사단원들의 목소리를 듣고서야 진정 실감할 수 있었다.

그 뒤로 강철기사단이 벌인 사건은 희대의 일화로 남게 된다. 단 한 명의 예외도 없이 강철기사단 전원이 이카로스와 잔을 따라서 기권을 하는 사건이 벌어진 것이다. 게다가 순례자들과 시계동맹도 그들의 행동을 이해하는 눈치를 보였다.

오히려 부러움이 담긴 시선을 보냈다. 그건 이카로스에게도, 강철기사단에게도 보내는 시선이 아니었다. 그들이 만들어낸 생명의 인연과 결속력에 진정 부러움을 담은 것이었다.

"한 말씀 해주시죠."

잔이 이카로스를 부축하면서 일으켰다. 그때까지도 푹 숙이고 있던 이카로스의 고개가 천천히 들렸다. 그의 눈동자에는 감출 수 없는 붉은 핏발이 서 있었다. 하지만 조금 전까지 지고 있던 무거운 책임감은 없어 보였다. 편안해 보이기까지 했다.

"정말 멍청한 녀석들이군."

"네?"

"눈앞에 굴러들어 온 50억을 차버리고 날 따르겠다고? 죽음을 원한다고?"

부정하고 있었지만 그것은 질책이 아니었다. 오히려 기쁨이 묻어 있는 말투였다. 기다렸던 말을 듣는 것만으로 기사단원 중에선 어깨를 부들부들 떠는 자도 나왔다. 앞으로의 행보가 주체할 수 없도록 기대되었던 것이다.

"네, 저희는 멍청하거든요!"

"아냐! 우린 똑똑한 거야! 인생에서 진짜로 중요한 게 뭔지 아는 거지!"

"그런 건가? 하하하! 저도 이 길이 옳다는 걸 의심하지 않습니다!"

기사단원들이 하나가 되어서 소리쳤다. 여기서 이카로스가 그들에게 해줄 수 있는 말은 하나밖에 없었다.

"좋다! 그렇다면 지금 날 따르고자 했던 것을 후회하게 만들어주마!"

"······?"

"······!"

모두가 침묵을 지키고 있었지만 어떻게 후회가 되는지 알고 싶어 하는 눈치였다.

"지금부터 우리는 1월의 도시에 터전을 잡는다. 그곳을 거점으로 삼고, 최강의 적에게 도전한다."

최강의 적, 그 적이 무엇인지 쉽게 짐작이 가질 않았다.

"어떤?"

"무엇을 말씀하십니까?"

그 물음에 이카로스가 핏물이 말라붙은 입술이 갈라질 정도로 크게 미소 지으며 소리쳤다.

"너바나에서 금지된 세계라 불리는 곳! 죽음의 산으로 간다! 그곳에 있는 드래곤을 도살하러 간다!"

아아, 상상도 못했던 명령이 이카로스의 입에서 나왔다. 백이면 백 미쳤다는 말이 나올 것이다. 하지만 강철기사단원들은 진정 눈을 부릅뜰 수밖에 없었다. 이렇게 말을 한 이상 이카로스는 지킨다. 그리고 그들에게 반드시 보여줬다.

사행일치에 있어서 이 남자만큼이나 확실한 남자는 없었다. 몇몇이나 살아남을지는 모른다. 하지만 그 살아남는 자들 중의 하나가 된다면 반드시 전설이 될 거라는 건 불 보듯 뻔했다. 오르가즘으로도 표현 못할 쾌락을 얻을 수 있다는 건 불 보듯 뻔했다. 머릿속에 짜릿한 전율이 일었다. 너무 흥분이 돼서 어금니를 꽉 물 수밖에 없었다.

"따를 수 있겠는가?"

번뜩이는 눈빛으로 묻는 이카로스의 질문에 그들의 대답은
하나로 통일되었다.

"Yes, My Lord!"

CHAPTER 35
금지된 세계

꿈속에서 본 적이 있는 곳이다.

아름답게 빛나는 수정에서 나온 한기가 바닥에 깔려 마치 구름 위를 걷는 기분이 들었다. 지금 그가 걷고 있는 내성의 복도는 외성과는 달리 정적에 휩싸여 있었다.

외성을 뚫을 때 지겹도록 덤벼왔던 마물은 단 한 마리도 없었다. 흡사 무엇인가를 두려워해 얼씬도 하지 않는 분위기였다.

침묵이 감도는 내성의 복도를 홀로 걸어가던 서호는 마지막으로 지난 기억을 더듬어보았다. 지하 콜로세움에서 강철기사 단원들 전원이 기권을 한 사건으로 말미암아 아카와 나프카는 물론, 스무 명 가까운 사람들이 별다른 어려움 없이 2월의 도시에 도착할 수 있었다.

그날 밤 사람들에 의해서 2월의 도시에서 시끌벅적한 축하연이 벌어졌다. 서호도 그곳에 참석했다가 아카와 함께 도시에서 남동쪽으로 떨어진 절벽으로 자리를 옮겼다.

11월의 도시에서부터 절벽을 올랐기에 봄의 도시들에 비해 겨울의 도시는 고도차가 있었다. 절벽의 난간을 붙잡고 아래를 내려다보자 희뿌연 안개가 삭풍에 넘실거렸고, 그 사이로 검은 물길이 굽이치고 있었다.

바다처럼 보이는 넓은 강 너머에는 보이지 않지만 쇠꼬챙이가 무수히 박힌 폐허의 도시가 있을 터였다. 그들의 모험이 시작된 3월의 도시가. 차분한 눈빛으로 먼 곳을 바라보는 서호의 뒤에서 아카가 조심스레 말을 걸어왔다.

"오빠, 혹시 주소가 어떻게 되세요?"

"주소? 주소는 왜?"

"저기, 가정 시간에 파이 굽는 법을 배웠거든요. 집에서 만들어봤는데 너무 많이 만들어 버려서요. 괜찮으시면 오빠에게 조금 보내드릴까 해서요."

지금 아카의 마음을 읽을 수 있었다. 생각했던 것보다 많이 만들었다는 것은 거짓말일 것이다. 처음부터 그에게 주기 위해서 만들었다는 것을 읽을 수 있었다.

'파이라?'

안타깝다고 해야 할까? 비참하다고 해야 할까? 지금 이렇게 함께 있지만 결국 이곳은 가상으로 만들어진 공간에 불과하다는 것을 통감할 수 있었다.

그에게는 그녀가 손수 정성스럽게 만든 파이 하나조차 먹을 자격이 없었던 것이다. 그가 품었던 결심은 굳어졌다. 아랫입술을 살며시 깨문 서호가 말을 자연스럽게 돌렸다.

"안 그래도 그것 때문에 불렀어."

"네? 아참, 아까 하실 말씀이?"

긴히 할 말이 있다며 그녀를 불러서 이곳에 왔다. 사실 서호는 그녀에게 어떤 말을 해야 할지에 대해서 지난밤 수도 없이 고민을 했다. 밤새도록 수백 번도 넘게 그가 해야 할 말을 정리해 보았다.

'헤어지자고 해야 할까?'

서로에게 약속했던 2월의 도시에 도착했다. 이곳까지 오면서 무엇보다 깊이 알게 된 건 서로를 향한 진솔한 마음이었다. 헤어지자고 해서 쉽게 지워질 수 있는 연은 아니었다.

아마도 그 말을 하면 아카의 성격으로 봐선 내색을 하지 않고 쉽사리 수긍을 할 것이다. 하지만 말 못할 배신감과 아픔에 혼자서 끙끙 앓을 것이 뻔히 그려졌다.

'그럼 솔직하게 말할 수 있을까?'

그에게는 현실이 없다. 육체가 없다. 그러니까 도트에서 원자가 되는 6개월간을 기다려 달라고 말하는 것도 사실상 어려웠다.

6개월간 다시 만날 날을 그리면서 살아갈 수는 있다. 그렇게 해서 다시 만날 수 있다면 다행이겠지만, 만날 수 없다면 그녀는 하루 종일 카페 테레사에서 그를 기다리며 외롭고 쓸쓸한 석양을 맞아야만 했다. 기다렸던 시간이 더욱 무거운 아픔이 되어 그녀의 심장에 새겨지게 될 것이다.

어떤 도덕적인 잣대로도 쉽사리 정할 수 있는 문제가 아니었다. 어렵고 괴로웠지만 서호는 최선의 답을 찾고 싶었다. 그가 행복해지는 것이 아닌, 아카가 아프지 않은 길을. 고민 끝에 새벽녘이 되어서야 남게 된 답은 단 하나였다. 결국 클로드가 자드에게 했던 약속과 같았다.

"아카……."

나직한 부름에 그녀가 그를 응시한다. 그녀의 눈동자는 지금 하늘에 떠 있는 별빛을 모두 담은 것처럼 신비롭게 빛났다. 이 눈빛을 보면서 거짓을 말해야 하는 건 생각했던 것보다 힘들었다.

진실만을 말할 수 있다면 얼마나 좋을까? 하지만 도저히 겨울의 성좌에 앉아서 성공 확률이 10%도 되지 않는 선택을 한다고는 말할 수 없었다.

만약 그리 말하면 아카는 분명 이유를 물을 것이다. 거짓없이 답을 준다면 현실에서 그녀를 만나기 위해서라도 답해야 했다.

사실 다른 이유는 없었다. 그의 삶이 좀 더 길었다면 다른 이유를 찾았을지도 몰랐지만, 그가 살아온 시간은 고작해야 지난 6개월이었다. 그동안 그에게 있어서 가장 깊었던 인연은 아카뿐이었다.

진솔한 답을 주었다가 만약 실패를 한다면, 그녀가 가지는 아픔의 크기는 상상도 할 수 없었다. 이것이 아카에게 진실을 말하지 못하는 결정적인 이유이기도 했다. 입술을 지그시 깨문 서호는 차분하게 말을 이었다.

"나 '유기된 도시'에 갈지도 모르겠어."

일본이 달에 네오도쿄를 건설하기 위해서 한국에게 매각을 한 섬 중에 본래 규슈라 불리었고, 현재는 구주라고 불리게 된 섬이 있다. 그곳은 퓨어 접속을 거부한 학생들뿐만 아니라 여러 범죄를 저지른 사람들도 추방을 당하는 까닭에 유기된 도시라고 불렸다. 일반인들은 쉽게 갈 수 없는 그곳, 아카와 만날 수 없는 사정을 그곳으로 찾았다.

"유기된 도시라고요?"

"아마도 일주일 내로 가게 될 것 같아……."

"무슨 이유로?"

짙은 의문을 품은 아카의 질문에 서호는 어금니를 꽉 물며 진심을 감췄다. 심장이 꽉 조여지며 저릿한 기운이 온몸으로 퍼져서 숨을 내쉬는 것조차 고통이었다.

"혀, 형이 그곳에 있다는 얘기를 듣게 되었거든."

"아!"

"가을의 마녀가 준 정보가 있는데, 겨울의 성에 들어가면 보다 확실한 정보를 얻을 수 있다는데, 아마도 큰 이변이 없는 한 그곳에 가게 될 것 같아."

"저도, 저도 같이 가면 안 될까요?"

"안 돼. 너무 위험해."

유기된 도시는 현재 치외법권이 적용되고 있었다.

"그, 그럼?"

"다시 만날 수 있을 거야. 아마 6개월쯤 걸리겠지."

지독한 거짓말이었지만 이것으로 되었다.

"6개월이나요?"

그녀의 눈망울을 바라보며 서호는 고개를 끄덕였다. 그리고 흐릿하게라도 미소를 지어주었다. 그녀의 진심이 눈망울을 통해서 느껴졌다. 형이라는 변명에 의해서 아카는 자신의 욕심을 감추고 있었다.

"카페 테레사에서 만나자."

"6개월이면, 10월쯤이 되겠네요."

"응, 그때쯤……."

묘한 기분이 들었다. 처음 그들이 만났던 계절은 현실의 10월이었다. 그리고 서로에게 숨김없이 감정을 고백했던 계절도 너바나의 10월이었다. 마지막으로 서호가 6개월 뒤에 현실로 나올 수 있다면 그때도 다시 현실의 10월인 셈이었다. 다른 계절보다 유독 가을의 중심인 10월에 그들은 가녀린 소망을 걸고 있었다.

"10월 15일 날 보자. 그날 테레사에서."

"10월 15일요?"

그녀가 깜짝 놀란 표정으로 물었다. 왜 놀랐는지 서호는 알고 있었다. 처음 그녀를 만났던 날은 정확히 작년 10월 17일이었다. 그녀가 너바나에서 생일선물인 목걸이를 받은 날이 이틀 전이었으니 10월 15일이 그녀의 생일이었던 것이다.

"네, 그날 기다리고 있을게요."

9%의 확률에 모든 것을 걸고 성공을 한다면 그녀가 성인이 되는 날 진실을 말해줄 것이다. 그리고 자신이 하는 거짓말을 순수하게 받아들여 준 그녀에게 진심을 고백할 것이다. 하지만 91%의 확률로 실패한다면 유기된 도시에서 사고를 당해서 죽었다는 소식만 전하면 되었다.

물론 그녀에게 있어선 양아버지를 기다렸을 때와 같은 아픔을 다시 주는 길이 되겠지만, 저어도 그녀와 함께하기 위해서 현실로 나오다가 소멸되었다는 소식을 전하는 것보다는 덜 아픈 이야기였다.

그것으로 되었다. 그것으로 된 것이다. 그렇게 축하연이 있던 날 밤, 아카와 다시 만나자는 약속을 한 서호는 추억이 아픔으로 거듭날 것을 알았기에 곧바로 너바나에서 나왔다.

제네시스로 돌아와 잠이 들 때까지 그동안 모험을 하면서 간간이 찍었던 사진들을 펼쳐 보며 혼자서 추억을 새길 뿐이었다. 자신도 인지하지 못하는 눈물 한 방울이 떨어졌지만 돌이켜 보면 그는 행운아였다. 고작해야 6개월을 살았다. 그러면서 평생 동안 얻기 힘든 인연들을 쌓아왔다.

그녀뿐만 아니라 나프카도 그렇고, 로번도, 토모어, 초코도, 모두가 그에게 있어선 소중한 인연들이었다. 그 인연들이 있는 현실에 당도하는 데 9%의 확률이라면 걸 만한 가치는 충분하다고 여겼다.

"후회는 없다."

단언컨대 이것 하나는 분명했다. 깊은 회상을 접은 서호는 언젠가부터 지금 걷고 있는 이 길이 점점 시린 느낌이 진해진 다는 것을 깨달았다. 한기가 심해진 이유는 다른 이유가 아니 라 그가 내성 복도 끝에 도착을 해서였다.

날카롭게 깎인 수정들에 의해서 길은 막혀 있었다. 천천히 다가가서 손으로 그 수정을 만지자 '드르륵' 거리는 소리를 내 면서 수정들이 양옆으로 들어가 길을 열어주었다.

환한 빛과 함께 널찍한 공간이 나왔다. 고풍스런 미술품들 과 섬세한 조각상들이 일렬로 배치가 된 그곳에는 2층 높이의 넓은 계단이 있었으며, 그 끝에는 황금빛으로 빛나는 길고 거 대한 성좌가 있었다. 그리고 그 성좌에 앉아 있는 한 남자도 눈에 들어왔다.

그가 누구인지는 물을 필요는 없었다. 진정한 겨울의 왕 클 로드였다.

황금빛 성좌에 앉아 있던 클로드가 천천히 일어섰다.

칠흑의 머리카락 사이로 창백한 피부 결과 먹을 찍어놓은 것 같은 선명한 눈동자, 오뚝한 콧날과 날카로운 턱 선, 조금 얇은 입술까지도, 정말로 거울을 보는 듯했다. 자신과 똑같은 얼굴을 가진 자가 그곳에 있었다.

사실 서호는 무엇을 어떻게 해야 할지 난감했다. 아리아에게 분명 자아를 잃었다는 이야기를 들었음에도 진짜로 공격을 해도 되는 건지 확신조차 서질 않았다. 그때 클로드가 입술을 떼었다.

"기다리고 있었다."

음성 역시 자신과 같았다. 놀라운 건 분명 자아를 상실했다고 했는데 인간의 언어를 구사하고 있다는 사실이었다. 어쩌면 정해진 대사를 읊은 것일지도 모른다는 의심도 들었다. 확인을 해보는 방법은 간단했다.

"내가 누구인지 알아보는 거냐?"

그 질문에 클로드의 입가가 슬쩍 올라갔다. 한 손을 들어서 아랫입술을 살짝 매만지더니 앞 머리카락을 뒤로 쓸어 넘겼다. 대답은 없었지만 방금 행동으로 의심은 깊어질 수밖에 없었다. 방금 클로드의 행동은 서호가 가진 습관 중의 하나였다.

"벌써 6개월이나 지났군. 넌 그 시간이나 걸려서 이곳에 와 놓고 나와 농담이나 주고받을 생각이냐?"

6개월이라는 말에 서호의 눈이 부릅떠졌다.

"저, 정말 클로드라고?"

"너바나에선 그 이름으로 불리었다. 하지만 본명은 너와 같겠지?"

성급한 결론인지 모르겠지만 자아를 가지고 있는 듯했다. 그 사실을 안 것만으로도 왠지 안심이 되었다. 왜냐면 실패하면 완전한 소멸이 되는 줄 알았다. 하지만 겨울의 성에 이렇게 존재할 수 있다면 위안거리는 되었다.

"말하라. 무엇을 원해서 이곳에 온 거냐?"

"알고 있지 않나? 현실로 가기 위해서다."

"성공 확률은?"

"알고 있다."

단호한 눈빛을 한 서호의 대답을 듣고 클로드는 고개를 끄덕였다.

"그러면서도 현실로 가고자 하는 이유는?"

"아마도 너와 같을 거다."

"현실의 사람들과 함께하고 싶은 거냐?"

"그렇다."

간략한 대화를 나눈 클로드가 다시금 머리카락을 쓸어 넘겼다. 유전자만 따진다면 100% 일치하기에 같은 이유를 가지고 같은 도전을 하는 것은 어쩌면 정해진 순리였다. 클로드가 이해를 못할 리는 없었다. 그럼에도 그는 서호의 길을 부정했다.

"돌아가라."

"어째서?"

"이유는 이곳에 서 있는 나다. 성공하지 못한다. 이 길은 네 녀석의 복제를 낳는 길일 뿐이다. 헛된 희망과 지독한 아픔을 낳는 길일 뿐이다."

"설사 그렇다고 해도 성좌에 앉아야겠다면?"

도발이 섞인 말에 클로드의 입가가 더욱 올라갔다.

"그렇다면 날 쓰러뜨려야겠지. 하지만 그렇다고 해서 네가 현실로 갈 수 있는 건 아니다. 결국 겨울의 성좌를 지키는 자가 될 뿐이다."

"조금 전부터 왜 부정적으로만 말하는 거지?"

"여기까지 오면서 한 번도 이런 생각을 해본 적은 없나? 마치 누군가가 너바나로 사람들을 끌어들이기 위해서 우리를 길잡이로 쓰다가 똑같은 결말을 선사하고 있다고. 아무리 벗어나려 해도 벗어날 수 없는 결말이 기다리고 있다고."

묘한 이야기를 하는 클로드였다. 만약 그의 말을 곧이곧대로 받아들인다면 의심이 가는 자는 단 한 명밖에 없었다. 클로드와 그를 알고 있는 자, 아리아였다.

"설마 아리아가?"

그러나 그 예상은 틀린 듯했다.

"반드시 누군가로 규정짓는 건 아니다."

"무슨 말이지?"

"분명 너도 성공 확률이 7%라는 말을 들었겠지? 그럼에도 우린 도전을 하는 길을 선택하게 되었다. 실패를 할 확률이 훨씬 높은데도."

정확히 따지면 서호는 9%라고 들었다. 그들이 가진 확률의 차이는 6개월 사이의 간극이었다. 어쨌든 클로드가 하고자 하는 말이 무슨 뜻인지는 이해가 갔다.

하긴 7%건, 9%건, 90% 이상 실패를 할 확률이 있다. 그건 실패를 할 운명이라고 봐도 무방했다. 세상에 어느 누가 자신의 목숨을 10%도 안 되는 것에 걸 수 있겠는가? 문제는 그 사실을 뻔히 알면서도 여기까지 당도를 한 클로드와 그에게 있었다.

"뭐, 이런 게 운명이라면 언젠가는 결론이 나겠지."

"무슨 뜻이냐?"

"9%다. 네가 아닌 나에게 내려진 성공 확률이다. 물론 이 역시 절망적이지만 내가 아니라면 내 뒤를 이을 자가 언젠가는 숙명이라는 이름으로 운명을 부술 수 있는 거 아니겠어?"

"그 희생이 될 수 있다는 거냐?"

"아니, 희생이 되고 싶진 않아. 그럴 생각은 추호도 없어."

사실상 둘은 긴말을 할 필요가 없었다. 인간이 타인을 믿지 못하는 가장 큰 이유는 태어날 때 정해진 자질과 살아가면서 쌓게 되는 경험에 의해서였다. 단 한 번도 만난 적은 없다 해도 적어도 둘은 서로에 대해서 가장 잘 알고 있는 존재였다.

"추호도 없다고? 그렇다면 결국 서로를 쓰러뜨리는 방법밖에 없겠군."

"끝까지 비켜줄 생각은 없는 거냐?"

직시하는 서호의 눈빛을 본 클로드의 표정이 조금은 씁쓸한 빛깔을 띠었다.

"그건 불가능하다. 난 너와 다르다. 정확히 말해 나는 클로드라는 자가 남겼던 기억의 일부에 불과하다. 높은 지능을 가진 프로그램일 뿐이다. 겨울의 성좌를 막고 있는."

조금은 실망스런 말이었다. 사실 서호는 클로드가 살아서 이곳에 얽매여 있다고 생각했다. 그래서 실패를 하더라도 완전한 소멸이 아닌 이곳에 묶이더라도 삶이라는 것이 주어지는 줄 알았다.

그러나 그마저도 없다는 뜻이었다. 뭐, 여기까지 온 이상 각오가 없었던 것은 아니다. 소멸이 된다고 해도 돌아설 생각은 없었다.

"그래, 그렇다면 더 이상 말은 필요없겠군."

스르륵—!

허리춤에 차고 있던 섬룡의 검이 뽑히면서 새하얀 빛을 발하였다. 칼날에 사이로 클로드를 노려보자 그도 계단을 천천히 내려오고 있었다. 역시나 다가오는 것만으로도 압도적인 기운이 풍겼다.

본래 드라헨리터라는 이름이 그에게서 소문으로 전해졌던 것인만큼 얼마나 강할지는 상상조차 어려웠다. 그저 그에 맞서는 힘과 각오를 검에 쏟을 뿐이었다.

"자, 준비는 되었겠지?"

그리 말한 클로드가 한 손을 들어 올렸다. 그러자 공간이 일그러지는 것처럼 주변의 사물이 왜곡되게 보이면서 그의 빈손에 뭔가가 잡혔다.

그것은 다듬어지지 않은 천연석과 같은 검이었는데 칼날과 손잡이의 구분조차 없었다. 검보다는 날카로운 둔기 같기도 했다. 아니, 조금 더 비슷한 것을 들자면 드래곤의 송곳니 같았다.

그 검에서 뿜어져 나오는 칠흑의 기운은 지금껏 서호가 겪어본 적이 없을 정도로 강렬했다. 마주 서 있는 것만으로도 감전이 된 것 같았다. 살갗이 저릿저릿하게 울려왔다. 지하 콜로세움에서 느꼈던 이카로스의 극의와도 비교가 되지 못했다.

"알겠지? 이미 힘의 차이는 분명하다."

클로드의 차가운 정의에 서호는 어렵사리 미소를 지켰다. 지금껏 이런 싸움은 수도 없이 겪어왔다. 앞으로 나가기 위해서 타인을 베어왔다. 강하다고 해서, 자신과 똑같은 모습을 하고 있다고 해서 그에게 약해질 권리는 없었다. 앞으로 나아가는 의무만이 있었다.

"지금까지 나에게 무너졌던 자들 대부분이 그런 말을 했다."

서호도 두 눈을 부릅뜨고 클로드를 꿰뚫었다. 돌이켜 보면 그의 길은 언제나 투쟁의 연속이었다. 자신 하나의 생명이 앞으로 나아가는 데 있어 얼마나 많은 생명을 죽였는지를 돌아본다면 희대의 살인마가 따로 없었다.

그러나 아픈 사실이 있다면 서호는 아직 인간이 아니라는 것이었다. 때문에 인간을 죽였다고 하더라도 동족을 죽인 건 아니었다.

어디까지나 그가 죽인 건 이족이었다. 인간들이 살아가면서 얼마나 많은 이족을 죽이는지는 비단 물을 필요가 없다. 여기서 인간이 이족을 죽임에 있어 반성을 할 필요는 없었다. 지금 당장 이족을 죽이지 않는다면 굶어 죽는 마당에 이족의 생명을 존중하여서 죽음을 선택하는 것이야말로 자신의 생명에 대한 모독이기 때문이었다.

인간은 먹는다는 행위로 그 생명을 기억하면 된다. 이 세상이 원자로 구성되어 있기에 그 생명을 먹어서 그 원자와 에너지를 몸에 새기며 기억을 하는 것만으로도 충분했다. 이것이 강자의 도였다.

서호도 다르지 않았다. 그의 길은 겨울의 성좌에 앉는 거였다. 그것을 막는 자들은 그에게 있어선 이족의 먹잇감이었다. 설사 그 먹잇감이 자신의 아버지나 형과 같은 존재라고 하더라도 똑같이 적용되었다.

"결국 너도 내 앞을 막아섰던 자들과 같은 결말을 겪게 될 거다."

강한 의지를 반영하는 목소리와 함께 서호의 검이 그어졌다. 주변에 곱게 피어난 수정이 칼날이 일으킨 바람에 부서진다. 산산조각이 나면서 깨어진다. 그토록 격렬한 기운이 클로드에게 향하였지만 한순간의 고함으로 모든 것이 끊어졌다.

아니, 끊어졌을 뿐만 아니라 바닥에 떨어졌던 수정 조각들이 일제히 일어나더니 눈 깜짝할 사이에 서호의 몸을 꿰뚫었다. 2월의 도시에서 산 갑옷이 일정 범위의 공격을 막아주면서 실제적으로 입은 피해는 거의 없었지만 놀라지 않을 수 없었다.

"의외라는 표정이군?"

"조금은."

"나의 힘은 겨울의 성에 있는 모든 것을 지배하고 있다."

그렇게 친절하게 설명을 해준 클로드가 드디어 움직이기 시작했다. 그의 손에 쥐어졌던 검이 칠흑의 기운을 흩뿌렸다. 점점 더 커진 칠흑으로 서호의 시야는 가득 찼다. 검이 휘둘러졌다는 건 소리를 듣고 난 뒤에야 알 수 있었다.

콰앙—!

일격이었다. 단 일격에 서호의 신형은 어느새 수정을 부수고 벽에 처박혀 있었다.

"커헉!"

역류한 핏물을 토해낸 서호가 바닥에 쓰러지자 클로드는 추격타를 가할 생각도 없는지 뒤쪽에서 가만히 지켜보고 있었다. 부들부들 떨면서 일어선 서호를 보고 조언까지 아끼지 않았다.

"미친 듯이 싸워야 할 거다. 운명이라는 게 그리 쉽게 부술 수 있는 게 아니니까. 숙명이라는 것도 그리 쉽게 잡을 수 있는 게 아니니까."

클로드는 여유로웠다.

천천히 서호의 앞까지 와서는 무뚝뚝한 표정으로 검을 휘둘렀다. 급하게 방패로 막아선 서호는 온몸이 산산조각 나는 충격에 무너졌다.

"크옥!"

꽉 문 이 사이로 신음 소리가 튀어나왔다. 겪어본 적 없는 공격이다. 물론 그 공격조차 공격의 시작을 알리는 인사일 뿐이었다. 위에서 아래로 그어졌던 검이 이번에야말로 힘이 제대로 실려서 아래에서 위로 그어졌다.

콰앙—!

서호의 신형은 또다시 날아갈 수밖에 없었다.

콰지직—!

벽에 부딪치면서 수정이 부서져서 추가적인 데미지를 입는다. 그런 서호에게 클로드는 숨 쉴 틈을 주지 않고 공격을 몰아쳤다.

클로드의 검에서 뻗치는 칠흑의 기운은 흡사 성난 파도와 같았다. 사나운 기운에 거칠게 휩쓸린 서호는 아무것도 볼 수가 없었다. 세상이 온통 칠흑이었다. 발악하듯 검을 휘둘러보았지만 무엇인가를 벤 것 같은 느낌은 들지 않았다.

아니, 그 기운이 덮쳐들었을 때부터 마치 늪에 빠진 것 같은 무거움만이 도래했다. 숨통마저 막히고 있었다. 자연히 힘도 들어가질 않았다.

그 순간 어김없이 아찔한 충격이 가해졌다. 그런 공격이 두세 차례는 반복되었다. 정신을 차렸을 때는 이미 그의 몸은 허망하게 벽에 꽂히거나 바닥에 쓰러져 있었다. 뇌의 절반이 부서진 것처럼 기억이 깜빡 사라졌다가 번쩍 들곤 했다.

강했다. 진정으로 강했다. 지금 서호는 클로드의 압도적인 힘 앞에 육체뿐만 아니라 정신까지 약해질 수밖에 없었다. 다시 일어서 봐야 아무것도 존재하지 않는 칠흑 속에서 막을 수 없는 공격이 펼쳐질 뿐이었다. 도저히 답이 없는 상황이었다.

"하아압!"

결국 목청이 찢어져라 기합이라도 질러본다. 투지를 살려 검을 마구 휘둘러본다. 팔이 빠지도록 휘둘렀지만 클로드가 보기에는 가소로울 뿐이었다. 물론 그렇다고 해서 클로드가 서호를 농락할 만한 성격이나 입장을 가진 것도 아니었다.

"치이익—!"

바람을 찢어내는 차가운 소리가 들린 뒤, 서호는 말 못할 고통이 한순간에 멎음을 깨달았다. 번쩍이는 시야에 들어온 것은 한 남자의 얼굴이었다. 자신의 얼굴을 한 남자가 무표정하게 바라보고 있었다. 시선을 내리깔자 클로드가 쥐고 있던 검이 그의 가슴을 관통하고 있었다.

"크으윽!"

검이 뽑히자 서호는 다시 쓰러질 수밖에 없었다. 시린 바닥에 떨어져 짙은 핏물을 흘렸다. 이젠 일어서야 한다는 생각도 들지 않았다.

너무나도 쉽사리 꺾이게 된 의지처럼 기운도 아스러져 갔다. 이대로라면 몇 분도 버티지 못하고 기절을 할 것 같았다. 그때였다. 그때 들려온 목소리가 꺼져 가는 투지의 불꽃에 기름을 부었다.

"겨우 이 정도였나?"

클로드의 그 말, 그 말에 서호의 미간은 흉하게 구겨졌다. 둘은 같은 자질과 비슷한 경험을 가지며 이곳에서 마주하고 있었다. 그럼에도 이토록 힘의 차이가 분명한 건 클로드가 자신의 역량만을 가지고 있지 않아서였다. 서호와는 달리 너바나를 통해서 특별한 힘을 얻은 거였다.

"네, 네 녀석이, 강한 게 자랑이냐?"

비틀거리면서 억지로 일어선 서호가 비꼬듯이 도발을 했지만 클로드는 예상외로 쓸쓸한 눈빛으로 고개를 가로저었다.

"너와 나는 같다고는 할 수 없지만 비슷한 운명을 가졌다. 그런데도 이해하지 못하는가? 지금 내가 기쁜 것처럼 보이나?"

클로드가 내뱉은 말에 할 말이 없었다. 자신과 같은 소망을 가져서 모든 것을 걸고 이곳에 왔다. 하지만 그 소망은 좌절되고 이렇게 나물이 되어버렸다. 자아조치도 불분명한 존재가 되어버렸다. 그 사실을 인지하고 있었다.

잔혹했다. 처참했다. 그래도 서호는 자아가 도트로 구성이 되어 있다는 확실한 존재성이라도 있었지만 클로드에게는 그것조차 없었다. 힘을 가진 만큼 아플 수밖에 없는 운명이었다.

"그런가?"

이렇게 싸우고 있지만 클로드를 마냥 적으로만 생각할 수는 없었다. 클로드는 얼굴뿐만 아니라 의지와 운명조차도 자신의 거울과 같은 존재였던 것이다. 이미 깨져 버린.

"참 빌어먹을 세상이군."

그 말까지 나온 다음에야 서호는 무엇을 해야 할지 알 수 있었다. 깨우쳤다고 할까? 그저 힘으로 꺾고자 한다면 분명 당하고 만다. 힘에 있어서는 현재 그가 압도적으로 부족한 건 사실이었다.

아리아도 말했다. 자신의 힘으로 꺾을 수 있다고 했다. 그런데도 그녀는 그에게 부탁을 했다. 클로드는 절망에 빠진 영웅이며, 적어도 영웅다운 최후를 줄 수 있는 건 그밖에 없다며.

'나밖에 없다……'

인간은 타인을 이해하지 못하기에 싸울 수밖에 없다. 그렇다고 싸워서 상대를 부수기만 해선 안 되었다. 싸워서 상대를 구원해 주기도 해야 했다. 혹은 구원을 받기도 해야 했다.

"구원인 건가?"

지금껏 자신이 걸어왔던 길과는 사뭇 다르다는 생각이 들었다. 사실 서호는 알게 모르게 많은 이들을 구원하면서 왔다. 하지만 당사자의 머릿속에는 부서진 상대밖에 남아 있지 않았다.

어쨌든 클로드의 눈빛을 보고 잊고 있던 답은 찾은 셈이었다.

"구원하기 위해선 모든 것을 걸어야겠지?"

서호의 독백과는 무관하게 또다시 클로드가 일으킨 칠흑이 공간을 가득 채웠다. 하지만 이번에는 쉽게 밀리지 않았다. 그 전까지 서호는 안일한 마음을 가지고 있었는지 몰랐다. 이 뒤에 무엇인가 얻을 수 있는 게 있기에, 자신을 한 점이라도 아껴둬야 한다는 사고에 사로잡혀 있었다.

그러나 아니었다. 그래선 이 싸움에 모든 것을 걸고 있는 클로드를 이길 수 없음은 당연하고 자신조차도 구원할 수 없었다. 자신에게도 여기 이후는 없다는 진정한 각오가 필요했다.

짧다면 짧은 시간이지만 너바나를 통해서 배운 모든 것을 이곳에 걸어야 했던 것이다.

"크아아아!"

칠흑에 온몸이 묶인 서호가 미친 듯이 고함을 지르면서 검을 치켜들었다. 그러자 칠흑 속에서 뻗어 나온 한줄기의 번뜩이는 섬광이 여기저기로 퍼지면서 어둠을 갈라놓기 시작했다.

섬룡의 검이 서호와 한 계약의 증표로 빛을 발하였다. 그는 지금 자신의 힘을 전부 걸 수 있는 존재를 부르고 있었다.

"그래! 뭘 해야 할지 알 것 같아!"

애당초 드라헨리터라고 불리는 클로드의 칠흑을 찢을 수 있는 건 그 역시도 드라헨리터가 되는 것밖에 없었다.

"크르릉!"

눈 깜짝할 사이에 위용스러운 모습의 드래곤이 공간을 가득 채웠다. 뜨거운 입김을 흘리던 드래곤이 고개를 들어서 불길을 뿜자 칠흑은 순식간에 사라졌다. 그뿐만 아니라 클로드 역시도 지금까지 보인 적이 없을 정도로 날렵하게 뒤쪽으로 물러섰다. 아니, 그러고도 늦었다. 화마에 스친 것만으로도 클로드는 괴로운 표정을 짓고 있었다.

"드, 드래곤인가?"

"이게 내가 부릴 수 있는 가장 강대한 힘이거든."

검을 쥐고 있는 두 팔을 부들부들 떨면서 드래곤을 부린다. 클로드도 어금니를 꽉 물고서 드래곤의 공격을 피하기에 급급했다. 뿜어지는 불길과 휘어 감는 몸에서 빠져나가는 것만으로도 정신이 없어 보였다.

　시간이 갈수록 클로드의 상처는 늘어갔지만 문제는 서호에게도 드래곤을 부릴 수 있는 시간의 한계는 극명하다는 것이었다. 게다가 지금 서호는 온전한 상태가 아니었다. 이미 클로드에게 치명적인 공격을 몇 번은 받아서 정신을 잃기 직전에서야 드래곤을 불렀다.

　공격은 광포했지만 점점 옅어지는 드래곤과 아직까지도 살아 있는 클로드를 볼 때 승부의 향방은 어느 정도 정해졌다. 결국 30초였다. 채 1분도 지나지 않아서 서호는 모든 힘이 사라짐을 느끼면서 드래곤마저 허망하게 잃어버렸다.

　"끝난 건가?"

　거친 숨을 몰아쉬던 클로드의 말이었다. 지금 클로드의 왼팔은 드래곤에게 뜯기어서 뻘건 근육과 하얀 뼈를 드러내 놓고 있었다. 뿜어지는 핏줄기가 멈추질 않았다. 다리도 화마에 그어져서 숯덩이가 되어 있었다. 30초라고는 하나 상당한 중상을 입은 것이다. 물론 중요한 것은 클로드는 버텼다는 거였다.

　"솔직히 뭔가 하고 싶지만 더 이상은 없군."

　정말로 모든 것을 걸어버렸다. 한순간에 노인이 된 것처럼 온몸의 기운이 송두리째 날아갔다. 무엇도 남아 있지 않았다. 결국 클로드는 이길 수 없었다. 아무리 서호라도 여기선 납득을 할 수밖에 없었다.

　드르륵—!

그 순간 수정이 갈라지는 소리와 함께 닫혔던 내성 복도의 문이 열리기 시작했다. 그리고 내성 복도 쪽에서 한 남자가 들어왔다. 서호에게 있어선 안면이 있다 못해 지겹도록 본 자였다. 다름 아닌 나프카였다.

"아, 아저씨가 여긴?"

나프카가 이곳으로 와선 안 되었다. 이곳은 한 명만이 살아남아서 성좌에 앉을 수 있는 장소였다. 수정의 문이 다시 닫히면 끝장이라는 생각이 들었다. 설사 클로드를 죽인다고 하더라도 또다시 둘 중 하나는 죽어야 했다.

"빨리 나가요!"

"응? 여기서 뭐 하냐?"

"뭐 하긴요! 여기가 내성이잖아요!"

"아? 그래? 이런, 길을 잘못 들어버렸네. 어쩌지?"

"네? 길을 잘못 들었다고요?"

머리를 긁적인 나프카의 말에 어이가 없었다. 말도 안 되는 소리였다. 외성과 내성은 외길이었다. 무엇보다 추적 기술이 능한 도적이 길을 잃었다는 것은 기사가 방패를 못 쓴다는 말과도 같았다.

"뭐냐, 저 녀석은? 너랑 똑같이 생겼네?"

"생긴 것만 아니라 성격도 비슷해요."

"음, 그건 재앙이군."

클로드를 본 나프카의 감상이었다. 아마도 서호와 똑같이

생긴 클로드가 이곳에서 쓰러뜨려야 할 적이라는 사실을 간파
한 모양이었다.

"너랑 똑같은 외모랑 성격을 가진 적이라? 일단 한 대 때리
고 싶은데?"

"그래서요?"

"뭐, 어디까지나 길을 잘못 들어온 거지만, 이왕 온 거 조금
은 도와줘 볼까?"

지금 나프카는 굉장히 능청스러운 얼굴을 하고 있었다.

"필요없거든요."

"그래? 뭐, 싫다면 알았다. 그럼 수고해라."

그러면서 쉽사리 돌아선다. 하지만 이미 늦었다는 사실은
이곳에 있는 셋 모두 알고 있었다. 수정문은 나프카가 성좌의
공간으로 들어오자마자 닫혔던 것이다.

"이런, 이런, 갇혀 버렸네. 이렇게 되면 어쩔 수 없잖아? 모
르는 녀석도 아니고 할 수 없이 도와줘야겠네."

"그냥 사실대로 말해주시죠? 왜 온 거죠?"

진지하게 묻는 서호의 질문에 방금 전까지도 장난기가 묻은
표정을 지었던 나프카의 눈매가 조금은 날카롭게 떠졌다.

"네 녀석, 왜 우리에게 거짓말했지?"

"네?"

"아카에게 들었다. 유기된 도시로 형을 찾으러 간다고."

"그, 그랬죠."

"유기된 도시와 관련된 정보가 겨울의 성좌에 있다고? 그게

말이 된다고 생각하냐?'

나프카의 말처럼 허점투성이의 이야기였다. 하지만 아카라면 의심하지 않고 충분히 납득할 수 있으리라 믿었다. 물론 그 이야기를 듣는 상대가 나프카가 된다면 조금 더 그럴싸하게 꾸몄어야 했던 것도 사실이었다.

"걱정하지 않아도 돼. 아카에게는 말하지 않았거든. 그냥 내 나름대로 추리를 해봤지."

"추리요?"

"네 녀석, 혹시 식물인간이거나 그런 거냐?"

식물인간, 신경을 인식하기에 너바나에서는 식물인간이 접속을 하고 활동을 할 수 없었다. 다만 현실에서 모임이 있을 때마다 나오지 않았던 일과 아카에게 거짓말까지 하고서 겨울의 성에 왔다는 것만으로 가장 현실적인 추리를 한 것이었다.

"비슷해요."

서호는 나프카에게만큼은 거짓말을 할 필요성을 못 느꼈다. 그렇다고 해서 모든 사실을 설명해 줄 만한 여유가 있는 건 아니었다. 비슷하다는 말로 결론을 지을 뿐이었다.

"그래서 이곳에서 육체를 얻어서 뇌 같은 것을 이식하는 거냐?"

나프카가 펼친 추리의 과정은 비록 틀렸을지 몰라도 결론은 멋지게 맞아떨어졌다. 하지만 그 말을 듣게 된 서호는 도리어 망치에 뒤통수를 얻어맞은 기분이 들었다.

자신의 자아를 뇌로 옮긴다. 그때 만들어진 현실의 육체에서 기존에 존재하던 뇌는 이를테면 버려지는 거였다. 즉, 그가 현실로 나가기 위해선 최소한 한 명의 희생은 반드시 따랐다. 그건 지금까지 단 한 번도 생각해 보지 못한 진실이었다.

성공을 하든 실패를 하든, 그가 내딛는 길에는 하나의 생명이 탄생하고 죽음을 맞이하는 거였다. 그런 희생이 없으려면 클로드의 말대로 이대로 돌아가는 것이 유일한 답이었다.

'그랬던가?'

담배가 있다면 한 개비를 물고 싶은 심정이 간절히 들었다. 인간이 아니지만 인간과 유사한 자신은 결국 인간을 닮아서 참으로 이기적이라는 생각까지 들었다. 일그러지는 그의 표정을 읽은 클로드도 답을 주었다.

"이제 알겠나? 네가 걷고자 하는 길은 필연적으로 희생이 뒤따른다. 그것이 네 녀석 자신이든 아니든."

"확인시켜 줘서 고맙군."

"자, 난 너에게만큼은 기회를 주고 싶다. 지금이라도 돌아가라."

클로드의 마지막 제안이었다. 하나 잠시 눈을 감고 생각에 잠겼던 서호는 끝내 고개를 가로저었다.

"싫다."

어떤 희생이 뒤따르더라도 소망을 양보할 수 없었다. 아카를 만나고 싶었다. 그녀와 드라이브를 다니고 싶었다. 그녀가 만들어주는 파이를 먹고 싶었다. 그녀를 끌어안고 깊이 느끼고 싶었다. 다름 아닌 현실에서.

"어차피 살아가는 것만으로도 희생은 피할 수 없잖아."

"어떤 일로도 정당화될 수 없다는 건?"

"알고 있다. 그래서 세상이 지옥이라고 불리는 것도……."

타인은 자신의 지옥이 된다. 샤르트르의 이 말은 타인에 대한 완전한 이해를 못하는 인간이 희생을 낳으면서 살아가는 현상을 극적으로 논한 말이었다. 서호도 오래전부터 공감을 하고 있는 주장이었다.

그러나 그가 현실이 아닌 제네시스에 있다는 사실을 깨달으면서 그 공감은 하나의 의심을 품게 되었다.

타인이 있기에 자신의 세상은 지옥이 된다. 하지만 자신만이 존재하고 아무도 없는 세상이 있다면 그곳은 무엇이라고 불릴까? 타인이 없다고 해서 그곳이 천국이 될 수 있을까? 그곳이야말로 진정한 지옥이 아닐까?

결국 타인이 있든 타인이 없든 인간은 자신의 환경을 지옥이라고 결론을 내릴 수밖에 없었다. 즉, 지옥이라고 느끼는 사유조차도 결국에는 살아 있다는 축복에서 나온다는 것이었다.

'살아 있기에 지옥을, 그리고 절망을 볼 수 있는 거다.'

인간은 살아가면서 지겹도록 싸운다. 그리고 상처를 만들고, 미움을 사고, 시기를 하고, 또다시 상처를 준다. 이러한 모든 일들조차 축복인 것이었다. 언제나 생각하고 있었고, 이카로스에게도 관통하고자 했던 거였다.

'지금 나는 삶을 관통하고 있나?'

이카로스에게 했던 질문을 자신에게 던진 서호는 흐릿한 미소를 지었다. 어쩌면 그조차도 아직 생명의 진정한 소중함을 모른다는 생각이 들었다.

"그 지옥에서 하루라도 살아보고 싶다."

서호의 말을 들은 클로드가 눈썹을 찌푸렸다. 이것은 둘 다 가지고 있던 열쇠였다. 다만 클로드는 꺾였고, 서호는 아직 쥐고 있다는 차이밖에 없었다. 가만히 듣고 있던 나프카가 이해가 안 된다는 투로 그들의 대화에 끼어들었다.

"갑자기 무슨 지옥타령이냐? 그냥 저 녀석만 쓰러뜨리면 끝나는 거 아냐?"

나프카의 말은 참으로 간단해서 좋았다.

"그렇죠. 그나저나 이왕 도와주기로 한 거, 한 가지 부탁이 있는데 들어줄래요?"

"뭔데?"

"전 죽어도 죽지 않을 거예요."

"뭐?"

"잘 들으세요. 저자를 죽이고 나면 저 자신도 죽어야 해요."

"그게 도대체?"

"다만 죽은 채로 끝나진 않아요. 제가 다시 살아날 수 있는 자격은 저를 기다리는 사람들로 인해서일 거예요. 제가 살아나도록 성좌에 앉아서 기억해 주세요."

지금 서호가 무슨 소리를 하는지 이해하기가 어려웠다. 다만 서호가 죽더라도 성좌에 앉아서 그를 부활시켜 달라는 뜻만큼은 알아들었다.

"대충 알겠다."

"도와줄 수 있죠?"

"당연하지. 힐뜬지 못해서 안달이 나 있어도 어쨌든 친구 아니냐?"

친구, 그 말에 서호는 마지막으로 장난기 어린 미소를 지어 보였다.

"아저씨랑 저랑 나이 차이가 얼마나 나는데 친구예요?"

"여기서 나이는 왜 따져? 아니, 그럼 친구가 아니고 뭐냐?"

친구가 아니라 무엇이냐는 말에 서호는 입 안에서 감도는 단어를 붙잡았다. 슬쩍 나프카를 바라보았다. 때론 교활하고 야비하며 저질스럽고 음탕하기까지 했지만 그래도 정에는 무참히 흔들리는 기괴한 인간이었다. 전혀 모르는 타인에게는 불친절하고 공격적이지만 정작 친한 사람을 위해서라면 자신의 입장이나 생명까지도 내던지는 어리석은 인간이었다.

클로드와 달리 나프카는 정말로 그와는 대조적인 인물상이었다. 하지만 그래서일까? 그를 바라볼 때마다 느끼는 점이 있었다.

"글쎄요. 형제라면 어떨까요?"

자신과 똑같은 사유와 행동을 하는 자는 그저 복제에 지나지 않았다. 그와는 전혀 달랐기에 이해가 어려워 항상 싸웠지만 그로 인해서 즐겁기도 했다. 형제라는 표현은 이럴 때 쓰는 게 아닌가 하는 생각이 들었다. 그 말을 들은 나프카의 입꼬리가 올라갔다.

"확실히 죽을 때가 된 것 같군. 네 녀석의 입에서 형제라는 손발 오그라드는 말이 나오는 걸 보면……."

"왜요? 불만이에요?"

"아니, 조금 징그럽지만 기분만은 괜찮군."

"그래서요?"

"좋아! 딱 오늘만 형이라고 불러라!"

사실 나프카는 오래전부터 그를 친동생이라고 생각하고 있었다. 비단 그뿐만 아니라 아카토 마찬가지였다. 천애의 고아였던 나프카였기에 그런 말을 하고 듣는 게 조금은 어색할 뿐이었다.

"그럼 시작해 볼까?"

최후의 격전이었다. 서호와 나프카는 지난 6개월 동안 지겹도록 손발을 맞춰왔다. 나프카의 단검은 그 어느 때보다 현란하고 날카로웠으며, 서호의 방패는 꺼지기 직전의 불꽃처럼 눈부시게 빛나며 모든 공격을 막아내었다.

클로드가 아무리 강하다고 하더라도 드래곤에게 치명적인 부상을 당한 뒤에 둘을 쉽사리 상대할 수는 없었다.

수십 명으로 불어난 도플갱어의 공격을 막아내거나 피해내면서도 간간이 일격을 가한다. 하지만 어김없이 나타난 서호의 방패가 클로드의 공격을 무산시켰다. 거친 불꽃이 일어나면서 클로드를 위기로 몰아갔다.

"결국 끝까지 가보겠다는 거냐?"

클로드의 외침에 서호는 송곳니를 드러내었다. 나아가고자 하는 바람이 멈춘다면 방황도 없다. 열망 없이 사는 세상이라면 그곳이 바로 지옥이다. 살아 있다는 권능만으로 내디딜 수 있는 축복은 언제나 따른다.

장님과 귀머거리로 영겁을 살 바엔 방황과 죽음을 노래하며 인간으로 끝을 노래하고 싶었다. 그의 답은 정해져 있었다.

"간다! 끝까지! 내게 금지된 세계는 없으니까!"

Epilogue

금지된 세계
FORBIDDEN
WORLD

집 밖으로 나가기 전 거실 끝에 걸린 거울을 바라보았다.

거울 속에는 숙녀가 되어가는 소녀가 서 있었다. 파운데이션을 옅게 바르고 아이라인만 평소보다 짙게 그렸다. 스모키 메이크업은 이 시대 햇살을 보지 못하는 창백한 사람들에게 가장 친숙한 화장법이었다.

따뜻한 색감의 니트와 무릎까지 오는 주름치마로 가을과 잘 어울리는 분위기를 연출한 소녀는 살짝 뒤돌아보기도 하면서 옷매무새를 점검했다. 자신있게 고개를 끄덕인 다음에야 집 밖으로 나왔다.

어제 비가 내렸던 탓에 도로는 한없이 깨끗했다. 이제 막 떨어진 낙엽들은 지저분한 느낌보다는 서산으로 기우는 태양과 함께 가을의 중심을 노래하고 있다는 느낌이었다. 그 거리를 걷고 있는 소녀의 얼굴에는 지금 깊은 설렘과 혹시나 하는 걱정이 매 순간마다 교차해 갔다.

방진마스크를 쓰고 지친 표정으로 거리를 걸어가는 사람들을 지나쳐 그리 오랜 시간이 걸리지 않아 소녀가 도착한 곳은 도심에 지어진 낡은 건물 앞이었다.

카페 테레사. 세상을 황금빛으로 물들이는 석양을 등지고 그곳으로 들어간 소녀는 다른 누구보다 무대 중심에 앉아서 기타를 치고 있는 남자에게 고개를 숙이며 인사를 했다. 그 남자도 아는 척을 하며 미소를 지었다.

'다른 사람은?'

소녀가 고개를 이리저리 돌리면서 카페 안을 둘러보았다. 저편에서 손을 들어서 소녀를 반기는 숙녀도 있었다. 무척이나 세련되고 아름다운 숙녀는 소녀가 다가오자 역시나 밝은 미소를 지으며 반가움을 표현했다.

"안녕하세요."

"잘 지냈어?"

"네, 유라 씨는요?"

"나야, 뭐. 그럭저럭."

"아직 오지 않았죠?"

"응. 아직은."

오늘은 10월 15일, 그녀의 생일이었다. 그와 만나기로 약속을 한 날이기도 했다. 약속을 정하던 그때는 미처 몰랐지만 서호와 아카는 날짜만 정하고 따로 시간을 결정하질 못했다. 해서 오후까지 수업이 있던 아카는 일찍 나오지 못하고 다른 사람에게 부탁을 할 수밖에 없었다. 그 부탁을 들어준 이가 놀랍게도 지금 바로 앞에 앉아 있는 유라였다.

호기심 때문이라고 말했지만 바쁜 일정에 쫓기는 유라가 배려를 해줬다는 것을 아카는 알고 있었다. 그가 없어지고 난 세상의 쓸쓸함을 메워주기라도 하는 것처럼 많은 사람들이 그녀에게 신경을 써주고 있었다.

특히나 나프카는 정말로 친동생처럼 그녀를 챙겨주었다. 언제나 그랬듯이 아카가 카페에 오자 나프카는 연주하고 있는 곡을 끝으로 무대에서 내려왔다. 기타를 내려놓고는 그녀들이 앉아 있는 자리로 향했다.

"드디어 오늘이구나."

나프카가 혹시라도 분위기가 가라앉을 것을 염려해서 조금은 높은 톤으로 이야기를 꺼냈다. 아카도 그 마음을 읽고 고개를 힘있게 끄덕였다.

"곧 오빠를 볼 수 있겠죠?"

"벌써 근처에 와 있을지도 모르지."

근처에 있을지 모른다. 그 얘기에 아카는 붕 뜬 기분이 들 수밖에 없었다. 너무도 오랫동안 기다려 왔던 날이다. 가까운 하늘 아래 같은 공기를 마시고 있다고 생각을 하는 것만으로도 가슴이 벅차올랐다.

"그런데 언니는요?"

"응, 오늘 그쪽도 정모가 있다고 하던데?"

지금 아카와 나프카가 묻는 인물은 바로 강철기사단의 잔이었다. 몇 개월 전 한여름의 햇살이 카페 테레사의 창가로 내리쬐던 날, 그녀가 나프카에게 고백을 했던 것이다.

당시 나프카는 처음에는 덤덤한 표정을 짓고 있었지만, 몇 분도 지나지 않아서 가슴 뛰는 속내를 들켜 버리고 말았다. 아카도 그날의 일은 기억하고 있었다. 그 뒤로 둘의 사이는 빠르게 가까워져 지금은 나프카의 집에서 동거를 했다.

"이카로스님도 여전하시겠네요?"

둘의 대화를 듣고 유라도 호기심을 감추지 못하고 물었다.

"네, 혹시라도 얼음도치 녀석이 너바나에 접속하지 않을까 하는 생각에 요즘 가끔 접속을 하다가 들었는데, 이카로스에 관한 이야기가 상상 이상이더라고요."

나프카가 두 손을 활짝 펼치며 제스처를 크게 취했다. 유일한 라이벌이라고 할 수 있던 그가 사라진 너바나에서 이카로스를 대적할 수 있는 자는 없었다. 현재 3세대 겨울원정대는 유명했지만 이카로스의 아성을 무너뜨리기에는 한참 부족하다는 의견이 지배적이었다. 기껏해야 가을의 마녀나 해적왕 록을 꼽을 수 있었는데 정작 그들은 겨울잠에 빠진 것처럼 조용했다.

그러던 중 이카로스가 기어코 사고를 친 것이다. 처음으로 죽음의 산에서 서식하는 용을 잡은 자가 되어버렸다. 당연히 이카로스의 눈부신 활약은 예전 지하 콜로세움에서 유일하게 그에게 패배를 안겨준 용의 기사를 거론하게 만들었다.

용의 기사와 용을 잡은 자의 대결이 다시 한 번 벌어진다면 어떨까 하는 이야기들로 너바나는 사람들의 이목을 끌고 있었다.

그런 이야기들로 시간을 보내고 있었다. 석양은 이제 서산의 끝에 걸려서 붉은빛을 넘어선 보랏빛으로 세상을 물들여 갔다. 아마 그때쯤이었으리라.

이상하리만치 정적에 휩싸인 도로에 희미하지만 분명 이질적인 소리기 들려오고 있었다. 누구보다도 먼저 유라가 고개를 갸웃거렸다. 마치 쇠톱이 갈리는 것 같은 엔진 소리였다.

"이 소리, 로터리 엔진인데?"

피스톤 엔진이 아닌 로터리 엔진을 쓰는 차종은 딱 잘라 말해서 정해져 있었다. 바로 Mazda에서 나오는 RX시리즈가 유일무이했다.

"이 소리요?"

귀를 기울인 아카의 질문에 유라가 고개를 끄덕였다.

"응, 흔하게 들을 수 있는 엔진 소리는 아니거든. 지나가는 것 같은데 무슨 차인지 맞혀볼까?"

"소리만 듣고도 알 수 있나요?"

"순정이라면 알 수 있지. 아마도 RX-11이 아닐까 하는데?"

정답이었다. 석양이 지는 황금빛 세상을 한 대의 차량이 멀리서부터 달려오고 있었다. 은빛 RX—11이 상처투성이의 날렵한 몸매를 자랑하면서 그들이 있는 카페로 가까워지고 있었다. 이대로라면 지나가는 게 아니라 카페 앞에서 설 기세였다. 마침 서빙을 하다가 그 차를 보게 된 카페 주인도 유라의 말에 맞장구를 쳤다.

"오호, 찾았나 본데?"

"아세요? 저 차 오너가 누군지?"

사실 유라에게도 지금 달려오는 차량은 낯이 익었다. 상흔을 훈장처럼 새긴 은빛 바디를 가진 RX—11은 레이서들 사이에서 제법 유명했다. 유라가 레이싱걸을 하던 작년 봄 화려한 경력으로 드리프트 킹이 된 레이서의 차였다.

"상당히 젊은 남자였는데, 그저께 밤에 우리 집에 왔었거든. 여기에 정보가 모인다고 들었다면서 심장을 찾고 있다더군."

"심장이라고요?"

"자동차의 엔진 말이야. RX—11의 순정 엔진은 같은 로터리 엔진 중에서도 희소 가치성이 뛰어나서 쉽게 못 구하잖아. 그래서 일단 소개는 시켜줬는데 구했나 보네."

지금 카페 안에 있던 사람들이 논하는 차가 멈춰 섰다. 엔진이 꺼지고 한 남자가 차에서 내렸다. 숨이 끊어지는 석양을 등지고 있어서 얼굴은 보이지 않았다. 하지만 이야기를 들으면서 창밖을 내다보던 아카의 눈빛은 그 남자의 실루엣을 보는 것만으로도 크게 떨릴 수밖에 없었다.

그 남자가 천천히 걸어온다. 그리고 카페 문을 연다. 들어와서 카페 안의 사람들을 둘러보던 그의 시선이 그녀에게서 멈추었다. 언제나 지어주던 흐릿한 미소를 짓고 있었다.

『금지된 세계』完結

저작권 보호!!

장르문학의 성장에 힘이 되어주십시오.

저작물의 무단 전재와 복제, 불법 다운로드! 이것은 관심이 아니라 무관심입니다!

작가님들은 창의적 열정과 시간을 투자해 자신의 꿈과 생계를 유지합니다.
한 권의 책을 만들어 많은 사람들은 자신의 인생과 미래를 설계합니다.

저작물 속에는 여러 사람의 노력과 희망이 담겨 있습니다!

저작물의 무단 전재와 복제, 불법 다운로드는 여러 사람들의 꿈과 생계를
위협함으로써 장르문학을 심각한 상황에 빠뜨리고 있습니다.

이제는 무관심이 아니라 관심으로 장르문학의 성장에 힘이 되어주세요.

[도서출판 **청어람**은 항시적인 저작권 보호를 통해 장르문학과
여러분의 희망을 지키겠습니다.]

도서출판 **청어람**

天山魔帝

천산마제

일류 新무협 판타지 소설

내일을 기약할 수 없는 땅, 천산.
소녀로부터 은자 한 닢의 빚을 진 소년 용약,
청년이 된 용약은 천산의 하늘이 된다.

하늘을 가르고 땅을 뒤엎는다!
한 호흡에 만 개의 벽(壁)!!
지금껏 내게 이빨을 드러낸 것들은 모두 죽었다.

은자 한 닢의 빚을 갚으며 시작된
십천좌들과의 승부.
오너라! 천산의 제왕, 천산마제가 여기 있다!

유행이 아닌 자유추구 -
WWW.chungeoram.com
Book Publishing CHUNGEORAM

유행이 아닌 자유추구 -
WWW.chungeoram.com
Book Publishing CHUNGEORAM

長虹貫日

장홍관일

월인 新무협 판타지 소설

세상은 언제나 정의가 승리하고,
그래서 사필귀정(事必歸正)이라고?

개소리!

세상은 나쁜 놈들이 지배하지.
그러나 그놈들은 아주 교활해서 절대로 나쁜 놈처럼 안 보이지.
현재 무림을 지배하고 있는 백도의 어떤 인간들처럼…….

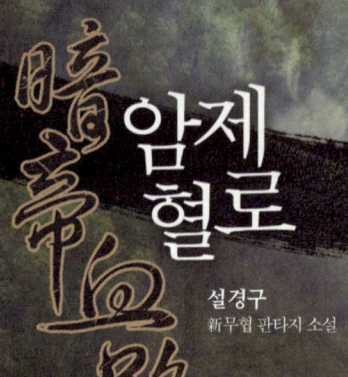